스타호텔 584호실

AMERICAN FALLS | The Collected Short Stories by Barry Gifford

스타호텔 584호실

the collected short stories

배리 기포드 지음 | 최필원 옮김

그책
THAT BOOK

내 아들들을 위해-
진,
레이,
그리고 브루스 박사

차 례

"내가 지어낸 이야기라면 얼마나 좋을까?"

시작하기에 앞서

1957년 어느 여름날, 나는 시카고 그린 브라이어 공원의 벤치 등받이에 올라가 앉아 2000년엔 내가 몇 살이 될지 헤아려보고 있었다. 왜 그랬는지는 기억나지 않지만 어쨌든 답은 쉰세 살이었다. 당시엔 내가 그토록 나이들 수 있다는 게 상상이 되지 않았다. 새천년에 대한 황당한 억측도 할 수 없을 정도였다. 열 살짜리가 당장 코앞의 일을 상상하는 것은 쉽지 않았다. 이해할 수 없는 몽상에 빠져 있을 때 한 녀석이 소리쳤다. "이봐, 기프, 네 차례야!"

쉰세 살을 넘기고 이 년을 더 살았다. 사십사 년하고도 육 개월 전, 그린 브라이어 공원에서 상상했던, 비현실적이고 이해할 수 없는 세상을 나는 지금 살고 있다. 살아오면서 서른, 마흔, 또는 쉰이 됐다는 사실을 별로 신경 쓰지 않았다. 올 5월에 아흔한 살이 되는 벅 삼촌이 몇 년 전에 내게 이런 말을 했다. 자신이 연구한 바에 의하면, 120세도 되기 전에 죽은 사람들은 너무 이른 죽음을 맞았다고 보면 된다나. 일 년 전쯤 삼촌은 인간의 평균 수명을 130세로 올려 잡아야 한다는 새로운 주장을 내놓았다.

어쩌면 그 말이 맞는지도 모른다. 아흔 살의 벅 삼촌은 여전히 토목 기사와 건축가로 왕성히 활동하며 주택과 사무실 도면을 그린다. 오히려 더 바빠진 것 같다. 삼촌은 지난 11월에 열흘간 휴가를 내고 유카탄 연안의 프로그레소로 낚시 여행을 다녀왔다. 동행한 가이드의 나이도 삼촌과 크게 차이 나지 않았다. 골골대며 붙어 다니는 노인들이 아니었다. 벅 삼촌은 전화를 걸어와 한 차례의 사고도 없이 신나게 고기를 낚고 있다고 했다.

그것뿐만이 아니었다. 삼촌이 프로그레소에서 그 가이드를 만나 다음 날 아침 낚시를 떠날 계획을 세운 것이 꼬박 일 년 전이었다. 그날 밤, 삼촌은 다리가 부러지는 사고를 당해 입원하게 되었다. 벅 삼촌이 전화가 없는 가이드에게 연락할 방법은 없었다. 의사도 없는 프로그레소 병원에서 일주일간 입원 치료를 받은 삼촌은 간호사의 남편이 가져다 준 수제 목다리를 짚고 메리다라는 인근 읍으로 향했고, 그곳에서 비행기를 찾아 집이 있는 플로리다의 탬파로 돌아왔다. 부러진 다리가 완치될 때까진 꽤 오랜 시간이 걸렸다. 하지만 완치 후 삼촌은 기다렸다는 듯 프로그레소로 날아가버렸다. 사고를 당한 지 일 년이 지난 어느 날 아침, 벅 삼촌은 낚시 가이드의 집을 불쑥 찾아갔다. "자, 이제 가볼까요?" 그가 문을 열자 벅 삼촌이 말했다. 잠시 삼촌을 빤히 쳐다보던 가이드는 기억을 더듬고 나서 대답했다. "모자를 가져오겠습니다."

1957년, 바로 그 해에 내가 쉰 살로 접어든다는 사건을 깊이 생각해 보았다. 그리고 본격적으로 글을 쓰기 시작했다. 내 첫 작품 「모든 게 허탕」은 남북전쟁 당시 서로에게 총을 겨눠야 했던 두 형제의 이야기였다. 황색 괘선지 철에 꾹꾹 눌러 쓴 그 작품은 일곱 페이지 정도의 분량이었다. 그 원고는 청소를 하던 어머니가 쓰레기통에 버리는 바람에 영영 볼 수 없게 되었다. 하지만 두 형제가 서로를 쏘고 죽는 결말은 아직까지도 생생히 기억에 남아있다.

나는 항상 단편소설이야말로 가장 까다로운 문학 형식이라 생각해 왔다. 그동안 장편소설, 에세이, 희곡, 시나리오, 시, 노랫말, 가극 대사 등 안 써본 게 없었는데 무엇보다도 단편소설을 쓸 때가 가장 즐거웠다. 도전적이면서도 매력적인 작문법 때문이다. 삼촌과 멕시코의 낚시 가이드에 관한 이야기는 완벽에 가깝다고 생각한다. 내가 지어낸 이야기라면 얼마나 좋을까? 이 책에 수록된 작품들은 내가 지금껏 지어낸 이야기들 중 가장 마음에 드는 것들이다.

배리 기포드
2001년 크리스마스에

아메리칸 폴스

10월 초중순, 아이다호 남부. 아주 춥다고 할 정도의 날씨는 아니었다. 적어도 이 지역에선. 하지만 허공을 맴도는 위협적인 추위는 위너베이고족(북미 인디언의 한 부족_옮긴이)이 노동절을 보낸 후 황급히 퇴각했을 때부터 지역민들을 불안하게 만들었다. 스쿨버스에서 내려 180미터쯤 걸어온 요시코는 벌벌 떨고 있었다. 그녀는 모텔로 향하고 있었다. 오늘 아침, 그녀는 어머니, 마이코의 성화에 못 이겨 아버지의 낡은 양가죽 코트를 걸치고 나왔었다. 그녀의 아버지, 토루가 언젠가 기차에 치였을 때 걸치고 있었다고 주장했던 바로 그 코트. 그것은 아버지가 가장 좋아하는 이야기였다. 요시코와 남동생, 미키는 그 이야기를 귀가 따갑게 들어왔다. 토루는 종종 코트에 선명히 나 있는 두 개의 검은색 주름 자국을 보여주며 기차 바퀴가 만들어놓은 거라고 설명하곤 했다. 열세 살의 요시코는 아버지의 주장을 믿지 않았다. 코트에 그런 자국이 남을 만큼 기차에 심하게 치였다면 누구도 살 수 없었을 거라는 게 그녀의 생각이었다. 열 살배기 미키는 아직도 그 주장을 믿고 있었다. 토루는 사실이라면서 자신이 불사신의 나라에서 지구로 내려왔다는 주장을 덧붙였다. 나중에 부름을 받으면 다시 그곳으로 돌아가야 한다나.

"그게 언젠데요?"

미키가 물었다.

"내 할 일이 다 끝나면 돌아가야지."

토루가 대답했다.

"모텔 사업 말씀이세요?"

요시코가 비꼬듯 말했다.

"아니. 너희 둘이 다 자라서 제 앞가림을 하게 되면 그때 갈 거야."

억지로 무관심한 척하는 딸에게 아버지가 말했다.

그런 대화가 이어지는 동안 마이코는 묵묵히 침묵을 지켰다. 그녀는 사람들 앞에서, 특히 아이들 앞에서 남편 주장에 반대되는 의견을 내놓지 않았다. 하지만 속으로는 요시코와 미키에게 그릇된 믿음을 심어주려는 그를 못마땅해했다.

"이러다 애들이 당신을 정말 불사신으로 여기겠어요. 당신이 영영 죽지 않을 거라고 믿을지도 모른다고요."

그녀가 말했다.

"어쩌면 정말 그렇게 될지도 모르지."

토루가 말했다.

요시코가 모텔 사무실에 도착했을 때 집배원인 앨 밀러가 1957년형 초록색 크라이슬러 뉴포트를 몰고 나타났다. 보닛엔 옴폭 들어간 자국이 세

개 나 있었다. 그는 그것이 새 차를 뽑았던 9월 말의 어느 저녁에 수사슴이 받고 지나간 자국이라고 주장했다. 앨에 따르면, 수사슴은 잠시 앞유리 안을 응시하다가 차에서 떨어져 덤불 속으로 뛰어들었다고 했다. 요시코는 어째서 그가 보닛의 파인 자국을 그냥 남겨두는지 궁금했지만 매번 그를 볼 때마다 그 질문을 던지고 싶었다는 사실을 잊어버렸다. 앨은 사슴의 눈이 애바 가드너와 닮았었다고 했다.

"안녕, 요시코."

운전석 창을 내리며 그가 말했다. 앨이 돌돌 말아 고무줄로 감아놓은 작은 우편물 묶음을 그녀 앞으로 내밀었다.

"네 덕분에 차에서 내리지 않아도 되겠구나. 엉덩이에 발정 난 족제비라도 매달려 있는 것 같아. 갑자기 움직이기라도 하면 허리가 빳빳해진단다."

오십 대의 앨은 키가 작고, 대머리였으며, 뚱뚱했다. 그의 입에선 항상 싸구려 시가 냄새가 뿜어져 나왔다. 요시코는 최대한 멀리 떨어져 선 채 손을 길게 뻗어 우편물 묶음을 건네 받았다.

"고맙다. 부모님께 안부 좀 전해 다오."

집배원이 다시 창을 올린 후 차를 몰고 사라졌다.

요시코는 안으로 들어가기 전에 우편물을 살펴보았다. 광고 전단지와 잡지들이 대부분이었다. 주소는 모텔로 돼 있었다. 아이다호, 아메리칸 폴스, 30번 고속도로, 스타 루트, 블랙풋모텔. 그녀 아버지에게 온 편지 두어 개가 보였다. 그녀에게 온 것은 없었다. 요시코는 이집트 알렉산드리아에 사는 펜팔, 나즐리 므라벳의 편지를 기다리고 있었다. 요시코가 다니는 학교는 아메리칸 폴스에서 동쪽으로 40킬로미터 떨어진 포커텔로에 자리하고 있었다. 그 학교 8학년생 모두에겐 펜팔이 한 명씩 있었다. 나즐리는 미국이라는 나라가 무척 궁금하다고 했다. 그녀는 요시코에게 어떻게 일본인 소녀가 아이다호의 모텔에 살 수 있는지 이해가 안 된다고 했다. 요시코는 나즐리에게 오사카에 살던 할아버지, 그러니까 아버지의 아버지가 1912년에 와이오밍으로 이민 와 철도회사에서 일했다고 설명해 주었다. 그 후 그는 아이다호로 올라와 농장을 경영했고, 그곳에서 요시코의 아버지, 토루를 낳았다. 토루는 휴일을 맞아 구경 간 샌프란시스코의 니혼마치에서 요시코의 어머니, 마이코를 처음 만났다. 니혼마치는 아이다호에서 가장 가까운 저팬타운이었다. 농장에서 함께 일했던 요시코의 부모는 농장을 팔고 아메리칸 폴스에 자리한 블랙풋모텔을 샀다.

또한 요시코는 모텔과 호텔의 차이를 설명해 주어야 했다. 1965년이었지만 이집트에는 고층 모텔이 없었다. 적어도 알렉산드리아엔. 나즐리는 어쩌면 카이로에는 모텔이 있을지도 모른다고 했다. 하지만 카이로에 가본 적이 없어 정확히는 모르겠다고 덧붙였다. 그녀는 요시코에게 몇 년 후 카이로의 간호학교에 들어갈 수 있으면 좋겠다고 했다. 나즐리가 어렸을 때 아버지, 아메드는 공사장 사고로 왼쪽 다리에 심한 부상을 입고 병원에 입원하였고, 그때부터 그녀는 간호사가 되고 싶었다. 친절한 그곳 간호사들은 아메드를 극진히 간호했고, 그 덕분에 나즐리의 아버지는 의사들이 우려했던 다리 절단을 면할 수 있었다. 현재 그녀는 인형 병원을 차려놓고 자신과 친구들의 손상된 인형들을 고쳐주고 있었다.

요시코는 모텔 사무실로 들어갔다. 사무실은 그녀의 가족이 살고 있는 공간으로 통하는 현관이기도 했다. 토루는 접수 책상 뒤에 서서 전날 신문을 훑고 있었다.

"아빠, 미키는 좀 어때요?"

요시코가 말했다.

그녀의 아버지는 은테 안경 너머로 딸을 올려다보았다.

"괜찮아진 것 같더구나. 네 어머니가 하루 종일 침대에 뉘어놨어."

요시코는 사무실을 지나 '집'으로 향했다.

"새 손님은 없어요?"

"없어. 아직 이르잖니."

토루가 말했다.

마이코는 주방에서 야채를 썰고 있었다. 요시코는 어머니에게 입을 맞추었고, 어머니는 미키가 자고 있으니 소란 피우지 말라고 당부했다. 요시코는 방으로 들어가 문을 닫았다. 숙제를 마무리하기 위해 새벽 5시에 일어났던 그녀도 무척 피곤했다. 오늘도 숙제가 있었지만 그녀는 아버지의 두꺼운 양가죽 외투를 벗지도 않고 침대에 몸을 눕혔다.

그녀가 잠에서 깼을 때 밖은 어두워진 후였다. 그녀의 몸은 땀으로 흠뻑 젖어 있었다. 머리가 무거웠지만 주방에서 풍겨오는 밥 짓는 냄새에 금세 기분이 좋아졌다. 요시코는 몸을 일으키고 외투를 벗은 후 씻기 위해 화장실로 들어갔다. 소곤대는 목소리가 새어 들어왔다. 타월로 물기를 닦아내던 그녀는 처음 듣는 목소리가 아버지에게 말을 하고 있다는 사실을 깨달았다. 남자의 악센트는 요시코의 귀에 익지 않은 것이었다. 목소리의 주인이 궁금해진 그녀는 허둥지둥 화장실을 나와 사무실로 향했다. 사무실엔 평균 신장에 못 미치는 토루보다 몇 센티미터 커보이는 흑인 남자가 들어와 있었다. 남자는 그녀의 아버지보다 훨씬 우람한 체격의 소유자였다. 요시코는 그의 담청색 여름 스포츠 재킷 안으로 지방이 아닌, 단단한 근육이 덕지덕지 붙어 있을 거라 생각했다. 그는 삼십대 중반쯤 돼보였고, 사근사근한 인상이었다. 소용돌이 모양의 가느다란 콧수염은 우아하게 움직이는 짙은 갈색 쐐기벌레 같은 모습으로 그의 윗입술 언저리에 걸쳐져 있었다.

불쑥 들어온 요시코를 본 남자가 말을 멈추었다. 그가 그녀를 응시했다.

"내 딸입니다."

토루가 말했다.

남자가 다시 고개를 돌리고 요시코의 아버지에게 고맙다고 말한 후 사무실을 나갔다. 주방에서 나온 마이코가 그의 뒷모습을 쳐다보았다.

"누구예요, 아빠?"

요시코가 물었다.

"손님. 29호실을 내드렸어."

그가 대답했다.

"흑인은 처음 봐요."

요시코가 말했다.

"본 적 있잖아. 텔레비전에서."

토루가 말했다.

"그건 다르잖아요."

"여긴 왜 왔대요?"

마이코가 물었다.

"그건 안 물어봤어."

"그가 뭐라고 해요?"

"그냥 방이 필요하다고만 했어. 그래서 방을 내줬고."

"댐에서 일하러 왔는지도 모르죠 뭐. 학교에서 들었어요. 아메리칸 폴스 댐 회사에서 다시 사람을 뽑는다고."

"누가 그랬는데?"

"제임스 선생님이요. 우리 학교 역사 선생님이신데요, 버디 프렌치에게 다음에도 독후감을 써오지 않을 거면 아예 댐에 가서 새 일을 찾아보는 게 나을 거라고 하셨어요. 어차피 초등학교 졸업도 힘들 것 같으니까."

"정말 그러셨어?"

토루가 말했다.

"버디 프렌치는 제임스 선생님께 미니도카 숲에서 산림 경비대원으로 일할 거라고 했어요. 그런데 저 흑인은 여기에 왜 온 걸까요, 아빠?"

"범죄자인지도 몰라요. 덴버나 리노에서 온."

마이코가 말했다.

"잘생겼던데요."

요시코가 말했다.

"저녁 준비는 다 됐어?"

토루가 물었다.

마이코는 다시 주방으로 돌아갔다. 요시코와 토루도 그녀를 따라 들어갔다. 미키는 이미 식탁에 앉아 밥을 떠먹고 있었다. 토루와 요시코가 각자의 자리에 앉았다.

"좀 나아진 모양이구나. 다행이다."

토루가 아들에게 말했다.

"다행이에요."

대꾸하는 미키의 입에서 밥풀이 튀었다.

"먹을 땐 말을 하면 안 돼."

자리에 앉으며 마이코가 말했다.

"무슨 차를 타고 왔어요?"

요시코가 물었다."

"시보레 임팔라."

토루가 말했다.

"새 차예요?"

"삼 년 됐어. 1962년형. 흰색이야."

"지금 누구 얘기하시는 거죠?"

미키가 물었다.

"29호실의 흑인 남자 말이야."

요시코가 대답했다.

"나도 볼래요."

미키가 말했다. 아이가 의자를 내려와 주방을 뛰어나갔다.

"미키! 먹던 것부터 마저 먹어!"

마이코가 소리쳤다.

"제가 데려올게요."

요시코가 일어나 동생을 쫓아갔다.

마이코가 토루를 돌아보았다.

"뭐라고 말씀 좀 하세요."

토루는 계속해서 식사를 해나갔다.

"무슨 말?"

"말 좀 들으라고 말이에요."

"이 정도면 얌전하잖아. 국이 아주 맛있는데."

미키는 이미 사무실 문을 박차고 뛰쳐나간 상태였다. 요시코도 동생을 따라 작은 현관으로 나갔다. 미키는 29호실 앞에서 상아색 1962년형 임팔라를 구경하고 있었다.

"미키, 빨리 들어와. 넌 지금 환자라고."

요시코가 말했다.

미키가 까불대며 계단을 올라갔다.

"이젠 안 아파."

아이가 씩 웃어 보였다.

"저 차 되게 멋진데. 번호판에 일리노이라고 적혀 있어."

"일리노이? 시카고에서 온 모양이지?"

그들은 함께 안으로 들어갔다. 그리고 곧장 펼쳐진 숙박부를 확인하러 책상 앞으로 다가갔다.

"뭐라고 적혀 있어?"

미키가 물었다. 아이의 누나는 말없이 숙박부를 훑어 나갔다.

"찰스 본, 일리노이 록퍼드, 아빈 가 225번지."

"일리노이 록퍼드가 여기서 멀어?"

"아주 멀지."

요시코와 미키는 다시 주방으로 돌아가 자리에 앉았다.

"뭐 흥미로운 거라도 보고 왔니?"

토루가 물었다.

"일리노이 록퍼드에서 온 찰스 본이라는 사람이네요. 뭐 아빠는 이미 알고 계시겠지만."

요시코가 말했다.

"거짓말로 둘러댔는지도 모르잖아요."

미키가 말했다.

"그런 건 아무래도 상관없어. 빨리 밥이나 마저 먹어."

마이코가 말했다.

"찰스 본은 이상한 사람 같아요. 안 그래요, 아빠?"

요시코가 물었다.

"우리 이름이 이상하다고 하는 사람도 있을 거야. 어쩌면 그가 사는 곳에서는 본이라는 이름이 아주 흔할지도 모르고."

토루가 말했다.

마이코가 일어나 빈 그릇을 싱크대로 가져갔다.

"그가 나쁜 사람이 아니었으면 좋겠어요."

그녀가 말했다.

"나쁜 사람들도 잠은 자야지."

토루가 말했다.

마이코가 물을 틀고 설거지를 시작했다.

"그냥 잠만 자고 떠나주면 좋겠어요."

토루가 웃음을 터뜨렸다.

"걱정하지 마. 나쁜 사람 같아 보이진 않았으니까."

동시에 식사를 마친 요시코와 미키도 각자의 그릇을 싱크대로 가져갔다.

"숙제가 있어요."

요시코가 말했다.

미키는 다시 사무실로 향했다.

"어디 가는 거니?"

토루가 아들에게 물었다.

"그냥 보고 싶어서요."

미키가 대답했다.

"볼 건 아무것도 없어. 미키, 넌 많이 아팠잖아. 방으로 돌아가 누워 있어."

마이코가 말했다.

미키가 커튼 사이로 밖을 내다보았다. 임팔라는 여전히 주차장을 지키고 있었고, 29호실엔 불이 들어와 있었다. 잠시 후 그 방에 불이 꺼졌다.

토루가 창가로 다가와 아들 옆에 섰다.

"뭐 흥미로운 거라도 보이니?"

"방금 저 방에 불이 꺼졌어요."

"장거리 운전으로 본 씨께서 많이 피곤하신가 보다."

토루가 나이에 비해 작은 아들을 번쩍 들어올렸다.

"네 어머니가 옳아. 내일 학교에 가고 싶으면 잠을 좀 자두는 게 좋을 거야."

"네, 아빠."

미키가 아버지의 왼쪽 어깨에 얼굴을 묻었고, 토루는 아들을 안은 채 방으로 향했다.

나중에 토루가 침대에 오르자 마이코가 말했다.

"아이들에게 너무 오냐 오냐 하는 것 같아요."

"맞아. 일부러 그러는 거야."

"그게 무슨 뜻이죠?"

토루가 웃음을 터뜨리며 자신 쪽 전등을 껐다.

"그래야 나중에 우리와 보낸 시간이 기분 좋은 추억으로 남게 될 거야."

새벽 3시 반, 모텔 정문 초인종이 두 번 울렸다. 그 소리에 토루와 마이코가 잠에서 깼다. 아내가 입을 열기 전에 토루는 침대를 내려와 가운과 슬리퍼를 걸쳤다. 초인종이 두 번 더 울렸다.

"본 씨인가 봐요."

일어나 앉으며 마이코가 말했다.

"여기 있어."

그녀의 남편이 말했다.

토루가 주방 불을 켜고 사무실로 들어가 그곳 불도 켰다. 누군가가 초인종을 길게 누르고 있었다.

토루는 문에 나 있는 창을 통해 짙은 색 외투와 모자를 걸친 남자 두 명을 볼 수 있었다. 토루는 걸쇠를 풀었다. 하지만 체인은 풀지 않았다.

"네?"

그가 말했다.

"포커텔로 경찰입니다."

그들 중 한 명이 지갑을 꺼내 형사 배지를 내밀며 말했다.

토루가 배지를 유심히 쳐다보았다. 나머지 한 명도 지갑을 꺼내 들고 비슷한 배지를 내보였다.

"전 포스터 경사입니다. 그리고 이쪽은 풀 경사입니다. 잠시 들어가도 되겠습니까? 한밤중에 불쑥 찾아와서 죄송합니다. 너무 중요한 문제라서요."

두 번째로 지갑을 꺼내 보였던 남자가 말했다.

토루는 문을 닫고 체인을 푼 후 다시 문을 열었다. 형사들이 사무실로 들어왔다. 두 사람 모두 토루를 압도하는 큰 키와 체구를 가지고 있었다. 그들은 사무실에 서서 주위를 돌아보았다. 그들이 들어와 있으니 사무실이 너무 작게 느껴졌다. 이름이 풀이라는 형사의 오른쪽 볼엔 깃 부분까지 이어지는 커다란 자주색 모반이 나 있었다.

"죄송합니다. 저희 때문에 깨신 겁니까?"

풀이 말했다.

토루가 고개를 끄덕였다.

"혼자 계십니까?"

포스터가 물었다.

"아뇨. 아내와 아이들이 자고 있습니다. 아니, 아이들만 자고 있고, 아내는 깨어 있습니다."

"죄송합니다."

포스터가 말했다.

"저흰 사람을 찾고 있습니다. 이곳에 들렀을지도 모릅니다."

풀이 말했다.

"닷지라는 흑인입니다. 엘더 닷지."

그의 파트너가 말했다.

풀이 주머니에서 흑백 사진을 꺼내 토루에게 건넸다.

"이게 그의 사진입니다. 일 년 전, 샌프란시스코에서 찍은 것이죠."

"이쪽으로 왔을 것 같아서요."

포스터가 말했다.

토루가 사진을 받아들고 책상 스탠드 불빛에 대보았다가 다시 풀 형사에게 돌려주었다.

"이 사람을 보신 적이 있습니까?"

풀이 물었다.

"못 봤습니다."

"흑인을 보기 힘든 곳이라 만약 보셨다면 분명히 기억하셨을 테죠."

포스터가 말했다.

"그렇습니다."

토루가 말했다.

"마지막에 목격됐을 땐 파란색과 흰색의 1958년형 포드 페어레인 하드톱(지붕이 금속제이고, 창 중간에 창틀이 없는 승용차_옮긴이)을 몰고 다녔다고 합니다. 네바다 주의 번호판이었고요."

포스터가 말했다.

"한 가지 여쭤봐도 되겠습니까?"

토루가 말했다.

"그가 무슨 죄를 지었습니까? 그……"

"닷지. 엘더 닷지. 여자를 죽였습니다."

풀이 말했다.

"부인을 죽였죠. 전 부인들 중 한 명을 말입니다. 지난 3월, 로스앤젤레스에서요. 그녀의 머리에 총을 쏘고 달아났습니다."

포스터가 말했다.

"어째서 그가 이쪽으로 왔을 거라 생각하시는 거죠?"

토루가 물었다.

폴이 얼굴에 난 자주색 모반을 손가락으로 문질러댔다.

"트윈 폴스에서 그를 목격한 사람이 있습니다. 우체국에 붙어 있는 지명수배 포스터 속에 나온 용의자가 분명하다더군요."

그가 말했다.

"그가 아닐 수도 있지 않겠습니까? 백인들에겐 흑인들이 전부 비슷해 보이잖아요."

토루가 말했다.

포스터가 토루를 빤히 쳐다보았다.

"동양인들도 마찬가지겠죠."

그가 말했다.

"무슨 말씀입니까?"

토루가 물었다.

"백인들에겐 동양인들 역시 전부 비슷해 보인다는 뜻이었습니다."

"그럴지도 모르겠군요."

토루가 말했다.

"동양인들에겐 백인들도 전부 비슷해 보이지 않습니까?"

폴이 말했다.

"흑인들에겐 동양인들도 전부 비슷해 보일 겁니다."

포스터가 말했다.

토루는 형사들의 질문이 이어지기를 기다렸지만 그들은 말없이 서서 어두운 사무실을 둘러보고 있었다.

"모텔 숙박부를 보시겠습니까?"

토루가 물었다.

"그러죠."

폴이 말했다.

토루가 책상 뒤로 돌아가 숙박부를 펼쳤다. 폴이 다가와 숙박부를 들여다보았다.

"찰스 본. 일리노이 록퍼드. 오늘 방을 빌린 유일한 손님입니까?"

그가 말했다.

"네."

토루가 말했다.

"번호판은 확인하셨습니까? 일리노이 번호판이던가요?"

토루가 잠시 머뭇거렸다.

"한 직원이 확인했습니다."

"저기 저 흰색 시보레 임팔라가 그 차입니까?"

포스터가 물었다.

"상아색."

폴이 말했다.

"그렇습니다."

토루가 말했다.

폴이 명함을 꺼내 토루 앞 책상에 내려놓았다.

"닷지라는 흑인을 보시면 여기 적힌 번호로 연락 주십시오. 아주 위험한 인물이라는 사실을 명심하시고요."

그가 말했다.

"무장을 했습니다. 아주 위험한 인물이죠."

포스터도 거들었다.

"명심하겠습니다."

토루가 말했다.

"언제든 연락 주십시오. 하루 이십사 시간 중 아무 때라도 좋습니다."

풀이 말했다.

"알겠습니다."

두 형사가 다시 사무실 안을 찬찬히 돌아보았다.

"일본인이십니까?"

포스터가 물었다.

"네. 일본계 미국인입니다."

토루가 대답했다.

"여기서 태어나셨습니까?"

풀이 물었다.

"아버지께서 와이오밍의 유니언퍼시픽에서 일하셨습니다. 그러다가 아이다호로 오셔서 농장을 경영하셨죠. 전 쇼쇼니에서 태어났습니다."

"철도 회사에서 일하셨다고요?"

풀이 말했다.

토루가 고개를 끄덕였다.

"자제분은 몇 명입니까?"

포스터가 물었다.

"두 명입니다. 아들과 딸."

토루가 대답했다.

형사들이 문으로 향했다. 포스터가 문을 열었다.

"자물쇠를 새로 장만하셔야겠습니다. 이런 체인은 쉽게 끊어지거든요."

그가 말했다.

"발로 문을 걷어차면 그대로 끊어져버리죠."

풀이 말했다.

"알겠습니다. 감사합니다."

토루가 말했다.

두 남자가 사무실을 나갔다. 포스터가 앞장섰다. 풀은 문을 닫지도 않고 나가버렸다. 토루는 책상을 돌아 나와 두 형사가 차에 오르는 모습을 지켜보았다. 그들의 차는 30번 도로 동쪽으로 멀어졌다. 포커텔로를 향해.

토루는 문을 닫고 걸쇠와 체인을 걸었다. 그는 다시 책상으로 돌아가 수화기를 들고 29호실로 다이얼을 돌렸다. 네 번의 신호음이 지나고 상대가 응답했다.

"본 씨?"

"누구십니까?"

"모텔 주인, 토루 스즈키입니다."

"지금 몇 시입니까?"

"새벽 4시쯤 됐습니다. 이른 시간에 전화 드려서 죄송합니다, 본 씨. 다름이 아니라, 형사 두 명이 찾아와 엘더 닷지라는 사람을 봤는지 묻고 갔습니다."

"엘더 닷지?"

"네. 로스앤젤레스에서 왔다더군요."

"음, 그게 저랑 무슨 상관이죠?"

"보나마나 아무 상관 없을 겁니다. 주무시는데 깨워서 죄송합니다, 본 씨."

토루가 전화를 끊었다. 그는 사무실 전등을 끄고 침실로 돌아갔다. 마이코는 여전히 침대에 일어나 앉은 채였다. 토루는 가운과 슬리퍼를 벗고 침대로 올라갔다.

"무슨 일이에요?"

그녀가 물었다.

"누군가를 찾고 있대."

"누구요?"

"엘더 닷지라는 남자."

"당신이 아는 사람이에요?"

"그런 이름을 가진 사람은 만난 적이 없어."

토루가 침대 옆에 놓인 전등을 껐다.

다음 날 아침, 요시코와 미키가 버스 정거장에 나가려고 집을 나섰을 때 흰색 임팔라는 이미 사라진 후였다.

"요시코, 봐. 본 씨가 일찍 떠났어."

미키가 말했다.

"오늘도 장거리를 뛰어야 하는 모양이지 뭐."

아이의 누나가 앞서 걸으며 말했다.

하늘을 보니 왠지 눈이 올 것만 같았다. 요시코는 양가죽 코트를 걸치고 있다는 사실이 무척 다행스러웠다.

닫아두라

어젯밤 나는 친구 로코와 저녁을 먹었다. 우리는 식사를 하면서 각자의 가족과 아이들에 대해 수다를 떨었다. 우리 아이들의 연령층은 세 살에서 스물여덟 살에 이르렀다. 또한 우리는 각자의 과거와 현재의 아내들에 대해서도 대화를 나누었다. 대화는 슬그머니 식구들 개개인이 실망과 비극에 어떻게 대처하는지에 대한 이야기로 흘러가 버렸다.

로코의 두 번째 아내, 바이는 베트남인이었다. 그는 얼마 전, 아내가 우는 모습을 보고 무슨 일이냐고 물어봤다고 했다. 바이는 1975년, 전쟁이 끝났을 때 베트남을 떠나 필리핀에 가지 못했던 사촌과 그의 아내 생각을 했다고 대답했다. 따로따로 배를 타고 떠났던 바이와 그녀의 아버지, 어머니, 그리고 남동생도 하마터면 목숨을 잃을 뻔했었다. 하이퐁(베트남 북부에 있는 도시_옮긴이)에서 수빅(필리핀 루손 섬의 서해안에 자리한 작은 만_옮긴이)까지, 한 달 이상 이어진 여정이었지만 배엔 일 주일분 식량과 물밖에 갖춰져 있지 않았었다.

로코는 바이의 사촌이 겪은 시련에 대해 들어본 적이 없었다. 그는 괴로워하는 아내에게 어떻게 된 일인지 들려달라고 했다. 바이는 타이 해적이 배로 올라와 사람들에게서 금과 보석을 강탈해 갔다고 했다. 그런데 바이의 사촌은 금과 보석이 없다고 그들에게 말했다. 배에 오르기 위해 가지고 있던 모든 귀중품을 통행권과 바꾸었다고 덧붙였다. 해적들은 그의 한쪽 발을 잘라 상어들이 득실대는 바다에 던져버렸다. 해적들은 다시 금을 내놓으라고 했고, 그는 같은 답을 들려주었다. 그들은 그를 배 밖으로 던져버렸고, 그의 아내와 아이들은 몰려든 상어들이 그의 몸을 갈가리 찢어버리는 모습을 지켜보아야 했다.

해적들은 바이의 사촌의 아내에게 귀중품을 내놓으라고 요구했다. 그녀는 남편이 거짓말을 하지 않았으며, 그들에겐 금도, 보석도 없다고 했다. 해적들은 그녀의 세 아이를 바다로 던져버렸다. 그들 역시 상어들에게 잡아 먹혔다. 여자는 극심한 흥분 상태에 빠져 있었다. 그녀는 더 이상 금과 보석을 내놓으라는 타이 해적들의 요구에 답을 할 수가 없었다. 겁에 질린 선객들이 지켜보는 가운데 그녀는 배 밖으로 몸을 던졌다.

바이는 울음을 멈추고 이 끔찍한 기억을 작은 상자에 담아 마음속 깊은 곳에 묻어둬야겠다고 했다. 그리고 두 번 다시 그 일을 생각하지 않겠다고 다짐했다. 바이는 그녀를 가슴에 영원히 담아두겠지만 절대 기억하진 않겠다고 했다.

로코는 자신의 머릿속도 그런 작은 상자들로 가득 차 있다고 했다. 차이가 있다면 그는 원치 않을 때도 연신 그 상자들을 꺼내 열어댄다는 점이었다. 넌 어때? 그가 물었다.

내 마음은 활짝 열린 큰 상자야. 뚜껑을 어디에 뒀는지가 기억나지 않을 뿐이지. 나는 대답했다.

적당한 가격

펠리체 바노는 자신이 좋은 배우가 아니라는 걸 알고 있었다. 그렇다고 나쁜 배우도 아니었다. 만약 그가 굉장히 좋은 배우였다면 이탈리아에서 TV 스타가 되지 못했을 것이다. 펠리체가 출연한 프로그램을 즐기는 보통 사람들은 로렌스 올리비에 수준의 배우보다 그를 훨씬 편하게 여겼다. 올리비에를 보는 시청자들은 그의 완벽한 연기에 감탄했다. 하지만 화면 속의 펠리체 바노는 바로 그들 자신의 모습이었다. 그저 현실 속에서는 절대 될 수 없는 누군가인 척하고 있을 뿐.

바에서 에스프레소를 홀짝이며 손님들의 얼굴을 훑고 있던 바노는 배우로서 자신의 생애를 생각했다. 펠리체는 몇 달에 한 번씩은 꼭 집이 있는 카스텔 아그네세로 돌아왔다. 사교 시즌이 시작되는 10월은 로마에서 보냈다. 펠리체는 파티를 별로 즐기지 않았다. 그에게 파티는 그저 여자를 만날 목적으로 참석하는 필요악에 불과할 뿐이었다. 사실 그는 여자 친구를 다시 사귈 마음이 없었다. 결혼은 말할 것도 없고. 그는 이미 세 차례의 이혼을 겪어보았다. 두 달 후면 서른네 살이었다. 그에게 이런 과거는 전혀 자랑스럽지 않았다.

펠리체 바노는 배우라면 당연히 만족스러운 사생활을 포기해야 한다고 생각했다. 그들은 항상 이동했고, 현재 일이 있다 하더라도 언제 실업자 신세로 전락하게 될지 몰라 늘 불안에 떨었다. 배우들은 스스로를 돌아볼 겨를도 없이 바쁘게 살았다. 육 년 전 서른 살의 나이로 자살한 펠리체의 친구이자 배우인 마르첼로 게치는 모든 배우가 팔뚝에 자기 정체성의 위기(Identity Crisis)를 뜻하는 이니셜, IC를 문신으로 새기고 다녀야 한다고 말했었다.

바노는 카스텔 아그네세와 그 근교를 탈출하는 데 성공한 몇 안 되는 젊은 동기들 중 한 명이었다. 그의 어릴 적 친구와 지인들 대부분은 여전히 그 마을에 살며 농사를 짓거나 관광업에 종사하고 있었다. 카스텔 아그네세는 올리브 밭과 행락지 들로 유명한 곳이었다. 날씨 좋은 계절에는 세계 각지에서 관광객들이 몰려들었다. 육십 대에 접어든 펠리체의 아버지는 아내와 함께 중심가에서 담배가게를 운영하고 있었다. 펠리체의 어머니는 태어나서 한 번도 고향을 떠나본 적이 없었다. 그녀의 남편은 딱 한 번 고향을 떠나본 적이 있었다. 열여섯 살 때 그는 아버지와 가까웠던 고모의 장례식에 참석하기 위해 브린디시에 가보았었다.

펠리체 바노는 여러 차례 부모님과 친척, 그리고 카스텔 아그네세의 친구들을 로마로 초대했지만 아무도 와주지 않았다. 모두가 그의 초대를 고마워했지만 복잡한 도시행을 선뜻 결심한 이는 아무도 없었다. 이상한 일이었다. 큰마음 먹고 카스텔 아그네세를 떠나온 바노의 몇몇 친구들도 로마에 들러주지 않았다. 들른다 해도 오래 머물진 않았다. 그들은 로마를 거치지 않고 계속 이동했고, 지금은 스페인, 영국, 미국, 오스트레일리아, 그리고 아르헨티나 등지에 살고 있었다.

이 년 전, 펠리체는 로스앤젤레스에서 파올로 팔란토니오와 우연히 마주친 적이 있었다. 펠리체와 파올로는 다섯 살 때부터 열일곱 살 때까지 함께 학교를 다닌 사이였다. 파올로는 웨스트 할리우드의 한 레스토랑에서 웨이터로 일하고 있었다. 그는 게이로, 나이 차가 꽤 나는 중년 남자와 살고 있었다. 그의 파트너는 임시로 미술상 일을 했고, 위조와 중절도죄로 십오 년간 복역한 전과가 있었다. "도미니크의 어머니는 이탈리아인이야. 로마 출신이시지. 아흔여섯 살이신데, 요즘도 바티칸 근교에서 그리스도 수난상과 로사리오를 팔고 계셔. 도미니크는 어머니를 못 뵌 지 사십 년이 넘었다고 하더군. 그래서 우린 내년 봄, 이탈리아를 다녀올 생각이야. 아직 살아 계셨으면 좋겠는데." 파올로가 펠리체에게 말했다.

펠리체가 커피 값을 내고 바를 나오려 했을 때 한 소년이 다가와 잘 접은 종이를 건네주었다. 바노는 아이를 쳐다보았다. 열네 살쯤 돼보였다. 아이의 왼쪽 눈꺼풀은 축 늘어져 있었다. 소년이 살짝 미소를 지었다가 돌아서서 바를 나가버렸다. 펠리체는 접힌 종이를 펼쳤다. 꾸불꾸불하게 적힌 글씨가 그의 눈에 들어왔다.

우리가 당신 차를 가지고 있습니다. 차는 안전합니다. 돌려받고 싶으면 오늘 밤 10시 정각에 그린 시티 옆 가리발디 가에 있는 오래된 올리브 밭의 입구로 오십시오. 1천만 리라(약 660만 원. 리라는 이탈리아의 옛 화폐 단위_옮긴이)를 내면 차를 돌려드리겠습니다. 그게 적당한 가격입니다. 믿기 힘드시다면 주변 사람들에게 물어보셔도 좋습니다. 10시에 봅시다.

펠리체는 바를 뛰쳐나가 새로 뽑은 지 이 개월 된 검은색 BMW 컨버터블을 세워놓았던 골목으로 달려갔다. 차가 보이지 않았다. 그는 미친 듯이 주위를 살폈다. 차가 사라진 골목엔 그 혼자만이 서 있을 뿐이었다.

1천만 리라. 그는 손목시계를 들여다보았다. 십오 분 후면 모든 은행이 문을 닫을 것이다. 그는 1천만 리라를 인출하든지, 경찰에 신고하든지 한 가지를 선택해야 했다. 돈을 찾고 나서 경찰에 신고하는 게 좋겠어. 그는 생각했다. 그는 은행을 향해 걸음을 옮기기 시작했다. 어쩌면 지역 마피아 단원이 이미 경찰과 말을 맞춰놓았는지도 몰랐다. 그들은 사기수법으로 챙긴 수입의 일부를 경찰과 나눌 것이다. 이제야 고국에 돌아온 게 실감나는군. 젠장.

그는 택시를 잡아타고 지시받은 장소로 향했다. 그리고 10시를 몇 분 남겨둔 시간에 도착했다. 택시 운전사는 펠리체에게 기다려야 하느냐고 물었고, 배우는 잠시 망설이다가 괜찮다고 대답했다. 펠리체는 자동차 도둑이 나타나지 않으면 휴대폰으로 다른 택시를 부르면 된다고 생각했다. 택시가 사라지자 바노는 도둑들이 자신을 위협해 돈도 챙기고 차도 내놓지 않을 가능성을 떠올렸다.

"내가 생각해도 난 정말 어리석은 것 같아."

그가 큰소리로 말했다.

"어리석은진 몰라도 당신은 정말 대단한 배우입니다."

펠리체 바노가 음성이 들려온 쪽으로 고개를 돌렸다. 키 작고, 억세 보이는 남자가 올리브 밭 입구에 서 있었다. 그는 가두리 장식 달린 서부 스타일 재킷을 걸치고 있었고, 목엔 은을 입힌 버클이 돋보이는 줄 타이를 걸고 있었으며, 발엔 카네이션처럼 새빨간 수제 카우보이 부츠를 신고 있었다. 바노는 그에게 무슨 영화에 출연 중인지 묻고 싶었다.

"돈은 가져왔습니까? 우리가 요구한 금액 말입니다."

바노가 고개를 끄덕였다.

"내 차는 어디 있습니까?"

"따라 오십시오."

억세 보이는 남자가 말했다. 그리고 올리브 밭으로 사라졌다.

펠리체에겐 다른 선택의 여지가 없었다. 그는 걸음이 빠른 카우보이와 일정한 간격을 유지하며 따라 들어갔다. 민첩하게 움직이는 가이드와 달리, 배우는 연신 발이 걸려 넘어졌다. 몇 분 후, 펠리체는 올리브 밭 안 깊숙한 곳에 자리한 작은 개척지에 도착했다. 그는 걸음을 멈추고 가쁜 숨을 몰아 쉬었다. 그의 차가 보였다. 차의 양쪽엔 남자가 한 명씩 서 있었다. 그중 한 명은 그를 이끌었던 카우보이였다.

"보시다시피 완벽한 상태입니다. 직접 확인하시죠."

BMW의 운전석 문에 기대고 선 남자가 말했다.

펠리체 바노는 그들 앞으로 몇 걸음 다가가다가 다시 멈춰 섰다. 보름달이 차의 보닛에 반사되고 있었다. 꼭 잔잔한 검은 물에 떠 있는 것 같았다. 바노는 미소 짓고 있는 두 사람이 서로 닮았다는 사실을 깨달았다. 그는 그들이 무장을 하고 있을지 궁금했다.

"지오바니의 말이 맞습니다. 우린 이걸 타고 10킬로미터도 채 뛰지 않았습니다."

조수석 문에 기댄 채 서 있는 남자가 말했다.

"1천만 리라를 가져왔는지 물어봤어?"

두 번째 남자가 첫 번째 남자에게 물었다.

"가져왔다고 했어."

"돈을 보닛에 올려놓으십시오."

두 번째 남자가 지시했다.

바노는 돈을 내놓아도 그들에게 죽음을 당할지 모른다는 생각에 두려워졌다. 그가 앞으로 다가가 재킷 주머니에서 봉투 두 개를 꺼냈다. 그리고 그것들을 차의 보닛에 내려놓았다.

"각 봉투에 500만 리라씩 들어 있습니다."

그가 말했다.

억세 보이는 두 남자가 봉투를 하나씩 집어들고 돈을 세보기 시작했다. 다 세고 난 후엔 돈을 다시 봉투에 넣고 코트 주머니에 쑤셔넣었다.

"이게 적당한 가격입니다."

지오바니가 말했다.

"아주 괜찮은 가격이죠. 카스텔 아그네세 사람들은 모두 정직합니다. 못 믿겠다면 주변 사람들에게 물어보시죠."

두 번째 남자가 말했다.

"마시모는 허튼소리를 하지 않습니다. 마치 신의 목자가 세상의 모든 의심과 거짓말을 모아 벼랑 밑으로 떨어뜨리는 것처럼 말입니다."

지오바니가 말했다.

그 말에 펠리체가 할 수 있는 대꾸는 하나뿐이었다.

"열쇠는 어디 있습니까?"

"점화 장치에 꽂혀 있습니다."

마시모가 대답했다.

"이젠 가봐도 되겠습니까?"

바노가 물었다.

"물론입니다."

지오바니가 대답했다.

"마음대로 하십시오. 이건 당신 차니까요."

마시모가 말했다.

펠리체는 운전석으로 다가갔고, 지오바니는 그를 위해 문을 열어주었다.

"당신은 아주 훌륭한 배우입니다."

그가 말했다.

"감사합니다."

펠리체가 차에 올랐다. 그리고 시동을 걸었다.

조수석 창에 몸을 기댄 채 마시모가 말했다.

"이곳 카스텔 아그네세 사람들은 당신의 연기를 무척 좋아합니다. 모두가 당신을 자랑스럽게 여기고 있죠. 이 년 전쯤 출연했던 텔레비전 쇼 이름이 뭐였죠? 근무 중 음주로 해고된 전직 형사가 사건을 해결해 나간다는 내용이었는데."

"무쏘의 케이스."

"당신이 토미 무쏘였죠?"

지오바니가 말했다.

"그건 캐릭터의 이름이었습니다."

"당신은 토미 무쏘였습니다."

지오바니가 말했다.

"당신은 우리들의 영원한 토미 무쏘입니다. 지오바니는 그런 뜻으로 한 말입니다. 그 누구도 그를 당신처럼 연기할 수 없습니다."

마시모가 말했다.

"맞습니다. 다른 배우가 그 역을 맡는다면 시청자들이 등을 돌려버릴 겁니다. 토미 무쏘가 당신이고, 당신이 토미 무쏘입니다."

지오바니가 말했다.

"괜찮다면 이만 가보겠습니다."

펠리체가 말했다.

"네, 그러시죠. 아, 잠깐만요. 부탁이 하나 있습니다."

마시모가 말했다.

펠리체가 마시모를 돌아보았다. 하지만 입을 연 것은 지오바니였다.

"우릴 좀 태워주시겠습니까?"

그가 말했다.

"좀 먼 곳이라서요. 휴대폰으로 택시를 부를 순 있지만 언제 도착할지도 모르고, 아예 안 나타날 수도 있지 않겠습니까. 괜찮겠습니까?"

마시모가 말했다.

왜 돌아갈 때 탈 차를 끌고 오지 않았을까? 펠리체는 궁금했다.

"타십시오."

그가 말했다.

마시모는 바노의 옆자리에, 지오바니는 뒷좌석에 각각 올랐다.

"밭은 어떻게 빠져나가야 합니까?"

"저쪽입니다."

마시모가 손가락으로 한쪽을 가리켰다.

"계속 운전하십시오. 길은 우리가 알려드리겠습니다."

그들이 카스텔 아그네세 중심부로 통하는 길로 접어들었을 때 지오바니가 앞으로 몸을 기울이며 말했다.

"오늘밤에 집에서 조촐한 파티를 열 생각입니다. 축하 파티죠. 당신이 와준다면 모두가 기뻐할 겁니다."

"아내와 어머니가 무척 좋아할 겁니다. 둘 다 당신의 열렬한 팬이거든요."

마시모가 말했다.

"안토넬라 대고모님께서도 좋아하실 거고요. 여든여섯 되셨습니다. 항상 당신이 클라크 게이블보다 훨씬 잘생겼다고 말씀하시죠."

지오바니가 말했다.

"게리 쿠퍼야. 안토넬라 대고모님은 분명히 게리 쿠퍼보다 낫다고 하셨어."

마시모가 바로잡았다.

"둘 다였어요. 아무튼 세상 그 누구보다도 펠리체 바노가 가장 잘생겼다고 하셨습니다."

지오바니가 말했다.

"펠리체, 그분들을 위해 잠깐만이라도 들어와 주십시오. 예의상 말입니다."

마시모가 말했다.

펠리체가 움찔했다.

"예의상?"

"인생사가 다 그렇지 않습니까. 오늘 같은 기회가 언제 또 오겠습니까?"

마시모가 말했다.

"인생사가 어떤데요?"

펠리체가 물었다.

"예측이 불가능하지 않습니까."

펠리체는 두 남자가 알려주는 대로 차를 몰아나갔다. 십 분쯤 지났을 때 그들은 크고 오래된 노란색 집 앞에 도착했다. 마시모와 지오바니가 먼저 차에서 내렸다.

"들어오십시오. 잠깐이면 됩니다. 모두가 무척 기뻐할 거예요."

지오바니가 말했다.

올리브 밭을 벗어나오면서 바노는 그들을 내려준 후 곧장 경찰서를 찾아갈 계획을 세웠었다. 하지만 그는 자신이 마시모와 지오바니의 초대를 절대 거절하지 못하리라는 걸 알고 있었다.

"돈은 받았니?"

머리에 파란색 터번을 두른 육십 대 여자가 현관으로 들어선 마시모에게 물었다. 펠리체 바노와 지오바니가 그를 따라 집으로 들어갔다.

"받았어요, 어머니. 모든 게 다 잘 해결됐어요."

"그가 경찰에 신고하진 않았고?"

"아뇨. 자, 보세요. 식구들에게 인사드리겠다고 이렇게 와주셨어요."

마시모의 어머니가 두 손을 볼에 얹고 빽 소리쳤다.

"정말이구나! 정말이야! 펠리체 바노. 세상에서 가장 위대한 배우!"

그녀가 펠리체의 손을 붙잡고 자신의 가슴으로 끌어갔다. 그녀의 커다란 가슴이 그의 복부에 짓눌렸다.

"어머니, 살살 하세요!"

"바노 씨, 얼마나 내셨죠?"

그녀가 물었다.

마시모의 어머니 뒤로 열 명도 넘는 사람들이 몰려들었다. 호기심에 찬 그들의 얼굴을 본 펠리체는 서둘러 도망치고 싶었다. 하지만 그의 뒤엔 지오바니와 마시모가 떡 하니 버티고 서 있었다.

"1천만 리라."

펠리체가 대답했다.

"아! 적당한 가격이군요!"

마시모의 어머니가 말했다. 그녀의 각지고, 널찍한 얼굴에 구겨진 시트와 닮은 미소가 떠올랐다. 펠리체는 갑자기 두려워졌다. 그녀가 갑자기 달려들어 키스를 퍼부을지도 모르고, 그 과정에서 그를 꿀꺽 삼켜버릴지도 모른다는 생각 때문이었다.

"아주 적당한 가격이죠."

마시모의 어머니 뒤에서 누군가가 말했다.

나머지 식구들도 말없이 고개를 끄덕이며 동의했다.

마시모가 다가와 비단뱀 같은 어머니의 팔에서 펠리체를 떼어냈다. 그리고 그를 좀 더 젊은 여자에게 데려갔다.

"제 아내, 가브리엘라입니다. 가브리엘라, 펠리체 바노 씨야. 카스텔 아그네세가 배출한 최고의 배우."

마시모가 말했다.

가브리엘라가 젖은 손바닥으로 펠리체의 오른손을 잡았다.

"만나서 반갑습니다."

그가 말했다.

마시모의 아내가 갑자기 허리를 펴고 이집트 코브라처럼 고개를 치켜들었다. 그런 다음, 잽싸게 그의 미간에 입을 맞추었다. 그녀가 몸을 바르르 떨며 뒤로 물러났다. 그녀의 양 볼을 타고 눈물이 흘러내렸다. 펠리체는 깜짝 놀랐다. 그는 당혹스러웠고, 두려웠다. 가브리엘라가 남편의 가슴에 얼굴을 묻었다.

지오바니가 펠리체의 왼팔을 붙잡았다.

"이제 대고모님을 소개해 드리겠습니다. 아까 대고모님에 대해 말씀드렸었죠?"

그가 말했다.

펠리체는 지오바니에게 이끌려 이동했다. 그들은 자그마한 체구의 노파 앞에 멈춰 섰다. 그녀는 바닥이 평평하고, 등받이가 높은 나무 의자에 앉아 있었다. 그녀는 잠에 빠져 있는 듯해 보였다.

"안토넬라. 누가 왔는지 한 번 보세요."

지오바니가 큰소리로 말했다.

쭈글쭈글한 노파가 커다란 검은 눈을 뜨고 펠리체를 빤히 올려다보았다. 그녀의 눈엔 광포함이 서려 있었다. 쇠퇴한 노파의 몸속엔 무시무시한 짐승이 담겨 있는 것 같았다.

"차 값을 얼마나 쳐달라고 하던가요?"

힘이 들어간 음성으로 안토넬라가 물었다.

"1천만 리라."

펠리체가 대답했다.

"적당한 가격이군요."

험악해 보이는 눈을 반쯤 감은 채 그녀가 말했다. 안토넬라가 다시 눈을 번뜩이며 음산하게 말했다.

"여기 사람들은 정직해요."

그리고 이내 다시 잠에 빠져들었다.

펠리체는 허리를 펴고 지오바니로부터 벗어났다.

"이젠 가봐야겠습니다."

그가 말했다.

지오바니가 고개를 끄덕이며 씩 웃었다. 그가 오른손을 뻗어 펠리체와 악수를 나누었다.

"언제든 환영합니다. 다시 찾아주십시오."

마시모가 다가왔다.

"바노 씨가 가신대."

지오바니가 말했다.

"와인 한 잔 들고 가시죠. 살시체(내장에 양념한 돼지고기를 채운 일종의 순대_옮긴이)도 맛보시고요."

마시모가 말했다.

"괜찮습니다."

펠리체가 말했다.

마시모가 펠리체의 손을 움켜잡았다.

"와주셔서 감사합니다. 모두에게 너무 기쁜 시간이었습니다. 카스텔 아그네세에서 뭐 필요하신 게 있으면 언제든 저희를 불러주십시오."

그가 말했다.

펠리체가 고개를 끄덕이고 현관문을 향해 걸음을 옮기기 시작했다. 하지만 마시모의 손은 배우를 놔주지 않았다.

"꼭 그러겠다고 약속해 주십시오."

마시모가 말했다.

그는 마시모의 눈을 들여다보았다. 펠리체는 그제야 안토넬라가 마시모의 할머니라는 사실을 깨달을 수 있었다.

"그러겠습니다."

그가 말했다.

내 마지막 마티니

파리 뤼노 호텔의 바는 인기 있는 회합 장소다. 특히 늦은 오후나 이른 저녁에. 놋쇠 발걸이가 붙은 평범한 호두나무 바 테이블 앞엔 높은 걸상 여덟 개가 놓여 있다. 하지만 이곳에서 가장 인기 있는 것은 바로 밤색의 긴 가죽 의자들이다. 총 일곱 개의 가죽 의자가 반원을 이룬 채 바 테이블을 향하고 있다. 천장엔 짙은 보라색을 띤 마리 앙투아네트 샹들리에 세 개가 걸려 있다. 어스레한 샹들리에 불빛은 손님들로 하여금 일등 유람선의 로비에 들어와 있는 듯한 기분을 느끼게 해준다. 분위기는 쾌활하고, 아늑하다. 손님들은 홀로 앉아 책을 읽거나 담배를 피우거나 두리번거리며 주변을 살핀다. 서너 명이 모여 앉은 테이블도 있지만 대부분은 커플들이다. 뤼노 바는 연인들이 가장 좋아하는 만남의 장소다.

얼마 전 나는 그곳에서 한 번도 본 적 없고, 앞으로도 볼 일이 없을 여자에게서 놀라운 이야기를 들었다. 수요일 저녁 6시 30분, 나는 친구, 샤리프와 만났다. 둘 다 파리에 있을 때면 매주 이렇게 만남을 갖는다. 샤리프는 육십 대 중반이고 석유와 부동산 사업을 하고 있다. 그는 파리와 휴스턴에 아파트를 가지고 있고, 알제에는 대궐 같은 집이 있다. 알제에는 가본 적이 없어서 그게 사실인지는 확인해 보지 못했다. 샤리프는 지금껏 열 번도 넘게 나를 집으로 초대했다. 샤리프는 내가 근본주의자 테러리스트들의 손에 목숨을 잃게 될 것이 두려워 자신의 초대를 번번이 거절해 왔다고 믿고 있다. 나 역시 수염을 기르지 않은 백인 남성이기에 그런 가능성을 완전히 무시할 순 없지만 사실 그의 초대를 거절해 온 진짜 이유는 내가 여행을 싫어하기 때문이다.

오늘밤, 샤리프에겐 또 다른 친구와 이른 저녁식사 약속이 잡혀 있었다. 그래서 우리는 사십오 분간 올리브 한 접시를 안주 삼아 마티니를 마셨다. 우리는 이란 석유에 대한 단일 기업의 투자를 2천만 달러로 제한한다는 미국 정부의 새 방침과 그것이 다른 나라들에 끼칠 영향에 대해 의견을 나누었다. 또한 곧 열릴 개선문 상 경마(1920년 제1차 세계대전이 끝난 직후, 프랑스의 승전을 기념하고, 전쟁에서 활약한 프랑스 군인들의 무공을 칭송하기 위하여 창설된 경주_옮긴이)에 대해서도 이야기했다. 샤리프는 이란 문제에 대한 미국의 접근 방법이 극단적으로 편협하다고 했고, 헬리시오가 개선문 상을 받게 될 거라고 예상했다. 나는 석유 문제에 대해서는 그와 생각을 같이 했지만 개선문 상은 미국 말, 펭트르 셀레브흐가 가져가게 될 거라고 확신했다.

샤리프가 자리를 뜬 후 나는 조용히 앉아 남아 있는 두 번째 마티니를 마저 비우며 실내 풍경을 감상했다. 마티니 두 잔은 약 삼십 분에 걸쳐 내 기분을 들뜨게 만든다. 평소에도 두 잔 이상 마시는 경우가 거의 없다. 하지만 가끔 지나치게 들뜰 때에는 그것을 진화시켜 보고 싶은 충동에 사로잡히기도 한다. 웨이터가 계산을 위해 다가왔고, 어떤 이유에서인지 나는 세 번째 잔을 주문해 버리고 말았다. 웨이터가 고개를 끄덕이고 다시 바 테이블로 돌아갔다.

"같이 마실래요?"

내 왼편에 자리한 부스의 손님이 말했다.

삼십 대 중반으로 보이는 매력적인 그녀는 머리색이 짙었다. 그녀는 오른손에 반쯤 남은 마티니 글라스를 쥐고 있었다.

"마티니를 주문하셨더군요. 같이 대화나 나눌까 해서요."

그녀가 말했다.

그녀는 말을 마치기가 무섭게 내 부스로 다가와 샤리프의 자리에 슬그머니 앉았다.

"좋죠."

내가 말했다.

나는 어스레한 불빛 아래서 그녀를 유심히 뜯어보았다. 그녀는 흘끔 돌아봤을 때보다 훨씬 아름다웠다. 그녀는 밤색 머리를 올려 묶었고, 단발의 앞머리는 기품 있어 보였다. 그녀의 눈은 머리색과 똑같았다. 흡연으로 노랗게 물든 그녀의 치아가 조금 아쉽긴 했다. 하지만 그녀는 나와 함께 시간을 보내는 동안 한 번도 담배를 꺼내 물지 않았다. 웨이터가 내 마티니를 들고 나타났다.

"한 잔 더 하시겠습니까?"

내가 물었다.

"네, 고마워요."

나는 웨이터에게 한 잔을 추가로 주문했고, 그는 다시 바 테이블 쪽으로 사라졌다. 그녀는 남아 있는 마티니를 최대한 아껴 마시고 있었다. 사실 나는 아까부터 그녀의 글라스를 흘끔흘끔 쳐다봐왔다.

"당신은 진정한 마티니맨인 것 같군요. 느긋하게 즐길 줄 아시는 것 같아요."

그녀가 말했다.

나는 등받이에 몸을 기대고 앉아 마티니를 홀짝이는 그녀를 지켜보았다. 이쑤시개와 올리브는 여전히 글라스에 담겨 있었다. 그녀는 웨이터가 다시 나타나 자신 앞에 새로 가져온 마티니를 내려놓고 사라질 때까지 입을 열지 않았다. 그녀가 나를 쳐다보며 미소를 지었다. 그녀의 치아는 붉은 색을 띠고 있었다. 그녀가 손에 쥐고 있는 마티니를 마저 비운 후 혀만 사용해서 이쑤시개에 꽂힌 올리브를 쏙 빼먹었다. 뤄노 바의 기묘한 조명 아래서 그녀의 혀 색깔은 치아 색과 어울렸다. 그녀가 눈을 감은 채 올리브를 씹어나갔다. 그런 다음, 이쑤시개를 빈 글라스에 떨어뜨렸다.

올리브를 목으로 넘긴 후 그녀가 다시 눈을 뜨며 말했다.

"둘이 내 한계예요. 마티니 말이죠. 올리브 말고."

그녀가 검은색 손톱으로 새로 가져온 마티니를 가리켰다.

"이건 세 번째 잔이에요."

그녀가 퓨마처럼 미소를 흘리며 말했다.

나는 앞에 놓인 글라스를 턱으로 가리켰다.

"이것도 세 번째 잔입니다."

그녀가 글라스를 집어 들고 내 앞으로 들어 보였다. 나도 글라스를 들고 그녀를 따라 했다.

"상테('건배'를 뜻하는 프랑스어_옮긴이)."

그녀가 말했다.

"상테."

나도 그녀를 따라 말했다.

우리는 술을 한 모금 넘겼다. 내 것도 여전히 차가웠다.

"이탈리아인이십니까?"

내가 프랑스어로 물었다.

"어머니가 로마 출신이세요."

"아버님은요?"

"시골 출신이세요. 하지만 순수한 이탈리아인은 아니시죠. 절반은 폴란드인이세요."

"돌아가셨습니까?"

"네."

"왠지 당신은 어머님을 더 좋아할 것 같군요."

그녀가 살짝 미소를 띠었다가 이내 지워버렸다.

"내가 좀 적극적이죠? 어쩌면 내가 정상이 아니라고 생각하고 계신지도 모르겠네요. 하지만 염려 마세요. 난 매춘부가 아니에요."

그녀가 말했다.

"당신이 매춘부라 해도 상관없어요. 나도 대단한 사람이 아니니까."

"당신이랑은 왠지 말이 통할 것 같았어요. 부디 그랬으면 좋겠네요. 들려주고 싶은 얘기가 있거든요."

"다행히 나도 오늘은 한가합니다."

내가 말했다.

"다행이네요. 할머니, 그러니까 아버지의 어머니에겐 여덟 명의 자식이 있었어요. 아들 여섯, 딸 둘. 아버지는 셋째이셨어요. 할머니는 열여섯 살에 결혼하셨죠. 할머니는 토스카나의 작은 마을에 사셨어요. 부모님이 골라주신 할머니의 배우자는 밤일을 하지 못했어요. 물론 할머니는 결혼 전에 그 사실을 모르셨었죠."

"그럼 결혼을 취소하셨겠군요."

"아뇨. 그런 일은 있을 수 없어요. 할머니가 사셨던 마을에선 한 번 결혼하면 그걸로 끝이었어요."

그녀가 마티니를 길게 홀짝였다. 나도 그녀를 따라 마니티를 목으로 넘겼다.

"할머니는 그 일로 무척 언짢아하셨어요. 아이를 많이 낳고 싶어하셨었거든요."

"마음이 어떠셨을지 상상이 안 되는군요."

내가 말했다.

"할머니는 농부였던 남편을 시켜 폴란드인 인부를 불러오게 했어요. 그리고 아래층에 살던 그에게 자신과 아이를 만들자고 했어요. 바로 그 폴란드인이 내 아버지와 그의 일곱 형제들의 아버지였죠."

"할머님과 남편분과 그 폴란드인 외에 누가 또 그 사실을 알고 있습니까?"

"몇 년간은 아무도 몰랐어요. 폴란드인은 할머니와 관계를 갖고 싶을 때마다 빗자루 손잡이로 천장을 두드려 신호를 보냈죠."

나는 남아 있는 마티니를 마저 비웠다.

"놀라운 이야기군요."

내가 말했다.

"아버지는 스물두 살 때 그 사실을 알게 되셨어요. 할머니의 남편이 돌아가신 직후에요."

"할머니가 고백하신 건가요?"

"네. 하지만 그건 우발적으로 벌어진 일이었어요. 아버지가 벌이신 일에 실망하신 할머니가 아버지를 나무라시면서 실수로 멍청한 폴란드 놈이라고 부르셨어요. 물론 할머니는 언짢으실 때마다 아버지에게 거친 말씀을 하셨어요. 하지만 단 한 번도 아버지를 멍청한 폴란드 놈이라고 부르신 적은 없었어요. 아버지는 할머니께 왜 그렇게 부르셨는지 여쭈었고 할머니는 모든 걸 들려주셨대요."

"정말입니까?"

"네. 전부 고백하셨대요. 할머니는 흐느끼면서 아버지에게 남편과 폴란드인 인부를 모두 증오했다고 말씀하셨어요. 그리고 모든 건 가족을 위해 한 일이라고 주장하셨죠. 하지만 어느 날 밤, 폴란드인 인부가 빗자루 손잡이로 천장을 두드렸을 때 할머니는 그와의 잠자리를 거부하셨대요. 다음날 아침, 할머니의 남편이 일을 하러 나갔을 때 폴란드인 인부는 어딘가로 사라져버린 후였어요. 그 후로 그를 봤다는 사람은 아무도 없었죠."

"아버님과 다른 형제분들은 그 사실을 어떻게 받아들이셨습니까?"

"아버지는 그날 로마를 떠나셨어요. 그 후로 할머니와는 자주 만나지 않으셨죠. 그래서 나와 내 동생들은 어머니와 할머니를 뵈러 가야 했어요. 아버지는 지독한 오입쟁이셨어요. 여자들과 노시는 데만 정신이 팔려 계셨죠. 그 덕분에 어머니는 굉장히 비참한 삶을 사셨어요."
"하지만 끝까지 아버님 곁을 떠나지 않으셨군요."
"아버지가 돌아가시기 이 년 전까지는요. 아버지는 다른 여자와 살림을 차리기 위해 집을 나가셨어요."
우리는 동시에 글라스를 비웠다. 여자가 갑자기 몸을 앞으로 기울이고 내 입에 키스를 퍼부었다. 차가운 마티니 키스를.
"내가 옳았어요."
그녀가 말했다.
"뭐가요?"
"당신이 내 얘기를 잘 들어줄 것 같았어요. 평소엔 내 말을 귀담아 들어줄 사람을 쉽게 찾지 못하거든요. 그렇다고 고해실에서 털어놓을 얘기도 아니고."
그녀가 자리에서 일어나 나를 잠시 쳐다보았다. 그리고 이내 분주히 걸음을 옮기기 시작했다. 기다렸다는 듯 웨이터가 나타났다.
"마티니 한 잔 더 하시겠습니까, 손님?"
그가 물었다.
"아닙니다."
내가 빈 글라스를 가리켰다.
"이게 마지막 잔이었습니다."

로 마 의 캣 우 먼 들

나는 밤에 산책하길 좋아한다. 나 혼자서. 밤 늦은 시간에. 며칠 전 저녁, 크리툰노 가 모퉁이를 돌아 레노 가로 나왔을 때 중년을 넘어선 듯해 보이는 여자가 집 앞 계단에 앉아 열 마리도 넘는 고양이들에게 먹이를 주고 있는 모습이 눈에 들어왔다. 그녀는 예순에서 예순다섯 살 사이로 보였다. 내가 지나치자 그녀가 미소를 지었다. 작은 체구와 큰 코를 가진 백발의 여자는 반달 모양의 숯처럼 까만 눈을 가지고 있었다.

로마에선 길 잃은 고양이들에게 먹이를 주는 여자들을 가타레라고 부른다. 캣우먼이라는 뜻이다. 로마에만 그런 여자들이 수만에서 수십만 명에 달한다. 내 눈앞의 가타레는 옷을 단정히 걸쳤고, 깨끗해 보였으며, 정신병이 의심되지도 않았다. 캣우먼들 중에선 정상이 아닌 사람이 많다. 그들은 예의가 없고, 말이 거칠다. 괜히 행인들의 태도를 트집 잡아 욕을 하고, 자신들에게 행해지는 범죄들과 애꿎은 세상을 싸잡아서 저주

한다.

뉴욕에도 공원의 비둘기들에게 팝콘과 빵 부스러기를 던져주는 데 일생의 많은 시간을 사용하는 이들이 많다. 고양이들에게 은혜를 베푸는 로마 사람들은 전부 여성이다. 그들이 길 잃은 고양이들로 넘쳐나는 로마의 수많은 공원들에서만 활동하는 건 아니다. 나와 마주친 가타레 대부분은 레노 가의 여자와 비슷했다. 거리의 그늘에 죽치고 앉아 순회하는 이집트 아이들의 밤 친구가 돼준다.

여자는 한입 크기로 정성스레 자른 닭고기와 치즈를 뿌려주며 귀여운 털북숭이들에게 뭔가를 속삭이고 있었다. 나는 몰려든 고양이들과 그들에게 은혜를 베푸는 여자 사이를 헤치고 걸어 나갔다. 잡색의 고양이들이 완벽한 명암의 배합을 이룬 채 앉아 나를 경계했다. 소중한 식사시간을 방해받을까 걱정하고 있는 듯했다. 그들을 지나쳐 몇 걸음 걸어 나갔을 때 뒤에서 캣우먼의 음성이 들려왔다.

"마 게보이?"

로마 방언으로 "뭘 원하니?" 하고 묻는 것이었다. 나는 뒤를 홱 돌아보았다. 얼룩덜룩한 달빛에 흔들리는 나뭇가지들의 그림자 사이로 나를 등지고 선 여자와 그녀 앞에 모여든 고양이들이 보였다. 그들은 그녀의 발을 밟고 올라서서 게걸스럽게 먹이를 씹어대고 있었다. 그들의 나지막한 으르렁거림과 깩깩거림이 정글의 어둠을 가르는 창의 휘파람처럼 여름 공기를 꿰찌르고 있었다.

내게 던진 질문이었나? 아니면, 배고프다고 징징거리는 고양이들에게? 나는 다시 몸을 틀고 계속 걸음을 옮겨 나갔다. 난 뭘 원하지? 사실 나는 지난 몇 년간 같은 질문을 스스로에게 던지며 머리를 굴려왔다.

동이 터오고 있었다. 어젯밤 나는 의도적으로 레노 가의 캣우먼과 다시 마주쳤다. 이번에도 그녀는 나를 쳐다보며 씨익 웃었다. 나는 옆자리에 잠시 앉아도 되는지 물었고, 그녀는 그렇게 하라고 했다. 예상대로 인도에 반원을 이루며 둘러앉은 고양이들은 나를 경계했다. 하지만 이내 내가 방해꾼이 아니라는 걸 깨닫고 다시 순서대로 먹이를 받아먹는 데 정신을 팔았다.

나는 몇 분간의 관찰을 통해 고양이들의 행동이 꽤 규칙적이라는 사실을 알게 됐다. 동물 행동을 전공하지 않았기에 우두머리 수컷들이 나머지 고양이들을 위압했다고 감히 주장할 수는 없다. 여러 작은 고양이들은 자신들보다 몸집이 크고, 사나운 놈들과 자연스럽게 어울려 식사를 했다.

캣우먼의 이름은 루시아였다. 그녀는 자신이 남부의 레초 칼라브리아 출신이며, 여섯 살 때 가족과 로마로 이사를 갔다고 했다. 그녀는 지난 육십 년을 그곳에서 살았다. 거슬리는 속삭임에 가까운 루시아의 음성에선 묘한 기운이 느껴졌다. 살랑거리는 속삭임은 구슬림이라기보다는 짜증나는 자극에 가까웠다.

루시아는 고양이들과 지내기 전의 인생에 대해선 말을 아꼈다. 그녀는 지난 십 년간 하루도 빼놓지 않고 고양이들과 밤을 보내왔다. 혹독한 날씨 속에서도 예외는 없었다.

"얘네들은 나 없인 못 살아요. 얘네들이 실망하면 난 미쳐버릴 거예요."

루시아가 말했다.

나는 그 말의 의미가 궁금했다. 그래서 그녀에게 설명을 부탁했다.

"오래전 사연을 하나 들려줄게요. 내가 아주 어렸을 때였어요. 열두 살쯤 됐었나? 난 안과 의사이신 아버지와 몽골로 여행을 갔었어요. 아버지는 자국에서 안과 치료를 받지 못하는 몽골인들을 돕기 위해 이탈리아 정부의 후원을 받아 의료 봉사를 떠나신 거였어요. 어느 날 저녁, 울란바토르(몽골의 수도_옮긴이)에서 저녁을 먹고 있는데 몽골인 여자 두 명이 아버지가 던지신 한 마디에 웃음을 터뜨렸어요. 그들은 한참을 그렇게 웃어대다가 통역관을 통해 그 얘기를 다시 한 번 들려달라고 부탁했어요. 그래서 아버지는 다시 같은 얘길 들려주셨죠. 통역관이 그 얘기를 여자들에게 전달했어요. 이번에도 여자들은 발작이라도 일어난 듯 웃어댔어요. 그렇게 일이 분 웃어젖히다가 다시 평정을 되찾았죠. 저녁식사를 마친 후 아버지가 잠자리에 드실 준비를 하고 계실 때 내가 다가가 여쭤봤어요. 대체 무슨 말씀을 하셨기에 여자들이 숨 넘어가게 웃었느냐고 말이죠. 아버지는 대화 중에 자살을 언급했다고 하셨어요. 어렸지만 난 자살이 뭔지 알고 있었어요. 왜 자살 얘기가 그들을 웃게 만들었는지 이해가 되지 않았죠. 아버지가 그 이유를 설명해 주셨어요. '자살이라는 걸 처음 들어본 사람들이란다. 그래서 내가 설명을 해줬어. 사람이 스스로 목숨을 끊는다는 아이디어가 믿어지지 않는 모양이야. 그들은 내가 이 얘기를 꾸며냈는지 알았나 봐. 내가 공들여 설명을 했지만 그들은 말도 안 된다면서 웃기만 하더구나. 몽골인들은 절대 자살 같은 건 안 한다고도 했어. 자살하는 유럽인들이 도무지 이해가 안 된다고 말이야.' 그리고 며칠이 흘렀어요. 우린 몽골에서 이 주쯤 머물렀죠. 그 여자들은 우리 주변을 맴돌면서 다른 여자들에게 연신 뭔가를 속삭여댔어요. 아버지를 손으로 가리키면서 말이죠. 그런 다음엔 예외 없이 몇 분간 미친 듯이 웃어댔죠. 그들은 몸을 앞으로 숙인 채 배를 움켜잡고 나지막이 웃었어요. 한 손으로는 입을 틀어막았고요. 난 자살이라는 아이디어가 그들을 배꼽을 잡게 만들었다는 걸 알고 있었어요. 그들은 무척 아름다웠죠. 갈색 가죽 빛 살결을 가진 여자들. 검은 천으로 온몸을 감싼 그녀들은 웃을 때 특히 예뻤어요. 난 아직도 그들이 잊히지가 않아요."

나는 무척 흥미로운 얘기라고 했다. 그리고 세상엔 스스로 목숨을 끊는 사람도 있다는 얘기에 몽골 여자들이 그런 반응을 보인 것과 로마의 길 잃은 고양이들을 위한 헌신이 무슨 상관이냐고 물었다.

"얘네들도 웃잖아요."

루시아가 손가락으로 먹이를 나눠주며 말했다.

"내가 얘네들을 보며 즐겁고 신기해하듯이 오십 년 전엔 유럽인들이 몽골인들을 보며 좋아했을 거예요. 난 고양이들을 배신하기 전에 나 스스로 목숨을 끊을 거예요."

"만약 또 다른 사람이 이 거리에 나타나 고양이들에게 먹이를 주기 시작한다면요? 만약 고양이들이 당신을 외면하고 다른 사람에게 가버린다면요?"

내가 물었다.

그녀가 눈을 가늘게 떴다가 이내 감아버렸다. 그리고 웃음을 터뜨렸다. 그녀는 몸을 앞뒤로 흔들며 나지막이 웃어댔다. 그렇게 일이 분이 흘러갔다. 고양이들이 그녀의 손가락과 손과 손목을 물어뜯기 시작했다. 그제야 정신을 차린 그녀는 고양이들에게 다시 먹이를 나눠주기 시작했다.

로 만 티 카

욜란다의 왼쪽 볼엔 엄지손톱만 한 흉터가 나 있었다. 대니가 그 흉터에 대해 물었을 때 그녀는 얼굴을 붉혔다. 분홍색 상처도 진홍색으로 변했다. 대니는 그녀가 몸을 떠는 걸 볼 수 있었다. 얼굴도 살짝 일그러졌고, 헐떡거리는 소리도 들렸다. 그들은 어정쩡한 자세로 서로에게 엉겨붙은 채 욜란다의 에어스트림(크라이슬러 사의 레크리에이션용 차량_옮긴이) 앞, 사막의 황색 달 아래 서 있었다. 두 사람은 이스트 베이커즈필드에 와 있었다.

"오늘이 무슨 날인지 알아?"

욜란다가 물었다.

"2월 29일. 방세 마감일이 하루 늘었어."

"엘 디아 데 산타 니냐 데 라스 푸타스. 사탄의 포로들의 수호신. 윤년 2월의 마지막 날, 두 번째 보름달이 뜨면 나타난다고 해."

"푸른 달에 대해선 알고 있어. 하지만 사탄의 포로들은 처음 듣는데."

"살아오면서 사탄에게 영혼을 팔아 넘긴 사람들 말이야. 생각이 바뀌어서 죽기 전에 사탄과의 거래를 원래로 되돌리려는 사람들."

욜란다로부터 떨어져나간 대니가 럭키 스트라이크에 불을 붙이고, 한 번 깊게 빨아들였다가 기침을 했다. 밤공기가 쌀쌀하게 느껴졌다. 더 이상 욜란다에게 몸을 문대고 있지 않았기 때문이다. 그가 두 손을 비벼대다가 바지 주머니에 꾹 찔러 넣었다. 담배는 여전히 입에 문 채였다.

"산타 니냐가 누구지?"

그가 중얼거리며 물었다.

"나 같은 로만티카야. 할리스코(멕시코 서부에 있는 주_옮긴이)에서 태어났어. 그녀의 아버지는 암으로 죽어가는 아내를 살리기 위해 악마와 거래를 했지. 사탄은 그에게 아내를 살리고 싶으면 세 아들의 영혼까지 내놓으라고 했어."

"딸은?"

"그때 니냐는 태어나기 전이었어. 그녀는 네 아이 중 막내였지. 아버지는 고민 끝에 동의했어. 나중에 아내가 낫고 나면 사탄에게 아이들의 영혼을 돌려달라고 애원해 보려고 말이야. 어머니는 회복됐지만 악마는 애원하는 아버지의 부탁을 들어주지 않았어. 아들들과 지옥에서 영원히 썩게 될 생각에 그는 비탄에 빠졌고, 딸이 태어난 지 얼마 지나지 않아 세상을 떠나고 말았다더군."

"어머니도 그들의 거래에 대해 알고 있었어?"

"그녀의 남편은 임종의 순간에 모든 걸 털어놓았어. 니냐가 열두 살 때 그녀의 오빠들이 죽었거든. 가파른 산길을 오르던 중에 그들이 타고 가던 당나귀 짐수레의 굴대가 부러져버렸던 거야. 그들은 당나귀와 함께 계곡 아래로 추락했지. 니냐의 어머니는 딸에게 아들들의 영혼의 운명에 대해 들려주었고, 니냐는 어떻게든 그들과 아버지를 살리겠다고 다짐했어."

대니가 물고 있던 담배를 툭 뱉었다.

"정말 그렇게 됐어?"

"그래. 그날 밤, 그녀는 사탄을 불러내 오빠들 없인 단 하루도 살 수 없다고 했어. 그리고 당장 그들이 있는 곳으로 데려가 달라고 요청했지. 사탄이 모습을 드러내는 순간 그녀는 그의 손을 붙잡고 자길 지옥으로 이끌어달라고 했어. 지옥으로 내려간 그녀는 결국 악마의 여주인이 됐고 말이야."

대니는 더 이상 한기를 느끼지 못했다. 욜란다가 이동주택 안에 틀어놓은 흘러간 로큰롤 곡들이 새어나오고 있었다. 척 윌리스의 '베티와 듀프리'가 흘러나오는 중이었다. 척이 불러 젖혔다. "듀프리가 베티에게 말했어. 뭐든 사주겠노라고."

"니냐에 대한 사탄의 애착은 곧 완전해졌어. 그녀는 잔학의 왕이 상상하지 못했던 방법들로 그를 현혹시켰지. 그렇게 해서 악마를 압도할 수 있는 힘을 기르려고 했던 거야. 그래야 아버지와 오빠들을 지옥에서 구해내 천국으로 보낼 수 있을 테니까. 하지만 니냐는 지옥에 남아 사탄의 매춘부 노릇을 해야만 했지. 정말 눈물겨운 희생이었어."

욜란다가 말했다.

"매춘부들의 성인, 니냐."

"맞아. 이날만큼은 세상의 어느 매춘부도 신의 눈앞에서 주눅 들지 않아도 돼."

"그런데 그 흉터는 뭐야? 어떻게 생기게 된 거지?"

"처음으로 돈을 받고 남자랑 잤을 때 바위의 날카로운 가장자리에 베었어."

"하지만 왜? 넌 정말 예뻤잖아. 지금도 그렇지만."

"앞으로 다시는 예뻐질 수 없을 거야. 안팎이 다 망가져버렸어."

대니가 그녀를 감싸 안았다.

"불쌍한 나의 욜란다."

그녀가 그로부터 떨어져 나가며 그를 쏘아보았다.

"아니야. 난 전혀 불쌍하지 않아."

그녀가 말했다.

반바지 차림으로 앉아 있는 대니는 남동쪽에 솟아 있는 모래 언덕을 바라보고 있었다. 날은 빠르게 저물고 있었다. 그는 다시 럭키 스트라이크 한 개비를 꺼내 물고 불을 붙인 후 남행 하이-볼(산타페 서던 철도회사의 열차 이름_옮긴이)의 길고, 애처롭고, 불안정한 기적 소리에 귀를 기울였다. 대니는 저녁 화물열차의 처절한 울음소리에 익숙했다. 이 지역 사람들은 그 기차를 '라 엑스프레사 트리스테사'('슬픔의 특급'이라는 뜻의 스페인어_옮긴이), 또는 '엘 토르멘토'('천둥'이라는 뜻의 스페인어_옮긴이)라고 불렀다. 그들은 매일 오후 6시 56분, 라 오르카 델 디아블로, 즉 악마의 갈퀴가 예외 없이 영혼 깊은 곳으로 파고든다고 했다. 대니는 그 말을 믿어보려 했었다. 예상은 하고 있었지만 기적에 대한 준비는 전혀 돼 있지 않았었다. 그래서 항상 그 소리에 놀라곤 했다.

욜란다를 기다리는 건 쉬운 일이 아니었다. 어릴 적 대니는 종종 아버지를 따라 다니곤 했었다. 빅 대니는 매일 밤, 베이커즈필드 지역 술집들을 순회하는 재미로 살았었다. 빅 대니가 술을 마시며 흥청거리는 동안 대니는 바깥 연석 위를 서성이거나 오픈트럭에서 아버지를 기다렸다. 어떨 땐 몇 시간 동안 자신을 이상한 눈으로 쳐다보는 행인들을 지켜보기도 했다. 가끔 동네 아이들이 시비를 걸어오기도 했다. 그럴 때면 대니는 일단 도망쳤다가 나중에 슬그머니 차로 돌아갔다. 아버지가 자길 두고 가버리지 않았기를 바라면서. 빅 대니의 밤은 항상 싸움으로 끝이 났다. 아직까지도 대니의 기억 속엔 피로 범벅이 된 빅 대니의 얼굴이 뚜렷하게 남아 있었다. 빅 대니는 대니가 열여섯 살 때 가슴에 칼을 맞고 세상을 떠났다. 사람들이 물어오면 대니는 항상 아버지가 심장마비로 돌아가셨다고 대답했다. 난폭한 데이브의 천국의 꿈이라는 술집에서 술에 취한 망나니가 휘두른 칼에 맞아 숨졌다는 진실은 단 한 번도 입 밖에 내본 적이 없었다.

대니의 어머니, 리 엘라는 아들이 네 살 때 폐렴으로 세상을 떠났다. 그는 어머니에 대한 기억이 거의 없었다. 부츠를 신지 않았을 때의 키가 150센티미터밖에 되지 않는 빅 대니는 출라 비스타와 새너제이를 순회하는 난쟁이 로데오의 전설적인 인물이었다. 알코올 중독으로 로데오를 그만두기 전까지 그가 가장 자신 있어 한 이벤트는 황소 타기였다. 빅 대니는 스탁턴에서 '밤에 특히 거친 놈'이라는 무시무시한 황소를 다루면서 인기를 끌었다. 로데오 시즌이 끝나면 빅 대니는 공사장을 전전하거나 평범하지 않은 일터에서 돈을 벌었다. 대니는 아버지가 세상을 떠난 후부터 줄곧 혼자 살아왔다. 욜란다 리오스에게 홀딱 반해 버리기 전까지 그는 그 누구와도 가까이 지내지 않았었다. 그리고 그는 다시 기다리고 있었다.

대니는 욜란다와 갈라지기 전에 마음을 단단히 먹기로 했다. 파모소를 지나쳐 달리던 그는 엘 라가르토 투에르토('외눈박이 도마뱀'이라는 뜻의 스페인어_옮긴이)라는 술집에 멈춰 섰다. 대니의 왼쪽 부츠의 뒤축이 모래에 닿았을 때 달무리는 이미 고속도로변 전신주 너머로 번져가고 있는 중이었다. 대니는 자전거를 타고 줄타기를 하는 곡예사처럼 위태롭게 흔들리는 성 엘모의 불(폭풍우의 밤에 돛대나 비행기 날개 등에 나타나는 방전 현상_옮긴이)을 지켜보며 커틀러스의 운전석에 앉아 있었다. 소리 없는, 푸르고 흰 구상(球狀) 번개가 몇 초간 우아하게 춤을 추다가 순식간에 사라져버렸다. 번개가 사라진 곳엔 안개가 뿌려져 있었다. 천둥소리는 들려오지 않았다. 그저 쉿 하는 소리가 희미할 뿐이었다.

대니는 몇 초 더 기다렸다가 차에서 내렸다. 언젠가 그는 치플라 미구엘의 촙숍(훔친 자동차를 분해하여 그 부품을 비싼 값으로 파는 불법적인 장사_옮긴이)에 뒹굴어 다니는 〈월간 UFO〉라는 잡지를 훑어본 적이 있었다. 그 잡지에 실린 한 기사는 구상 번개가 종종 우주선으로 오인되기도 한다고 했었다. 사실 그것은 가스나 공기가 독특하게 반응하는 것일 뿐이었다. 어쩌면 고주파 전자기장이나 집중된 우주 선(線) 입자에 의해 추진되는 것인지도 몰랐다. 대니의 발이 땅에 닿는 순간 천둥소리가 들려왔다. 그는 비가 쏟아지기 전에 잽싸게 술집으로 들어갔다. 대니는 뇌우가 땅을 음전기로, 대기를 양전기로 충전해 주는 전지 역할을 한다는 걸 알고 있었다.

대니가 입구에 다다르자 엄청난 폭우가 쏟아지기 시작했다. 그는 그것이 좋은 징조인지, 안 좋은 징조인지 알지 못했다. 대니는 신만이라도 그가 무엇을 하고 있는지 알아주길 바랐다. 왜냐하면 그조차도 자신이 무슨 짓을 하려는지 몰랐으니까.

안엔 손님이 두 명 있었다. 술집엔 테이블과 의자가 없었다. 두 사람은 높고 둥근 걸상에 앉아 있었다. 대니는 이 분간 바 테이블 앞에 서 있었지만 바텐더는 나타나지 않았다. 그는 가까운 곳에 앉아 있는 손님에게 바텐더가 어디 있는지 물어보려 했다. 하지만 손님은 카운터에 얹어놓은 팔을 베고 곤히 자고 있었다. 나지막이 코까지 골면서. 대니는 바 테이블 끝에 앉아 있는 검은 턱수염의 남자에게로 시선을 돌렸다. 남자는 앞에 놓인 맥주병 라벨을 응시하고 있었다.

"이봐요, 여기 일하는 사람 없습니까?"

대니가 물었다.

남자는 아무 말이 없었다.

"이봐요, 당신 말입니다! 여기 일하는 사람 없느냐고 물었잖아요."

남자가 걸상에서 뚝 떨어지며 대니의 시야에서 사라졌다.

"맙소사, 무슨 이런 곳이 다 있지?"

그가 말했다.

밖에선 폭풍이 몰아치는 소리가 들려왔다. 요란한 천둥과 거세게 쏟아지는 빗소리였다. 그럼에도 불구하고 대니는 정문 쪽으로 몸을 틀었다.

"외눈 도마뱀에 온 걸 환영해!"

그의 뒤에서 누군가가 큰소리로 말했다.

대니는 몸을 돌려 키가 180센티미터쯤 돼보이는 백발 여자를 쳐다보았다. 그녀는 매부리코와 매의 것처럼 날카로운 눈을 가지고 있었다. 여자는 체크무늬 셔츠와 청바지 차림이었다. 그녀의 거대한 가슴 위로는 빨간색 멜빵이 둘러져 있었다. 대니의 눈엔 쉰다섯 살쯤 돼보였다.

"주문할 거야?"

그녀가 큰소리로 물었다.

대니는 다시 바 테이블 앞으로 돌아왔다.

"방금 전까진 바텐더가 없었는데요."

"이젠 여기 있잖아. 뭘로 마실 거야?"

"네그라 모델로로 주세요."

육중한 여자가 눈을 가늘게 뜨고 그를 유심히 쳐다보았다.

"우유부단한 타입이군."

"우유부단하다고요?"

"자신에게 확신이 없잖아."

그녀가 맥주를 꺼내와 뚜껑을 딴 후 대니 앞 바 테이블에 내려놓았다. 솟아오른 거품이 카운터 위로 흘러내렸다.

"그걸 어떻게 아시죠?"

그가 물었다.

여자가 코웃음을 쳤다.

"그것 말고도 너에게 말해 줄 수 없는 게 많아. 내겐 신비한 능력이 있거든."

"신비한 능력?"

"현재와 미래를 동시에 꿰뚫어볼 수 있는 능력 말이야. 내 눈 보이지?"

대니가 그녀의 눈을 들여다보았다. 담청색 동공은 크게 팽창돼 있었다.

"난 예언자야. 아모스, 아삽, 갓, 헤만, 사무엘, 사독, 뭐 그런 사람들처럼. 이 이름들 들어본 적 있어?"

"아뇨."

"하는 일이 뭐지?"

"차와 관련된 일을 해요. 경주도 하고요."

그녀가 대니를 빤히 쳐다보며 몸을 앞으로 기울였다. 그녀는 커다란 손으로 바 테이블을 짓눌렀다. 갑자기 그녀의 오른쪽 눈이 빙빙 돌기 시작했다. 대니는 움직이는 동공을 지켜보았다.

"오른쪽 눈으로 미래를 보시는 건가요?"

여자가 몸을 뒤로 젖혔다. 빙빙 돌던 눈이 멈췄다.

"악인의 팔을 꺾으소서. 악한 자의 악을 없기까지 찾으소서."

그녀가 말했다.

"네."

"마시고 나가."

대니는 맥주를 단숨에 비우고 빈 병을 카운터에 내려놓았다. 그런 다음, 주머니에서 1달러 지폐를 꺼냈다.

"공짜 술이야. 넌 이제 늑대들 틈에 낀 새끼 양이 됐어."

여자가 말했다.

대니는 빗속을 헤치고 세워둔 차로 달려갔다. 차에 오른 그는 잠시 여자가 했던 말을 곱씹어보았다. 갑자기 구름을 뚫고 나온 번갯불이 땅에 떨어졌다. 소나기구름 위로 눈부신 분홍색 얼룩이 나타났다. 번갯불이 엘 라가르토 투에르토의 주석 지붕에 떨어지는 순간 커틀러스에 시동이 걸렸다. 대니는 덜덜대는 차에 앉아 몸을 떨었다. 욜란다를 찾아야 했다.

옛 날

펠릭스 마르투치는 느릿느릿 비행기에서 내렸다. 삼 개월 전에 수술받은 불편한 왼쪽 무릎 때문에 어쩔 수 없었다. 하지만 그는 여유롭게 움직이길 즐겼다. 순전히 나이 때문이지만 젊은 사람들에게 우대받는 기분도 나쁘지 않았다. 여섯 주 후면 펠릭스 마르투치는 여든네 살이 될 것이다. 그는 도무지 실감이 나지 않았다. 매일 아침, 거울 속 자신의 얼굴을 볼 때마다 그는 스스로에게 물었다. "아니, 이게 누구지?"

마르투치는 게으르거나 신경질적인 타입이 아니었다. 그의 차분하고, 과감한 태도는 항상 플러스가 돼주었다. 남자들은 그를 신뢰했다. 신뢰는 사업가가 반드시 갖춰야 할 덕목이었다. 은퇴했다고 신뢰의 중요성을 무시할 순 없었다. 상대에게 위협을 가해 얻는 수확도 물론 있었다. 하지만 베니 피클스가 말했듯 신뢰는 존경의 할아버지였다. 불쌍한 베니 피클스, 고이 잠들길. 죽은 지 몇 년이 됐지? 오 년? 육 년?

그를 제외한 모두가 세상을 떠났다. 아직 살아 있는 이들은 기억할 가치조차 없었다.

펠릭스는 조심스레 출구 앞으로 다가가 눈을 질끈 감았다. 계단을 앞에 두고 선 그가 깊은 숨을 들이쉬며 눈을 떴다. 사십 년 만에 돌아온 아바나의 풍경이 그를 맞아주었다. 예상과는 달리 특별한 감정은 찾아들지 않았다. 공기는 후텁지근했지만 불쾌할 정도는 아니었다. 젊은 남자 승무원이 다가와 그의 팔뚝을 붙잡았다. 펠릭스가 그를 유심히 뜯어보았다.

"도와드릴까요? 계단이 젖어서 미끄럽습니다."

옛날 같았으면 예쁘장한 젊은 여자가 내 팔꿈치를 붙잡아주었을 텐데. 펠릭스는 생각했다. 보나마나 게이겠지만 그런 건 아무래도 상관없었다. 주니의 손자, 마티도 게이였다. 하지만 착한 아이, 착한 손자였다. 그런 건 더 이상 큰 문제가 되지 못했다. 옛날? 그는 그런 표현을 싫어했다.

펠릭스는 미끄러지지 않고 무사히 계단을 내려왔다. 그는 승무원이 자신의 정체를 알고 있을지 궁금했다. 그는 여러 사람의 목숨을 앗아간 살인자였다. 물론 피해자들은 모두 죽어 마땅한 사람들이었다. 어쨌든 만약 승무원이 그 사실을 알았다면 이 노신사를 이토록 상냥히 돕겠다고 나섰을까?

1950년대엔 활주로로 들어온 차가 비행기 옆에서 그를 기다리곤 했었다. 그것도 최신형 컨버터블이. 오늘 그는 택시를 잡아탔다. 철사와 쇠꼬챙이로 붙들어놓은 1957년형 시보레 벨 에어였다. 쿠바엔 이런 고물 차를 고쳐 쓸 수 있게 해주는 훌륭한 수리공이 많은 모양이었다.

그는 언제나처럼 나시오날 호텔에 묵을 예정이었다. 마이애미에 가면 게이블스에 자리한 빌트모어에서만 묵었다. 두 호텔 모두 같은 사람이 디자인했다. 당시 사람들은 진정한 스타일과 고상함이 무엇인지 알았었다. 확 변한 라스베이거스에 가보면 속이 울렁거려 견딜 수 없을 정도였다. 반바지 차림의 뚱뚱한 부모가 뚱뚱한 아이들과 아이스크림을 먹는 모습. 법적으로 애완동물 반입이 가능한 쇼핑몰 안에 자리한 카지노. 맙소사.

펠릭스 마르투치는 테라스에 앉아 코이바(쿠바의 프리미엄 담배 브랜드_옮긴이)를 피웠다. 카스트로에게 고마워해야 할 유일한 것이었다. 펠릭스는 자신이 피우고 있는 게 진품인지 알지 못했지만 맛만 봐선 그런 것 같았다. 두 번째 심장마비를 겪은 후 그는 담배와 술에 손을 대지 않아 왔다. 하지만 지금 그는 모히토(중남미 지역에서 즐겨 마시는, 럼을 듬뿍 넣은 칵테일_옮긴이)를 홀짝이며 담배를 피워대는 중이었다. 이곳, 좋은 추억이 가득한 도시에서 죽는 것도 나쁘진 않을 것 같았다. 마침내 이곳 정부는 기업 조합처럼 행동하기 시작했다. 새로 지어진 호텔들과 싸구려 매춘부들이 유럽과 캐나다의 관광객들을 끌어들이고 있었다. 그들이 쿠바에서 뿌려대는 돈은 실로 엄청났다.

그가 립스키와 리비에라에 도착했을 때 클리블랜드에서 온 마피아 단원, 니키 팬츠는 부두 사용료 계약을 마무리 짓기 위해 무던히 애를 썼다. 립스키는 어떤 조건을 원하는지 물었고, 니키 팬츠는 이리 호를 누비는 카지노 보트 한 척을 요구했다. 이리 호엔 카지노 보트가 다니지 않았다. 대체 무슨 소리지? 립스키는 보트 한 척 띄우는 건 어렵지 않다고 했고, 니키 팬츠는 관리를 맡겠다고 했다. 립스키는 탈출한 정신병자가 어떻게 호텔 방까지 들어올 수 있었는지 궁금했다. 니키 팬츠의 언성이 높아졌다. 다음날 아침, 말뚝에 묶인 그의 시체가 발견됐다. 바라쿠다(이빨이 날카롭고 공격적인 꼬치고기과의 물고기_옮긴이) 떼가 훑고 지나간 다리엔 앙상히 뼈만 남아 있었다. 립스키를 위해 펠릭스가 기꺼이 나서준 것이었다. 립스키가 아바나에서 행사하는 영향력은 실로 놀라웠고, 마르투치는 그를 가까이 두고 싶었다.

해변은 여전히 멋있었다. 옛날 이곳 거리는 지금처럼 젊은 사람들로 넘쳐나지 않았었다. 적어도 그의 기억으로는 그랬다. 그랬던 곳이 지금은 심하게 황폐해져 있었다. 건물과 사람들 모두 문제였다. 그들은 좋은 시간을 보내기 위해 온 사람들이었다. 펠릭스는 트로피카나 호텔에서 벌거벗은 몸에 살아 있는 뱀을 걸친 채 춤을 추던, 검은색 눈과 황금빛 피부를 가진 여자를 떠올리며 히죽 미소를 지었다. 뱀의 머리는 그녀의 왼쪽 가슴에 붙어 있었고, 혀는 음악에 맞춰 날름거렸다. 그것은 공연의 일부였다. 요즘엔 아시아에서도 볼 수 있을지 모르지만 당시엔 쿠바에서만 볼 수 있는 공연이었다.

향수병 외에도 펠릭스 마르투치가 아바나에 와야 했던 이유는 또 있었다. 이곳엔 그의 아들이 있었다. 아직 살아 있다면 그의 아들은 마흔두 살이 돼 있어야 했다. 더 이상 아이가 아니었다. 아들이 태어났을 때 펠릭스의 나이가 마흔두 살이었다. 아들의 이름도 펠릭스였다. 적어도 아들을 마지막으로 봤을 땐 그랬었다. 당시 꼬마 펠릭스는 두 살이었다. 커피색 피부의 그는 젊은 시절 아버지처럼 웨이브 진 검은 머리를 가지고 있었다. 마르투치는 아이 어머니의 행방을 몰랐다. 죽었을 가능성도 있었다. 그녀의 이름은 소냐 데스파치오였고, 그들이 처음 만났을 때 그녀는 스물네 살이었고, 베네데티의 클럽 중 하나인 히-핫에서 댄서로 일했었다.

마르투치는 지난 몇 년간 아들 생각만 해왔다. 아주 가깝진 않지만 세 딸, 그리고 여섯 명의 손주들과는 잘 지내오고 있었다. 육 년 전 세상을 뜰 때까지 안나의 삶은 아이들과 그들의 인생을 중심으로 돌아갔었다. 펠릭스는 아내처럼 난리법석을 부리진 않았다. 안나가 오십일 년의 결혼 생활을 끝으로 세상을 떠난 후 펠릭스는 혼자 살아왔다. 식사 준비와 전화 응답은 가정부가 맡아 해주었다. 그는 야구 중계와 미스터리 소설을 즐겼고, 몇 명 남지 않은 옛 친구들과 가끔 카드놀이를 했다.

아바나에서 꼬마 펠릭스를 찾을 수도 있을 거라는 희박한 가능성이 그를 들뜨게 만들었다. 하지만 막상 이곳에 도착하고 나니 무엇부터 해야 할지 막막했다. 쿠바로 내려오는 건 어려운 일이 아니었다. 그는 멕시코 칸쿤에서 비행기를 갈아타고 아바나로 왔다. 미국 정부가 여행 금지령을 내려놓은 상태였지만 아무도 그를 비롯한 몇몇 미국인들에겐 눈길 한 번 주지 않았다. 여권에 스탬프만 찍지 않으면 문제 될 게 없었다. 사실 펠릭스는 그것이 문제 된다 해도 크게 개의치 않을 사람이었다. 아무리 정부라도 지난 이 년간 두 차례에 걸쳐 심장마비로 죽었다 살아난 팔십 대 노인을 어쩌지 못할 테니까.

펠릭스가 소냐를 처음 만났을 때 그녀는 이미 약혼을 한 상태였다. 두 사람은 바라데로 해변에 자리한 립스키의 별장에서 일주일을 보냈다. 그녀는 겨드랑이와 무릎 뒤편을 제외하고는 까무잡잡한 피부로 덮여 있었다. 오랫동안 햇볕에 노출되면 피부는 푸르스름한 색을 띠기도 했다. 펠릭스는 그녀에게 이국적인 열대어를 닮았다고 말했다. 들떠 있을 때 소냐의 갈색 눈 속에선 눈부신 노란 불꽃이 튀었다. 펠릭스는 그녀의 눈을 두고 동시에 발화된 두 개의 조명탄 같다고 했다. 그 불빛은 그의 영혼을 사정없이 파고들었다. 그는 소냐가 자신을 한 번도 사랑해 본 적이 없다는 걸 알고 있었다. 펠릭스 역시 그녀를 진심으로 사랑해 본 적이 없었다. 그럼에도 불구하고 그는 그녀와의 관계에 큰 의미를 두고 싶어 했다. 그에게 있어 그것은 무척 독특한 경험이었다.

펠릭스 마르투치는 소냐 데스파치오와 그들의 아들을 버려두고 지나온 세월이 후회되었다. 그는 지금껏 죄의식을 느껴본 적이 없었다. 그는 이 년간 아바나에 올 때마다 소냐에게 돈을 주었다. 하지만 발길을 끊은 후로는 그녀와 꼬마 펠릭스에게 해준 게 아무것도 없었다.

어떻게 해야 그들에게 충분한 보상이 될까? 소냐와 펠릭스 주니어를 찾아낸다 해도 그들의 반응이 호의적일 것 같진 않았다. 그는 미국의 폭력단원이었으며, 그들을 지배하고, 세뇌해 온 체제의 적이었다. 게다가 펠릭스 주니어는 지금껏 한 번도 다른 생활 방식을 체험해 보지 못했을 것이다. 1981년, 마리엘 난민 송출 사건(쿠바의 마리엘 항에서 12만 5천 명의 쿠바 난민들이 배를 타고 미국으로 탈출했던 사건_옮긴이) 때 그녀와 아이가 섬을 떠났을 가능성도 배제할 수 없었다. 어쩌면 그 사건과 상관없이 쿠바를 탈출해 미국에 살고 있는지도 몰랐다.

그의 머리 위로 제트기 한 대가 지나갔다. 증기가 뿌려진 흔적은 800미터도 넘게 이어졌다. 그 흰 띠는 코끼리 떼가 사방으로 흩어지는 모습을 연상시켰다. 펠릭스는 모히토를 계속 홀짝였다. 일 년 만에 마셔보는 술이었다. 그는 밀워키 데이브 인덴니차레가 아바나의 한 매음굴에서 경관을 총으로 쏴 죽였던 때를 떠올렸다. 경관은 자신이 좋아하는 여자와 시시덕거리는 데이브를 곱지 않은 시선으로 지켜봤었다. 그는 항상 같은 시간에 그녀와 시간을 보내왔다. 예상대로 두 사람 사이에 언쟁이 벌어졌고, 경관이 먼저 총을 뽑아 들었다. 데이브는 한 손에 쥐고 있던 술을 경관의 얼굴에 뿌렸다. 당황한 경관은 끝내 방아쇠를 당기지 못했다. 데이브는 그 틈을 타 자신의 총을 뽑아 들고 경관을 쐈다. 현장에서 시체가 치워진 후 데이브는 새 모히토 한 잔을 다시 주문했다. 그 이야기를 들은 립스키는 앞으로 인덴니차레를 모히토 데이브로 불러야겠다고 말했다.

마르투치는 자신의 인생이 끝났다고, 다시 되돌릴 수 없다고 믿고 싶지 않았다. 그는 월트 디즈니의 잘린 머리가 극저온에서 보관되고 있다는 소문을 들은 적이 있었다. 나중에 의학이 충분히 발전하면 뇌를 재활성화시킬 수도 있을지 모른다는 기대 때문이라고 했다. 펠릭스는 그렇게까지는 하고 싶지 않았다. 그는 그저 몇 년만 더 살고 싶을 뿐이었다. 하지만 그건 불가능했다. 젠장, 불평이나 늘어놓고 있다니. 불평은 젊은 세대나 하는 것이다. 그들이 잘하는 것이라고는 불평뿐이었다. 불평과 배신. 그래서 이 모든 게 끝이 나버린 것이다. 동화 정책 때문에. 지나치게 여위어진 핏줄은 큰 의미가 없었다.

제트기 두 대가 더 지나갔다. 관타나모 만으로 향하는 것인지, 그곳에서 돌아오는 것인지 알 수는 없었다. 아바나 공역은 비행이 엄격히 제한돼 있을 텐데. 정치인들이 뒷돈을 받고 무슨 짓을 벌이고 있는지 누가 알 수 있겠는가.

웨이터가 테라스로 나와 펠릭스에게 술을 더 주문하겠는지 물었다. 웨이터는 마흔 살쯤 돼보였다.

"코모 세 야마?('이름이 뭡니까?'라는 뜻의 스페인어_옮긴이)"

펠릭스가 그에게 물었다.

"베니치오."

마르투치가 고개를 끄덕이며 바닥을 살짝 드러낸 글라스를 베니치오에게 건넸다.

"포르케 노?('그러죠 뭐'라는 뜻의 스페인어_옮긴이)"

웨이터가 글라스를 작은 쟁반에 내려놓고 돌아섰다. 만약 그가 자신의 이름이 펠릭스라고 했다면? 만약 그가 늙은 악당의 아들이었다면? 그런다고 뭐가 달라지지?

하늘이 흐려졌다. 펠릭스가 바지로 덮인 자신의 물건에 오른손을 얹었다. 어쩌면 그는 심장병 외에도 전립선암에 걸려 있는지 몰랐다. 언젠가 그는 남자의 85퍼센트가 전립선암에 걸린다는 기사를 읽은 적이 있었다. 하지만 그들 대부분은 또 다른 병으로 사망한다. 전립선암은 아주 천천히 진행된다. 그의 주변에도 전립선 제거 수술을 받은 이들이 여럿 있었다. 그 수술을 받고 나면 발기부전이나 실금 증상이 찾아든다. 심할 경우엔 그 두 가지 모두를 앓게 될 수도 있다. 살 날이 얼마 남지 않았다면 그냥 놔두는 편이 현명하다. 적어도 가끔은 힘을 써볼 수도 있을 테니까.

베니치오가 모히토를 가져왔다.

"또 필요하신 게 있습니까?"

그가 완벽한 영어로 물었다.

"혹시 마흔 살쯤 되고, 자네와 생긴 게 비슷한 펠릭스라는 사람을 알고 있나? 펠릭스 데스파치오. 어머니 이름은 소냐야."

"모르겠는데요."

"그래. 고맙네."

펠릭스는 멀어지는 웨이터를 지켜보다가 눈을 감았다. 그리고 럼이 든 글라스를 가슴에 가져가 댔다. 또다시 제트기 지나가는 소리가 들려왔다.

튀니지 노트

머리말

1914년 4월, 스위스의 화가들인 아우구스트 마케, 파울 클레, 그리고 루이 르네 모알리에가 "지중해의 빛을 화폭에 담기 위해" 북아프리카로 떠났다. 그들은 이 주에 걸쳐 마르세유에서 튀니스까지, 생 제르망에서 시디-부-사이드까지, 카르타고, 하마메트, 카이로우안을 거쳐 다시 튀니스로 돌아갔다. 클레는 당시 기록해 둔 느낌을 『튀니지 여행 일기』라는 책으로 펴냈다. 모알리에에 의하면, 클레는 일기를 최대한 문어적으로 써내려가기 위해 노력했다고 한다. 그런 이유로 특정 사건들의 묘사는 과장이 심했고, 클레 자신이 보고 싶어했던 버전으로 부풀려진 채 기록됐다.

같은 해, 제1차 세계대전이 발발한 직후, 마케는 전사했다. 튀니지 여행을 다녀온 지 육십오 년이 지난 1979년, 아우구스트 마케의 일기가 포함된 가공의 노트가 발견됐다. 노트엔 클레의 흥미로운 지각이 소중하고 계몽적인 문서 형식으로 담겨 있었다.

"모든 사람은 나름대로의 방식으로 느끼고, 거짓말하고, 예술을 창작한다. 거짓말하는 한 가지 방법이 나로 하여금 다음 방법을 찾게 만든다."

—아우구스트 마케

"완성을 위해선 작품을 살짝 망쳐놓을 줄도 알아야 한다."

—외젠 들라크루아

4월 5일, 일요일, 정오, 마르세유

힐터핑겐에서 툰까지는 배, 툰에서 베른까지는 기차로 이동했다. 베른에선 남부 급행열차로 갈아탔다. 마르세유에는 이른 아침에 도착했다. 여행 내내 나는 엘리자베스를 생각했다. 루이와 파울이 반대했겠지만 그래도 그녀를 데려오지 못한 게 후회된다. 그녀가 이미 튀니지에 와봤다는 사실이 위로가 돼주긴 하지만 그녀와 함께였다면 훨씬 즐거운 여행이 됐을 거라는 생각엔 변함이 없다.

루이와 파울을 만나면 기분이 확 나아질지도 모른다. 어쩌면 그들은 이미 이곳에 도착해 있는지도 모른다. 모알리에와의 만남이 특히 기대된다. 이번 여행은 베른과 튀니스에서 의사로 활동해 온 그의 친구, 예기의 초청이 있었기에 가능했던 것이다. 클레의 경우는 또 다르다. 우리는 종종 갈등을 빚곤 한다. 성격 차이이기도 하지만 직업적으로도 부딪치는 부분이 많았다. 그는 "이론"을 놀림감으로 삼는 나를 좋아하지 않는다. 클레는 이미 훌륭한 예술가이지만 모든 것에 대해 지나치게 계획적이다. 루이의 입장을 생각해 클레를 적대시하지 않으려 노력할 필요가 있다. 내 앞에서 칸딘스키를 치켜세우지만 않는다면 나도 크게 불평할 것은 없다. 화가로서의 토론보다는 세잔과 들로네의 본보기를 충실히 따라 봐야겠다.

여느 때와 마찬가지로 덥고, 피곤하고, 배고프다. 내려가서 허기를 좀 채워야겠다.

4월 5일, 오후 11시

마르세유는 색채의 기적이다! 식사를 마친 후 나는 마을을 둘러보러 나갔다. 꽃과 항구의 배들을 구경했다. 깨끗하고, 뚜렷한 흰색, 파란색, 노란색, 초록색, 그리고 빨간색. 기분 좋은 산들바람이 불어와 내 피로를 씻어내 주었다. 걷다가 꽤 인상적인 여인을 보게 됐다. 그녀는 키가 컸고, 머리 스타일은 독특했다. 곱실한 호박색 머리는 높이 쌓아 올렸고, 앞머리는 이마를 살짝 덮고 있었다. 나는 무작정 그녀를 따라가 보았다. 그녀는 투우가 곧 시작되려 하는 투기장 밖에서 몇몇 사람과 만났다. 나는 그들을 따라 투기장으로 들어갔다. 나는 투우를 한 번도 본 적이 없었다. 입장료는 비싸지 않았다. 2프랑 정도.

관중 속 형상과 명암 대비의 배열은 환상적이었다. 흥미로운 투우보다도 훨씬 볼 만했다. 황소는 죽지 않았지만 어찌나 많이 찔리고 난타 당했던지 투우가 끝났을 땐 차라리 죽여버리는 게 더 자비로운 일이 될 거라는 생각이 들 정도였다. 회복은 끔찍하리만큼 괴로울 것이다. 아니, 회복을 바라는 것 자체가 미련한 일일 것이다.

황소는 짙은 갈색을 띠었고, 뿔은 노란색에 가까웠다. 시간이 흐르면서 그 색은 차츰 짙어져 갔다. 투우가 끝이 났을 때 황소의 가죽은 회색이 도는 검은색으로 변해 있었고, 뿔은 엷은 갈색이 돼 있었다. 나는 간신히 모든 걸 지켜보았다. 어느새 빨간색과 노란색의 곱슬머리를 한 키 큰 여자에 대해선 까맣게 잊게 됐다. 스스로를 제어하기가 힘들었지만 나는 가까스로 울렁거림을 견뎌낼 수 있었다.

투기장을 나와 강변을 따라 걷던 나는 비유 포르의 레스토랑에 들렀다. 보도 위 테이블에 자리를 잡고 앉아 베르무트(약초와 강장제로 맛을 낸 흰 포도주_옮긴이)를 홀짝이니 기분이 나아졌다. 나는 정식으로 식사를 주문했다. 식사를 마치자 모알리에와 클레가 레스토랑을 에워싼 울타리 너머로 나를 찾아냈다.

그들을 보니 반가웠다. 그들에게 기묘한 머리 스타일의 여자와 직접 본 투우에 대해 들려주다 보니 기분이 나아졌다. 루이는 예기가 여자 보는 눈이 탁월하다고 말했다. 클레는 내가 여자에 끌려 살육의 현장을 보고 온 것을 문제 삼았다. 루이는 피식 웃었고, 나는 적어도 프랑스에선 황소를 죽이지 않는다고 받아쳤다.

"건강해 보이는군!"

클레가 말했다. 그는 뮤직홀로 가자고 했고, 우리는 그의 제안에 따랐다.

파울은 특히 티롤(오스트리아의 중서부에 위치한 주_옮긴이) 출신 소녀를 흉내 내는 젊은 코미디언의 공연을 보며 흥겨워했다. 하지만 루이와 나는 별 감흥이 없었다. 연기자들은 의욕이 없어 보였고, 움직임은 딱딱했다. 모든 게 부자연스러웠다. 연기도 특별할 것 없었고, 공연의 색채는 침울하고 칙칙했다.

호텔로 돌아오는 길에 나는 청회색 홈통 주둥이 위에 앉아 있는 보라색 새 두 마리를 가리키며 그들에게 내 느낌을 들려주었다.

"불멸의 순간은 반드시 화폭에 담아둬야 해."

나는 말수가 적은 클레와 모알리에를 위해 입을 분주히 놀렸다. 루이는 내 수고를 이해해 주었다. 지난 12월, 우리가 처음 이번 여행을 계획했을 때 그는 내게 큰 찬사를 보냈었다.

"자넬 만나기 전까지, 나는 사람이 창 밖을 내다보는 그림만 그려왔어."

모알리에가 말했다.

4월 6일, 월요일, 오후 10시, 지중해를 떠가는 카르타고 호에서

우리는 오전 내내 마르세유를 들쑤시고 다녔다. 풍경에 매료된 클레는 이곳에 며칠 더 머물고 싶어했지만 클레가 "백작"이라 부르는 루이는 다른 곳에 더 흥미로운 게 기다리고 있을 거라며 그냥 가자고 했다. 클레는 마르세유의 색채가 새롭다고 했다. 나는 그의 기분이 상하지 않도록 조심스럽게 반대 의견을 내놓았다.

"여길 처음 와본 거라 새롭게 느껴질 수밖에 없겠지."

루이는 내 농담을 이해했지만 파울은 아니었다. 나는 위대한 화가가 되기엔 그가 너무 꽉 막힌 것 같다는 생각을 가끔 하곤 한다.

우리는 정오에 카르타고 호로 돌아왔다. 페인트를 새로 칠한 깨끗한 범선이었다. 항구를 나올 때까지만 해도 괜찮았지만 리옹 만에 접어들자 세 사람 모두 뱃멀미 약을 찾아 헤매느라 난리법석을 떨었다. 가브리엘 뮌터에게 받았다는 클레의 약은 듣지 않았다. 그래서 나는 내 약을 조금 나눠주었고, 그는 금세 나아졌다.

클레는 내가 자신에게 별 관심을 보이지 않는다는 걸 알고 있다. 하지만 나는 그를 싫어하지 않는다. 그가 내 "성공"을 시샘하는 게 문제다. 대체 무슨 성공을 부러워하는 거지? 나는 루이에게 물었다. 쾰러가 내 그림을 좋아해서? 항상 값을 잘 쳐줘서? 파울은 헌신적인 예술가다. 머지않아 그도 전성기를 누리게 될 것이다. 어쩌면 여러 번의 전성기를 누리게 될지도 모른다. 보나마나 모알리에와 내가 누렸던 전성기보다 훨씬 크고 대단할 것이다. 그는 대중의 취향을 잘 알고 있고, 우리들 중 가장 완고하다.

클레에 대한 내 부당한 편견은 그의 파이프에서 비롯됐다. 그는 파이프 담배를 즐긴다. 이십육 년을 살아오는 동안 나는 파이프 담배를 즐기면서 따분하지 않은 사람을 만나본 적이 없다. 종종 평범함을 넘어서서 상대의 진을 쏙 빼놓을 만큼 따분함의 진수를 보여주는 이들과 마주할 때가 있다. 문제는 그들이 내가 자신들의 말에 아무런 흥미도 느끼지 못한다는 걸 알고 있음에도 아랑곳하지 않는다는 사실이다. 다행히 클레의 경우는 아직 그 정도로 심각하진 않다.

루이와 파울은 돼지처럼 저녁을 먹었지만 그들 모두 내 게걸스러움을 따라오지 못했다.

2미터에 육박하는 파도가 쳤고, 배는 요동쳤지만 불평할 정도는 아니었다. 나는 갑판에 나와 솟구칠 시간만을 손꼽아 기다리는 태양을 느껴보았다.

4월 7일, 화요일, 오후 10시 30분, 튀니스

클레는 항상 일찍 일어난다. 내가 갑판으로 나왔을 때 그는 이미 아침 식사를 마치고 스케치에 몰두하고 있었다.

"저게 바로 사르디니아 섬(지중해에서 시칠리아 다음으로 큰 섬_옮긴이)이야."

그가 해안선 쪽을 가리키며 말했다.

모알리에는 식당에 있었다. 식사를 하면서 그는 클레가 어릴 적부터 유별나게 이기적이었다고 말했다. 그들은 학교 동기다. 루이는 파울이 삼등 선객들이 있는 배 앞으로 가보았다고 알려준다. 그는 그들과 같은 부류인 척하기를 좋아한다. 탁월한 연기력 덕분에 선객들은 깜빡 속아 넘어간다. 그래야 그들의 본모습을 기억에 담아둘 수 있다고 클레는 설명한다. 그는 아이들의 그림을 수집하는 취미가 있다. 자신이 유년기를 보내면서 그렸던 작품들까지도 버리지 않고 모아왔다고 한다. 루이의 설명에 의하면, 파울은 그것들이 미래의 열쇠를 쥐고 있다고 믿는단다.

클레와 그의 태도를 비난하며 내 아까운 인생을 허비하고 싶은 마음은 없다. 어쩌면 그에겐 내가 부러워하는 뭔가가 있는지도 모른다. 그의 탁월한 체력이나 자신감 같은 것 말이다. 엘리자베스는 항상 내 게으름에 대한 자신의 생각을 들려주며 나를 놀린다. 나는 그것이 농담이라는 걸 잘 알고 있다. 진지하다면 지금처럼 귀가 따갑게 재잘대진 않을 것이다. 그녀는 손님들에게도 이런 얘기를 한다. "그가 나이를 먹으면 어떻게 될까요?" 그 날이 무엇을 의미하는지 알 길이 없다. 어쩌면 나는 영영 나이를 먹지 않을 수도 있다.

여기서 클레가 무엇을 성취했는지 살펴보는 것도 흥미로울 것 같다. 그는 나와 모알리에보다 모험적이지 않다. 하지만 그에게는 대상과 이미지를 역사적으로 관계 짓는 놀라운 재능이 있다. 오늘 저녁, 식사를 하면서 그는 북아프리카에 대해 들라크루아가 했던 말을 인용했다. "내 눈에 들어오는 모든 이는 카토(로마의 장군이자 정치가_옮긴이), 아니면 브루투스(카이사르의 암살에 가담했던 로마의 정치가_옮긴이)다." 그레코로만 세상의 화신. 파울은 나보다 박식하다. 하지만 독서는 세상의 그 무엇보다도 지루한 일이다.

오후 늦은 시간이 돼서야 우리는 아프리카 연안을 볼 수 있었다. 오후의 열기가 최고조에 달했던 때였다. 연안은 흰색과 초록색을 띠고 있었다. 시디-부-사이드에 다다라서야 풍경을 제대로 감상할 수 있었다. 흰색 점들로 뒤덮인 언덕과 조화롭게 줄지어 선 집들.

배는 긴 운하로 통하는 좁은 입구로 들어갔다. 햇볕은 너무 뜨거웠고, 도무지 기운이 나질 않았다. 물결도 죽은 듯 잔잔했다. 머리에 터번을 두르고, 몸에 예복을 걸친 아랍인들이 보였다. 우리는 바람을 쐬기 위해 난간을 잡고 서 있었다. 하지만 배는 너무 천천히 움직였고, 뜨겁고, 끈적거리는 공기는 나아질 기미가 보이지 않았다.

클레는 무아경에 빠진 사람처럼 생기 넘치는 해안선에 감탄해댔다. 그리고 아랍인들의 얼굴을 화폭에 담을 생각에 흥분을 감추지 못했다. 나는 그의 의욕에 어떻게 반응해야 할지 몰라 난감했다. 그는 마치 절경 앞에서 "멋져, 멋져, 멋져"를 연발하는 교양 없는 사람 같았다. 이보다 더 성의 없는 표현이 또 있을까? 하지만 나는 그가 성의 없다고 생각하지 않는다. 반응 방법은 인종뿐만 아니라, 성격에 따라서도 차이가 날 수 있다. 이집트인, 중국인, 중세 사람들, 멤링(15세기에 활동한 플랑드르의 화가_옮긴이), 스네이데르스(정물화와 풍경화의 대가였던 벨기에 출신 화가_옮긴이), 세잔, 모차르트. 반응 타입은 각자 사정에 따라 달라질 수 있다. 오늘날의 예술가들은 문예 부흥기나 폼페이의 예술가들처럼 작품을 할 수가 없다. 가장 중요한 것은 바로 이 결론이다. 세잔의 정물화는 그것이 걸려 있는 벽만큼이나 진짜 같다.

예기 박사와 그의 가족은 배까지 마중을 나와 주었다. 아내와 딸을 데리고 온 그는 우리를 작은 노란색 차에 태우고 튀니스로 안내했다. 나와 동갑인 예기는 모알리에의 말처럼 아주 사근사근하고, 괜찮은 사람이다. 루이는 그를 오베르에 사는 반 고흐의 의사 친구, 가셰 박사에 비유했다. 아랍인들은 그를 "예기 아버지"라 부르며 알랑거린다. 그는 산부인과 의사다. 베른에서 보낸 젊은 시절엔 외과의사로 활동했었다. 나는 루이나 본인인 예기에게 왜 그가 튀니지로 오게 됐는지 묻고 싶었다. 잊지 말고 내일 물어봐야겠다. 그의 아내와 딸은 예쁘장하다. 그의 딸의 얼굴엔 들뜬 표정이 떠올라 있다.

예기는 우리를 생 제르맹에 자리한 자신의 집으로 데려갔다. 명함에 따르면 그는 튀니스의 밥-엘-알루치 2번지에 사무실을 두고 있다고 한다. 우리는 그의 집에서 커다란 선풍기 바람을 쐬며 열을 식혔다. 예기 부인과 미소가 매력적이고, 나긋나긋한 흑인 하인, 아메드는 환상적인 저녁식사를 준비해 주었다. 예기에 의하면, 아메드는 재능 있는 진정한 예술가라고 한다.

저녁식사를 마친 후 예기는 나를 프랑스 호텔로 데려갔다. 나머지는 그의 집에서 묵기로 했다. 예기는 내가 방에 들어가는 것을 확인한 후 돌아갔다. 호텔로 오는 동안 그는 모알리에를 통해 한 초대에 흔쾌히 응해줘서 기쁘다고 했다. 그리고 원한다면 생 제르맹에서 지내도 좋다고 했다. 나는 고맙다고 인사한 후 루이, 그리고 파울과 달리 후원자가 있어 고급 호텔에 부담 없이 묵을 수 있다고 설명했다. 그리고 그래야 아메드와 예기 부인의 일을 덜어줄 수 있을 거라고 덧붙였다. 그는 언제든 마음이 변하면 집으로 오라고 했다.

밤공기는 달콤하고, 따뜻했다. 튀니지는 뜻밖의 기쁨이었다.

4월 8일, 수요일, 자정, 생 제르맹

루이와 폴은 예기의 차를 타고 이른 아침에 도착했다. 아침을 먹지 않은 나를 위해 그들은 시장 근처의 식당까지 함께 가주었다. 내가 식사를 하는 동안 그들은 가까운 재래시장 노점에서 쇼핑을 했다.

예기는 커피를 마시며 운전면허증의 필요성을 전혀 느끼지 못한다고 말했다. 이곳에서도 그렇고, 베른에서도 그렇고. 그는 교통경찰에게 걸렸을 때도 무면허 사실이 문제된 적이 없었다고 했다. 의사면허증만 내보이면 그들은 소중한 시간을 빼앗아 미안하다고 사과를 한다나. 의사면허증만으로 모든 게 해결되니 굳이 운전면허증을 따기 위해 바동거릴 필요가 없다는 게 그의 설명이다. 예기는 괴짜가 틀림없다.

그는 튀니지가 공원과 정원으로 넘쳐나는, 부자연스러운 유럽과는 확실히 다른 실사회(實社會)라고 강조했다.

"보이는 대로 그리면 됩니다. 그걸로 충분해요."

그가 말했다.

만약 중산 모자와 파리 스타일을 찾아볼 수 없기에 실사회라 한 것이라면 그의 말이 옳다는 걸 인정한다.

모알리에가 다가와 근처에서 장례식이 거행되고 있다고 알려주었다. 우리는 통곡과 신음 소리를 들을 수 있었다. 여섯 마리의 여윈 노새가 끄는 짐수레가 달가닥거리며 식당 앞을 천천히 지나갔다. 짐수레엔 파란색과 금색 관이 끈으로 단단히 고정돼 있었다. 그 광경에 매료된 루이는 짐수레를 따라갔다. 고바가 세상을 떠난 후로 그는 장례식에 지나친 관심을 보여왔다.

뒤에 남겨진 우리도 그를 따라갔다. 장례식은 시장에서 얼마 떨어지지 않은 작은 들판에서 거행됐다. 클레의 얼굴에선 미소가 떠나지 않았다. 그는 루이가 어리석다고 생각한다. 또한 나 역시 무척 고집이 세다고 생각한다. 그가 옳다. 하지만 그래서 뭐가 어떻다는 건지.

우리와 함께 시내를 둘러본 예기 박사는 자신의 사무실로 돌아갔다. 나는 혼자서 토착민들의 주거 지역을 둘러보았다. 졸졸 따라온 경관이 목탄과 물감을 구입하는 나를 지켜보았다. 나는 그에게 더 흥미로운 곳으로 안내해 달라고 부탁했다. 매음굴이랄지, 아편굴 같은 곳들. 누가 그런 정보를 경관보다 더 잘 알고 있으랴.

그는 약간의 사례에 흔쾌히 안내를 맡아주었다. 나 때문에 오후 일과를 포기하겠다는 것이었다. 내가 묻지도 않았는데 클레는 동행하지 않겠다고 했다. 그는 무척 언짢아했고, 자신의 그런 기분을 숨기려 애쓰지도 않았다. 하지만 나는 개의치 않았다. 그와 모알리에는 모스크를 보러 간다며 사라졌다.

압둘이라는 이름의 경관은 돈값을 톡톡히 했다. 오후 내내 내가 감당하기 힘들 정도로 많은 곳을 보여주었다. 나는 루즈 가 매춘굴에서 매춘부 몇 명을 스케치했다. 그들은 네글리제 차림으로 긴 의자에 앉아 있었다. 약속이라도 한 듯 목에 진주 목걸이를 하나씩 걸친 그들은 담배를 피우며 시시덕거렸다. 압둘은 그들을 잘 알고 있었다. 왠지 그 사실이 놀랍게 여겨지지 않았다. 내 스케치를 본 그들은 무척 만족스러워했다. 나는 그들에게 조만간 그림 도구 없이 다시 오겠다고 약속했다. 그 말에 그들이 일제히 웃음을 터뜨렸다. 예상과는 달리 그들은 아주 밝은 여자들이었다.

이곳엔 시선을 잡아 끄는 매혹적인 것들이 너무 많다! 화려한 장식품, 아치형 대문, 시장, 차일 덮인 테라스, 천막, 모스크의 둥근 지붕, 노새, 낙타, 그리고 갈색 피부를 가진 아름다운 사람들.

저녁엔 예기가 저녁을 먹자며 나를 생 제르맹으로 데려갔다. 그는 클레와 내게 자신의 작업실에 페인트를 칠해 줄 것을 부탁했다. 우리는 흔쾌히 그러겠다고 약속했다. 나는 그의 집에서 하룻밤 신세지기로 했다. 아르가우 출신의 뚱뚱하고, 땀투성이인 가정부는 뭐가 그리 못마땅한지 내 침대 정리를 성의 없이 해놓았다. 나는 그 사실을 복도에서 만난 루이에게 들려주었다.

"그 아르가우 여자가 제대로 할 줄 아는 건 목욕물 받는 일뿐이야. 그건 정말 완벽히 해놓더군."

그가 말했다.

4월 9일, 목요일, 오후 11시, 튀니스

아침식사 후 예기는 클레와 나를 시내로 데려가 호텔에 내려주었다. 그리고 그는 곧장 사무실로 가버렸다. 파울은 항구로 가서 그림을 그리자고 했다. 나는 작은 그림 몇 점을 완성하긴 했지만 목탄 가루가 내 눈과 물감에 들어가는 바람에 작업을 중단해야 했다. 클레는 그런 상황 속에서도 작업을 멈추지 않았다. 근처에 정박 중인 프랑스 어뢰정의 선원들이 서툰 독일어로 우리에게 욕설을 퍼부었다.

나는 어제와 같은 식당에서 홀로 점심을 먹었다. 식사 후엔 이슬람 성인, 마라부의 묘까지 산책을 했다. 어제 내 경관 친구는 성인의 묘가 사방에 흩어져 있다고 했다. 아랍의 성인들은 숨을 거둔 자리에 묻히기 때문이라나. 튀니스의 시디-부-사이드 주변에서도 성인들의 묘는 어렵지 않게 찾아볼 수 있다. 나는 목탄 가루와 선원과 동료 화가의 방해 없이 입구 통로를 무사히 그릴 수 있었다.

루이와 파울을 만나 저녁식사를 한 후 그들과 아랍 댄스를 구경하러 갔다. 그들은 진정한 관광객들이다. 화려하게 장식된 큼직한 빨간색 배지를 하나씩 달고 다니는 것만큼이나 노골적이다. 순진한 모알리에는 그나마 괜찮지만 클레는 원주민들을 경멸한다. 그의 생색내는 듯한 말투는 너무 거슬린다. 밸리 댄스는 전혀 야만적이지 않다. 여자들과 가지각색의 장식물로 덮인 그들의 반짝이는 피부는 보는 이들에게 즐거움을 준다. 튀니지는 새치름한 나라가 아니다. 파울은 이런 공연 따위에 전혀 흔들리지 않는다는 듯한 모습을 보이려 애쓴다. 루이는 과장되게 흥에 겨워한다. 나는 그들 중간 정도인 것 같다.

4월 10일, 금요일, 오후 9시, 튀니스

오늘 하루 동안 무려 예순 장의 스케치를 했다! 제대로 영감을 받은 날이다. 나는 클레와 마찬가지로 유년기와 아이들의 작품들을 존중한다. 진정한 예술을 하려면 반드시 부활을 체험해야 한다. 계절이 바뀔 때마다 자연이 그러하듯이. 음악가가 모차르트 수준의 곡을 만들기 위해서는 자연의 흐름에 순응하는 수밖에 없다.

사방이 생기 있고, 소박하고, 천진한 빛으로 가득 차 있었고, 나는 아침을 챙겨먹을 정신조차 없었다. 일어나자마자 서둘러 옷을 입고, 물감과 연필과 스위스에서 사온 종이를 챙겨 들었다. 그런 다음, 씻을 생각도 하지 않고 곧장 밖으로 나와버렸다. 정오가 되기 전에 그림 스무 점이 완성됐다. 새로 태어난 기분이 들었다.

과일을 사러 시장에 들렀다가 이탈리아인 사진가와 진지한 대화를 나누게 됐다. 그는 자신이 촬영했다는 환상적인 작품들을 내게 보여주었다. 나는 그중 열다섯 장을 샀다. 다양한 포즈를 취하고 있는 여자들의 인물사진들이었다. 나는 르코크 대위의 집에서 저녁을 먹으며 그 사진들을 보여주었다. 프랑스군 장교인 르코크는 예기의 친구다. 그는 파리에서도 항상 아랍인들의 편에 서서 정부와 싸웠고, 그 덕분에 이곳에서 굉장한 인기를 누리고 있다. 그는 튀니스에서 십 년을 지내서인지 자신이 프랑스인이 아닌 아랍인처럼 느껴진다고 한다. 르코크는 평범한 장교가 아니다. 그는 사교성이 풍부하다. 사진들을 유심히 들여다보던 그는 모델들의 포즈에 대해 적당히 짓궂은 의견을 내놓기도 했다. 저녁식사 후 그는 내게 매음굴에 직접 들어가 봤는지 물었다. 나는 들어가 보긴 했지만 그냥 그림만 그리다 나왔다고 대답했다. 그가 알 수 없다는 표정으로 나를 쳐다보았다. 나는 경관과 함께 있었다고 덧붙였다. 르코크는 웃음을 터뜨리며 그 경관이 무척 황당해했겠다고 말했다.
"외국인들의 행동은 언제나 흥미롭다니까요."

4월 11일, 토요일, 오후 11시 45분, 생 제르맹

아침에 엘리자베스의 선물을 고르기 위해 시장에서 두 시간 정도 보냈다. 독특한 매력이 있는 자수품 몇 개와 마호메트교도들의 묵주로 쓰이는 호박 목걸이를 구입했다. 목걸이엔 불가사의한 기호들이 새겨진 석인이 걸려 있다. 내가 신을 노란색 슬리퍼도 같이 구입했다. 숙소로 돌아와 곧장 그녀에게 짧은 편지를 썼다. 우리가 이곳에 도착한 후로 처음 쓰는 편지였다. 그동안 할 게 너무 많고, 볼 게 너무 많아 편지를 쓸 겨를이 없었다.

예기는 3시쯤 호텔로 전화를 걸어왔다. 우리는 차를 타고 생 제르맹으로 향했다. 예기와 나는 테라스에 앉아 와인을 홀짝이며 대화를 나누었다. 기분 좋은 오후였다. 명성 있는 외과의인 그는 나보다 조금 어릴 뿐이지만 고집스럽게 내게 예의를 차린다.

예기는 열세 살짜리 아랍인 소녀에게 단단히 홀린 르코크 이야기를 들려주었다. 그녀는 아버지에게 들킬 때까지 무려 육 개월간 하루도 빼놓지 않고 그를 찾아왔다. 르코크가 가끔 소녀에게 돈을 주었기에 어머니는 남편에게 딸을 말리지 말라고 애원했다. 프랑스 주둔군 장교, 르코크는 실제로 상당한 정권을 휘두른다. 그럼에도 소녀의 아버지는 신들린 듯 광포해져서 칼을 휘두르며 르코크를 공격했다. 르코크는 총을 쏴 그를 죽였다. 그 사건이 있은 직후 그는 휴가를 받아 프랑스로 떠났다. 그리고 한 달 후 다시 튀니스로 돌아왔다. 소녀와 어머니는 이미 어딘가로 사라져버린 후였다.

해변에서 작업하던 클레가 돌아왔다. 루이는 테라스에 나와 일몰을 스케치했다. 예기는 내일 축제를 위해 부활절 달걀을 만들어보자고 했다. 우리는 그의 제안에 따랐다. 달걀을 가져온 아메드도 디자인을 도왔다. 그의 디자인은 우리 것들보다 훨씬 복잡한 패턴을 담고 있었다. 그의 예술적 재능이 탁월하다는 예기의 말은 거짓이 아니었다.

성의껏 준비된 저녁식사를 마치고 클레와 나는 식당 벽에 페인트를 칠하기 시작했다. 클레는 한쪽 구석에 낙서를 했고, 나는 중앙에 그려놓은 가로, 세로 180센티미터 크기의 정사각형 안에 시장 풍경을 그려나갔다. 오렌지 바구니를 진 작은 검은색 당나귀, 그리고 빨간색 터키 모자(이슬람교도의 차양 없고, 술 달린 남자용 모자_옮긴이)를 쓴 채 그 양 옆에 서 있는 아랍인 두 명. 예기는 예상보다 훨씬 마음에 들어 했다.

브랜디 한 병을 가지고 나타난 모알리에가 은퇴 전에 마무리 지어달라고 했다. 취기는 별로 느껴지지 않았다. 그저 오랫동안 열기를 쐰 탓에 조금 피로할 뿐이었다. 이곳의 열기는 아무리 애써봐도 적응하기 힘들다.

4월 12일, 부활 주일, 오후 4시, 튀니스

울적한 날이었다. 이런 날 집에서 떨어져 있다는 건 무척 슬픈 일이었다. 어느 때보다도 엘리자베스와 내 아들들이 그립다. 우울함을 떨쳐내려 예기의 집에서 그의 딸의 초상화를 그려주었다. 아이의 부모는 그 그림을 액자에 넣어 아이 방에 걸어놓겠다고 했다. 하지만 우울함은 쉬이 걷히지 않았다. 이런 기분으로는 집으로 편지 한 장 띄울 수가 없을 것 같다.

나는 떠밀리다시피 해서 숨은 달걀 찾기에 참가했다. 클레는 손가락에 물감이 묻는다며 못마땅해했다. 하지만 다른 이들은 전혀 개의치 않는 분위기였다.

예기는 나를 튀니스의 호텔로 데려다주었다. 내일 하마메트로 떠나야 하기 때문에 오늘밤은 푹 쉬어야 한다. 공기에선 적지 않은 습기가 느껴진다.

4월 14일, 화요일, 오후 10시 30분, 하마메트

어젠 하루 종일 잠을 잤다. 그래서 기록할 게 없었다. 모든 계획을 오늘로 연기할 수밖에 없었다. 우울증을 동반한 유행성 감기 때문이다.

루이와 파울은 기분이 좋은 것 같았다. 그들은 새벽 출발에 들떠 있는 듯했다. 오래된 기관차는 드문드문 숲으로 덮인 사막을 느릿느릿 가로질러 나갔다. 여느 때와 마찬가지로 브랜디 병을 손에서 놓지 않는 모알리에와 클레는 특별할 것 없는 풍경에도 무척 황홀해했다.

하마메트 역을 나온 우리는 삼십 분간 베일을 쓴 채 낙타를 모는 젊은 여자들을 지켜보았다. 낙타는 물통에 묶어놓은 밧줄을 끌어 우물물을 긷고 있었다. 오랜 세월에 거쳐 효율성이 입증된 방법이다. 루이와 내가 먼저 가겠다고 엄포를 놓지 않았다면 클레는 영영 그곳을 떠나지 않았을 것이다. 파울은 소박함을 좋아한다.

공동묘지에서 수채화를 그리며 하루를 보냈다. 튀니스에서와 달리 우리는 이곳 구석구석을 마음껏 들쑤시고 다닌다. 멋진 선인장들이 곳곳에 우뚝 서 있다. 멀리서 보면 선인장들은 버려진 도시의 회색 건물들을 연상케 한다. 나는 작은 언덕에 자리를 잡고 기분 좋게 불어오는 산들바람을 맞으며 구부러진 해안선을 내려다보았다.

우리는 한 노파가 운영하는 하숙집에 묵기로 했다. 그녀는 니스에서 온 프랑스인이라고 주장하지만 누가 봐도 그녀는 아랍인이다. 검은색 담배를 피우는 그녀의 손가락엔 깊은 얼룩이 들어 있었다. 그녀는 저녁식사로 소의 간을 내놓았고, 우리는 하는 수 없이 식당을 찾아봐야 했다. 식당 음식도 별로 마음에 들진 않았다. 우리는 가볍게 식사를 하며 비음을 잘 쓰는 눈먼 가수와 어린 고수(鼓手)의 공연을 즐겼다.

식사를 마친 후 우리는 밴드를 따라 축제가 벌어지고 있는 좁은 거리로 나갔다. 그곳에서 우리는 코브라에게 코를 내놓는 고행자와 살아 있는 전갈을 게걸스럽게 먹는 탁발승을 지켜보았다.

루이와 나는 우울증 환자들의 벗, 브랜디 한 병을 깨끗이 비워냈다.

4월 15일, 수요일, 자정을 막 넘긴 시간, 카이로우안

오늘 여행은 꽤 인상적이었다. 오전에 하마메트를 출발해 비르-부-레크바까지 갔다. 가는 곳마다 헐거운 겉옷을 걸친 아랍인들이 우리를 신기하게 쳐다보았다. 행인들은 미소를 지으며 목례했다. 등에 그림 도구를 진 채 양복과 밀짚모자 차림으로 걸어 나가는 유럽인 세 명. 그들의 눈엔 당연히 신기해 보였을 것이다. 걸어가자고 제안한 건 루이였다. 그래야 진정한 여행이 될 거라고 했다.

사실 비르-부-레크바 역까지는 2킬로미터쯤 되는 짧은 거리였다. 우리는 그곳에서 기차를 타고 칼라-스리라로 향했다. 도착해서는 먼지가 날리는 식당에 들러 점심을 먹었다. 찢어진 빨간색 젤라바(아랍 남자의 겉옷_옮긴이) 차림의 미치광이 흑인이 운영하는 곳이었다. 열 마리도 넘는 광포한 닭들이 테이블들을 돌며 음식 찌꺼기를 찾아다녔다. 모알리에는 그런 상황 속에서도 평정심을 잃지 않았다. 오히려 여유 있게 미소를 지으며 브랜디를 홀짝였다. 클레와 나는 주문할 기회를 기다렸지만 주인은 고함을 치며 미친 듯이 날뛰는 닭들을 쫓느라 우리에겐 눈길 한 번 주지 않았다. 그는 닭들의 주인인 이웃을 죽여버리겠다고까지 했다.

손님들 모두가 웃음을 터뜨리며 식당 주인을 자극해댔다. 나는 옆 테이블에서 누군가가 남기고 간 음식을 끌어와 바닥에 흩뿌려놓았다. 그러자 닭들이 먼지를 일으키며 우르르 몰려왔다. 닭들은 빈 테이블과 의자를 점령해 버렸고, 식당 주인은 완전히 이성을 잃은 상태였다.

그는 내게 빵 부스러기를 뿌리지 말라고 소리쳤다. 그 말에 나는 버럭 화를 냈다.

"하지만 난 닭들에게 빵 부스러기를 뿌린 적이 없습니다. 이건 치즈란 말입니다!"

내 말을 듣고 불운한 남자는 결국 닭 쫓기를 포기했다. 우리는 흐린 커피를 주문해 마셨고, 내키진 않았지만 그에게 3프랑을 지불했다. 마침 기차가 역에 들어왔고, 우리는 카이로우안으로 향하기 위해 기차에 올랐다. 기차는 아코우다에서 잠깐 쉬어갔다. 기차 안에서 내다보는 아코우다는 파리 떼와 먼지가 어우러져 만들어놓은 폭풍 같았다. 우리는 오후 중반에 카이로우안에 도착했다.

도시 중심부에서 마르세유라는 프랑스 호텔을 발견했다. 우리는 그곳에서 식사를 하고, 술을 마시고, 저녁까지 잠을 잤다. 작업은 하지 않았다. 오늘밤엔 결혼식 피로연에 참석했다. 호텔 소유주의 딸과 유복한 지역 사업가의 결혼식이었다. 피로연은 야외에서 성대하게 치러졌다. 구운 양고기, 닭고기, 그리고 알 수 없는 여러 요리가 마련되었다. 우리는 제공되는 모든 음식과 술을 깨끗이 비워냈다. 클레는 황홀경에 빠져 있었다. 여행을 시작한 후 그토록 여유 넘치는 모습은 처음이었다.

4월 16일, 목요일, 오후 8시, 튀니스

새벽이 오기 직전의 튀니지의 하늘은 신비하고, 감동적이다. 서서히 밝아오는 하늘을 보고 있노라면 보잘것없는 내 가치가 점점 높아지는 게 느껴진다. 하늘은 빨간색과 파란색과 노란색이 겹친 색을 띠고, 오렌지색 구름은 뭉쳤다 흩어졌다를 반복하며 살아 있는 콜라주를 만들어낸다. 마침내 빛, 눈부신 빛이 비치면 낙타가 신음하고, 그림자가 흩뜨려진다. 그리고 꼬리 없는 회색과 핑크색의 고양이는 기지개를 켜며 흙먼지로 덮인 땅을 뒹군다.

오전에 그림을 몇 장 그렸다. 빨간색 페즈모(검은색 술이 달린 붉은색 모자 _옮긴이)와 갈색 겉옷 차림의 목동, 두꺼운 옷차림으로 길을 걷는 두 여자, 대추나무, 둥근 지붕들, 마을 광장에서 봤던 표범 얼굴을 한 소년. 오후엔 안내원을 고용해 이 지역 모스크들을 둘러보았다. 그는 독일어를 무척 배우고 싶어했다. 그래서 나는 흰색, 검은색, 똥, 오줌, 성교, 식사, 그리고 얼마인지 묻는 말을 가르쳐주었다. 어딜 가든 필수로 익혀둬야 하는 단어들이다.

튀니스에 돌아왔을 땐 이미 땅거미가 내려앉아 있었다. 루이는 예기를 만나러 르코크의 집으로 갔고, 클레는 혼자 있고 싶다며 어디론가로 사라졌다. 나는 호텔에서 목욕을 한 후 티 레스토랑에서 파울을 만났다. 우리는 페스토 파스타를 주문해 먹었다. 파울은 일요일에 집으로 돌아갈 거라고 한다. 루이는 이곳에 며칠 더 머무를 분위기다. 나도 더 머물고 싶긴 하지만 내일 아침에 모알리에와 먼저 상의해 봐야겠다.

4월 17일, 금요일, 오후 11시, 튀니스

시장에 나가 정오까지 그림을 그렸다. 지금까지 서른 장이 넘는 수채화와 수십 장의 스케치를 완성했다. 엘리자베스에게 띄울 짧은 편지도 썼다. 집을 떠난 후 두 번째 쓰는 편지였다. 편지에서 나는 그녀에게 깜짝 놀랄 만한 선물을 가져가겠다고 약속했다. 앞으로도 종종 이국적인 곳들을 찾아다녀야겠다는 생각이 든다. 여행을 하니 시야가 확 트이고, 사람들을 표정과 고갯짓만으로 이해할 수 있게 됐다. 익숙지 않은 환경은 나로 하여금 그들을 좀 더 뚜렷하게 관찰할 수 있게 해주었다.

오후에 우리는 칼라-스리라로 가보았다. 어젯밤 클레가 누군가에게 들었다는 모스크를 구경하기 위해서였다. 미치광이의 식당에서 차와 빵을 주문해 먹었다. 다행히 오늘은 미친 닭들을 보지 못했다. 주인이 독을 먹여 죽인 모양이었다. 모스크는 기대보다 화려하지 않았다. 외관은 평범

했고, 내부는 풍화로 심하게 손상돼 있었다. 게다가 우리가 찾아간 시간엔 모스크를 돋보이게 해줄 햇빛의 각도도 제대로 맞지 않았다. 시즌을 잘못 잡은 탓도 있었다. 모알리에와 나는 오후를 이렇게 허비했다는 사실이 너무나 불만스러웠다.

튀니스로 돌아오는 기차의 객실 안에서 우리는 맞붙어 싸웠다. 루이와 나 말이다. 클레는 그런 우릴 보고 격분했다. 그는 우리가 부적절한 행실을 보이면 아랍인들이 우릴 얕잡아볼 거라며 흥분했다. 한마디로, "비유럽적인" 모습을 보이면 안 된다는 것이었다. 그는 어떠한 물리적 자발 행동도 곱게 보지 않았다. 나는 클레가 별로 마음에 들지 않는다. 그는 나를 너무 만만하게 보는 경향이 있다. 우리가 함께 지내야 할 시간이 얼마 남지 않았다는 건 무척 다행스러운 일이다.

저녁엔 호텔 근처 식당에서 혼자 식사를 했다. 그리고 튀니지에 도착한 후 처음으로 유럽 신문을 읽었다. 그 세계에 대한 내 관심은 대폭 줄어든 상태였다. 비위생적인 생활 조건만 아니라면 영원히 북아프리카에 머물고 싶다.

4월 18일, 토요일, 자정이 지난 시간, 튀니스

예기의 집에서 멋진 시간을 보내고 막 숙소로 돌아왔다. 우리는 그곳에서 술을 질펀하게 마셨고, 서로 상대의 아내에 대해 짓궂은 농담을 주고받았다. 루이는 내가 사온 이탈리아인 사진가의 작품들을 차례로 돌렸다. 그것들은 모두에게서 감탄을 자아냈다. 특히 여자들의 반응이 좋았다. 그때부터 분위기가 달아올랐다. 예기는 우리를 포함해서 총 열여섯 명의 손님을 초대했다. 곧 떠날 우리를 위해 준비한 작별 파티였다.

너무 취해서 더 쓸 수가 없다. 너무 무성의해 보일 것 같기도 하다. 한 장교의 아내가 내게 사진들을 어디서 샀는지 물었다. 그녀는 그 사진들을 "프랑스 카드"라고 불렀다. 나는 그녀에게 마음에 드는 걸 하나 골라 가져도 좋다고 했다. 나는 그녀가 내 제안을 농담으로 듣고 당연히 거절할 거라 생각했다. 하지만 놀랍게도 그녀는 내가 가장 아끼는 작품을 골라 들고 손가방에 쏙 집어넣었다.

파티는 생각보다 밋밋했다. 밤새 비가 내렸고, 원주민들은 모처럼 한껏 들뜬 모습을 보였다. 이곳에 와 처음 보게 된 비오는 풍경을 제외하면 기억나는 게 거의 없다.

4월 19일, 일요일, 오후 6시, 튀니스

작고, 노후한 배의 3등 객실에 몸을 싣고 떠난 클레를 배웅하고 돌아왔다. 그는 비참할 때도 행복한 척하려 애쓴다. 그런 강박적 노력엔 개인적으로 연민을 느끼지 못한다. 하루 종일 작별인사를 나누고 짐을 꾸리느라 바빴다. 모알리에와 나는 내일 튠으로 떠날 예정이다. 팔레르모와 로마를 경유하게 될 것이다. 예기 부부는 아주 좋은 사람들이다. 그들은 우리를 반겨 맞아주었고, 이젠 우리를 떠나보내게 돼 홀가분해하는 눈치다. 당연한 일이겠지만.

뭘 좀 먹어야겠다. 그런 다음엔 보슬비를 맞으며 산책이나 해야겠다.

무 언(Il Nondetto)

다음은 이탈리아인 익명 작가의 글을 번역한 것이다.

1

남들이 그렇듯 나 역시 아무 계획 없이 시작한다. 어느 나라인지 정확히 기억나진 않지만 아무튼 나는 한 해안 피서지에 묵고 있다. 이오니아해 어딘가인 것 같다. 별로 인상적이지 않은 잔잔한 파도가 기억난다. 물론 해변이 있다. 사실 나는 모래를 그다지 좋아하지 않는다. 유년기에 지겹도록 누볐던 사막에 대한 고통스러운 기억 때문이다. 꽃이 많이 피었지만 부겐빌레아 말고는 이름이 도통 기억나지 않는다. 아무튼 마을 전체가 그 꽃으로 뒤덮여 있다. 몇 달간 이어지는 무더운 날씨 덕분이다. 내가 머무르는 동안에도 매일 푹푹 쪄댄다.

나는 입 없이 태어났다. 믿어지나? 나는 마흔 살이고, 이런 특이한 상태로 지난 반세기를 살아왔다. 나는 여전히 이런 상황 자체가 이해되지 않는다. 입이 없다는 건 정말 황당한 일이다. 일반적인 방법으로 말하고, 먹을 수 없는 내 처지를 상상해 보라. 누구라도 이런 장애에 쉽게 적응하지 못할 것이다. 적어도 내 경우엔 그랬다.

입이 없다는 사실은 이 이야기와 아무 관계가 없다. (신이 내게도 입을 주시려 했다는 믿음엔 여전히 흔들림이 없다.) 모험은 그 자체의 생명력을 지니고 있고, 내 인생, 선천성 변종의 인생과는 아무 상관이 없다. (부디 당신이 무시해 주기를 바라는 끔찍한 디테일은 제외하고.) 솔직히 내가 이걸 왜 언급하는지 모르겠다. 이해도 안 되고. (어쩌면 입이 없는 처지, 이 범죄 계획이 나를 사로잡고, 불행한 상황으로 나를 이끌어줄지도 모른다. 그건 두고 보면 알겠지만.)

이 마을에 나 혼자뿐이라는 것도 얘기했었나? 혼자가 아닐 수도 있지만 분명한 건 내가 이곳에 고립돼 있다는 사실이다. 당연히 선택의 여지도 없다. (설마 내가 들려주려는 모든 이야기를 의심하지 않기로 결심한 건 아니겠지? 그런 건 아무래도 상관없다. 정말로. 날 믿어주길.) 이 섬엔 새도 없다. (섬이 맞긴 한가? 기억나지 않는다.) 이건 놀라운 사실이다. 논리에 대한 엄청난 도전이다. 자신이 해안에 와 있다고 상상해 보라. 당연히 날아다니는 새 떼를 기대하지 않을까? 군함새나 제비갈매기, 아니면 그냥 갈매기라도. 이곳에서 이틀을 보내면서 새를 한 마리도 보지 못한다면? 그게 바로 내게 벌어진 일이다. (누군가에게 묻고 싶다. 내가 묵고 있는 호텔의 다른 투숙객에게라도. 하지만 알다시피 내겐 입이 없다. 물론 잊지 않았겠지. 앞으로도 잊을 일은 없을 것이다. 남들과 크게 다르다는 건 단점이기도 하고 장점이기도 하다. 아마 정상인들은 상상하기 힘들 것이다.)

새 한 마리 볼 수 없다는 사실이 이상하지만 나는 계속 이곳에 머물기로 한다. 당신의 마음을 계속 졸이게 만들고 싶진 않다. 동기도 없고, 입도 없는 내가 왜 그러려고 하겠는가. 내가 새 한 마리 찾아볼 수 없는 이 휴양지에 (그냥 T라고 부르자) 오기 위해 도시를 (R이라는 대도시) 헌 장갑처럼 (나는 장갑을 무척 좋아한다) 버리고 온 이유는 여자 때문이었다. 그녀는 몇 년간 우정을 쌓아온 나를 퇴짜 놓았다. 사실 이 말을 할 땐 혀를 꽉 물고 있어야 한다. (물론 형용해서 말하자면 그렇다는 것이다. 어차피 혀를 물지 않아도 말을 할 수 없으니까.) 여기까지 읽었다면 당신은 쉽게 속지 않을 것이다. 내가 처음부터 솔직하지 못했다는 점은 너그러이 이해해 주길. (이해를 바라는 자체가 더 황당하게 여겨진다. 오히려 공공장소에서 나를 모르는 이들이 하다못해 작고, 가느다란 입이라도 붙어 있어야 할 내 코 아래를 신기하게 응시하는 상황이 훨씬 자연스러울지도 모른다.) F와 나는 사년간 연인 사이로 지내왔었다. 이 사실엔 의심의 여지가 없다. 이걸 밝히는 지금도 나는 무척 들떠 있다. (이렇게 표현해도 무리는 없을 것 같다.) F처럼 아름답고 (내 생각에 그녀는 아름답다) 지적인 (내가 좀 쉽게 속는 타입이긴 하지만) 여자가 입 없는 남자와 사랑에 빠진다는 게 이해가 될지 모르겠다. 물론 그녀가 평범한 여자였다면 나도 그녀를 사랑하진 못했을 것이다. 나는 여전히 그녀를 사랑하고 있다. 더 이상 함께 할 수는 없지만 그렇다고 그녀에 대한 내 뜨거운 감정이 사라진 건 아니다. 나는 원래 솔직한 사람이다.

2

얘기했듯 나는 아무 계획 없이 T에 도착했다. 사실 T에 올 생각은 한 번도 해본 적이 없었다. 출국 직전에야 이런 곳이 있다는 사실을 처음 알게 됐다. 아니, 그것은 사실이 아니다. T에 대해 들어본 적은 있었다. 어릴 적 가정부, M이 종종 그곳을 언급했었다. M은 때때로 그곳에 사는 친척들을 방문하곤 했었다. M은 발이 예뻤다. 그녀의 발을 처음 본 것은 걸음마도 하기 전, 집 안 곳곳을 기어다니면서였다. M은 항상 맨발로 일을 했다. 그녀의 발은 흰족제비처럼 길고, 가느다랬다. 부모님이 M의 도벽을 문제 삼으며 그녀를 해고했을 때 내 마음은 찢어질 듯 아팠다. 그때 나는 일곱 살이었다. 내 기대와 달리 M은 집으로 돌아오지 않았다. 다행히 그녀의 완벽한 뒤꿈치와 우아한 손바닥과 아름다운 발가락은 어렵지 않게 떠올릴 수 있었다. F의 발은 그보다 작다. 그녀의 발가락은 고문당한 지렁이들처럼 사방으로 구부러져 있다. 그녀의 발은 천사 같은 가정부, M의 발과 같은 범주에 들지 못한다.

어느 날 밤, 택시를 타고 가다가 문득 T에 가보고 싶다는 생각을 하게 됐다. 그날은 아침부터 저녁까지 비가 내렸었다. 내가 사는 도시의 거리와 건물들은 물로 검게 변해 있었다. 도시 전체가 바다에 둥둥 떠다니는 타이어를 연상케 했다. 억수 같은 비가 잠시 멎었다. 신호등에 걸려 택시가 멈춰 섰을 때 차창 밖으로 상점 쇼윈도에 붙은, T를 광고하는 포스터가 눈에 들어왔다. 택시는 다시 출발했고, 나는 T로의 여행을 진지하게 생각해 보았다.

내 해부학적 문제에 대한 F의 병적인 자기 이미지를 인정한다. 나는 그녀가 내 곤경을 전혀 마음에 두지 않았다고 확신한다. 그게 그녀의 성적 취향 때문이었는지는 확인할 길이 없다. F는 자신의 입술로 내 코와 턱 사이를 문지르길 좋아했다. 내가 아무런 매력도 느끼지 못하는 그 부분을. 하긴 세상의 모든 연인들은 자신들의 성기 다음으로 그 부분을 서로 포개고 싶어하지 않은가. 내 안에서 그녀에 대한 연민이 커져갔다. 특히 그녀가 얼마나 키스를 받고 싶어하는지 (비록 한 번도 말을 꺼낸 적은 없지만) 깨달은 후엔 더 그랬다. 우리는 숱하게 만나 사랑을 나누었다. 하지만 두 사람 사이에는 뭔가가 빠져 허전한 느낌이 서서히 압도적인 요소로 자리 잡아 나갔다.

수술을 통한 문제 해결은 논외였다. 어릴 적 나는 지겹도록 건강 진단을 받았다. 입이 있어야 할 부분의 진귀한 (여기서 진귀하지 않은 게 뭐가 있을까?) 혈관의 배열 때문에 전문의들은 적극적 치료는 엄두도 내지 못했다. 고작 성형 재건 수술을 위해 이런 위험 부담을 감수할 수는 없는 일이었다.

물론 첫 번째 질문은 항상 이것이다. 그럼 식사는 어떻게 합니까? 옛날이었다면 출생과 동시에 죽음을 면치 못했을 것이다. 어머니의 자궁에서 튀어나온 나, 끔찍한 괴물은 이 땅에서 일 초도 발을 붙이지 못했을 것이다. 신생아는 태어나서 이삼 주간 앞을 보지 못한다고 한다. 나 역시 내게 유일한 기쁨을 안겨주는 눈의 덕을 한동안 보지 못했다. 생명 유지에 대한 의문은 제기되지 않을 수도 있었다. 사실 지금처럼 의학적으로 가장 과감한 시대에 경정맥 식이법은 거의 의무나 다름없다. 모든 신체 기능은 정상이다. 나는 하루에 몇 차례씩 편한 시간을 골라 주사를 통해 식사한다. 세 살 때 놀이친구들처럼 되고 싶은 마음에 보통 음식을 섭취해 보려 했다. 내 기억엔 당근을 콧구멍으로 쑤셔넣었던 것 같다. 하마터면 질식해 죽을 뻔했다. 하지만 그 사건으로 나는 소중한 교훈을 얻게 됐다. 요람기를 막 지났을 때부터 나는 스스로 죽음을 제어할 수 있었다. 그 후로 나는 죽음을 제어하는 무수한 방법을 하나씩 터득해 나갔다. 그 부분에 있어 나는 아마추어였다. 복잡한 기술이 가망 없는 환상일 뿐인 풋내기.

3

세상 모든 이에게 입이 없다면 누가 거짓말을 할 수 있을까? 거짓말을 어떻게 언어화할 수 있을까? 죽음 너머의 상태가 어떻게 인식되지 않을 수 있을까? F는 삶과 죽음을 모두 넘어서 있다. 내 인생 역시 넘어서 버렸고. (영원히 말이다.) 그녀에겐 우주의 법칙에 모순되게 영원히 존재하는 것 외엔 선택의 여지가 없다. (적어도 지금은 그렇다.) 지각은 경쟁을 위해 정당히 열려 있지 않다. 반복적으로 의견을 바꾸는 일은 점점 쉬워질 뿐이다. 그 무엇도 이것을 방지할 수 없다.

나를 노골적으로 질책하는 것은 F의 방식이 아니었다. 그녀에게선 지나친 공공연함도 찾아볼 수 없었다. 불쾌한 상황들은 오히려 그녀를 웃게 만들었다. 그녀 자신도 그런 반응에 당혹스러워할 정도였다. 나는 F에게 이 불가사의한 환희가 생소할 것 없는 초조함의 반응이라고 설명했다. 특별한 의미 없는 무의식중의 발작일 뿐이라고. 하지만 F는 자신의 그런 행동이 꼴사납다고 믿었다. 그런 그녀의 믿음을 깨기 위해 내가 할 수 있는 일은 아무것도 없었다.

4

F 얘기를 계속 해보자. 이 이야기를 위해. 물론 이야기로 볼 수도 없지만. (사실 나는 애초부터 이걸 이야기로 생각하지 않았다.) 그녀는 큰 키와 짙은 색 피부를 가지고 있고, 연약하다. 하지만 그녀를 제대로 설명하기엔 이것만으로는 너무 부족하다. 그녀 안엔 어두운 구석이 있고, 그녀는 늘 그것을 피하려 애쓴다. 그것은 피부 안쪽에 난 발진처럼 그녀를 조금씩 갉아먹는다. 그녀의 움직임은 엄청난 비탄을 드러낸다. 그녀를 보고 있노라면 테라스에서 뜨거운 햇볕을 쬐는 도마뱀이 떠오르기도 한다. 그녀는 경쾌하게 걷다가 갑자기 멈춰 서서 고개를 까딱이며 눈꺼풀을 퍼덕인다. (도마뱀들도 눈꺼풀이 있나? 없다면 왜 없는 걸까?) 그녀는 계속 움직이고, 빛은 그녀 등짝의 색을 증발시킨다. 초록색과 파란색은 회색으로 변해버린다. 진지한 F는 항상 유쾌한 척하려 애쓴다. 그녀의 그런 점은 나를 겁주기도 하고, 기쁘게도 해준다. 그녀는 자신의 약점을 숨기려 하지 않는다.

나는 F를 흠모하고, 그녀의 결함을 비난하지 않는다. 나와 같은 곤경은 알아서 해결되지 않는다. 물론 이것은 단호한 표현이 아니다. 나는 그것을 크게 개의치 않는다. 하지만 F는 자신을 지나치게 구속하는 경향이 있었다. 그 정도가 어찌나 심하던지, 그녀는 단 한 번도 긴장을 완전히 풀어본 적이 없었다. 나는 그런 그녀를 이해한다. 아무리 충분한 지성과 지각력을 가진 사람이라도 가끔 편협해지는 건 어쩔 수 없기 때문이다.

변종이 나타나면 사람들은 소란스러워진다. 나를 오래 알고 지냈던 F조차도 나를 볼 때마다 당혹스러워했다. 그녀는 나를 정상인으로 여긴다. 적어도 외관상으로는. 하지만 말을 걸기 위해 나를 돌아보는 순간 그녀는 충격에 빠진다. 그녀 눈에 담긴 공포는 의심의 여지가 없다. 그녀의 심장은 고동치고, 목과 입은 바짝 타들어간다. 정신을 가다듬으려 애쓸수록 말의 더듬거림이 심해진다. 그런 순간에 적어도 나만큼은 차분함을 잃지 말아야 한다. 자기혐오 없이 순진함에서 비롯된 이런 발작들을 견뎌내야 한다.

나는 스스로를 혐오하지 않는다. 내가 혐오하는 건 나를 제외한 모든 사람들이다. 그들은 자신들이 얼마나 넌더리날 정도로 연약한지 제대로 보지 못한다. 대결은 욕지기를 동반하고, 이 무모한 태도는 진지함의 가능성을 배제시킨다.

오직 당신뿐

저소득층, 장애인, 그리고 그들의 가족들에게 할당된 주택의 공사에 사용되는 여러 건축 재료들이 알레르기 반응을 일으킨다는 내용의 짧은 기사가 샌프란시스코 신문에 실렸다. 현 거주자인 허니 애덤스가 이 문제에 대해 입을 열었다. 중년의 그녀는 자신의 집 바닥과 벽판에 사용된 화학약품들이 특히 심한 알레르기 반응을 일으킨다고 주장했다. 또한 함께 사는 열아홉 살 딸도 같은 증상으로 고민하고 있다고 덧붙였다. 기사는 허니 애덤스가 임대료 통제가 적용되는 아파트의 입주를 이 년 이상 기다려왔다고 전했다. "이제 내겐 대안이 없습니다. 이곳에 들어오기 위해 지난번 집을 포기했어요. 그런데 막상 와보니 환경이 너무 지독하네요." 그녀는 말했다.

허니 애덤스라는 이름은 내게 생소하지 않았다. 삼십 년 전, 내가 텍사스 대학교에 다닐 때 같은 이름을 가진 여자 친구가 있었다. 나는 지난 이십 년간 샌프란시스코에서 살았고, 텍사스엔 돌아가본 적이 없었다. 나는 그녀가 텍사스에서 딱 일 년 살았을 때 나와 알고 지냈던 바로 그 허니 애덤스가 맞는지 궁금했다.

그날 저녁, 한 지역 뉴스 프로그램에서 유해한 장애인 주택의 문제점을 중점적으로 보도했다. 인터뷰에 응한 허니 애덤스는 자신을 소설가라고 소개했다. 심하게 과체중인 그녀의 퉁퉁 부은 얼굴엔 안경이 걸쳐져 있었고, 회색 머리는 짧게 깎여 있었다. 그녀는 지팡이를 짚고 다녔다. 내가 알고 지냈던 허니 애덤스의 모습이 아니었다. 카메라가 아파트 안을 한 번 슥 훑고 지나가다가 바닥을 비추었다. 바로 그때 내가 기억하는 허니 애덤스의 모습이 화면에 나타났다. 소녀는 길고, 곱슬거리는 붉은 금발 머리를 가지고 있었다. 연약해 보이긴 했지만 몸매와 얼굴은 아름다웠다. 그녀의 커다란 초록색 눈이 카메라를 응시했고, 내 가슴은 쿵쾅거렸다. 소녀는 허니의 딸이었다.

나는 텔레비전을 끄고 텍사스 시절 알고 지낸 허니를 떠올려보았다. 대학교 4학년인 그녀는 나보다 세 살 많았다. 당시 나는 1학년이었다. 우리는 '서술'이라는 강의를 함께 들었다. 창작과의 입문 코스였다. 그때 허니 애덤스를 눈여겨봤던 건 나 혼자만이 아니었다. 열서너 명의 학생이 강의를 함께 들었고, 여섯 명의 남학생 모두 그녀에게 빠져 헤어 나오지 못했다. 그녀는 매력으로 똘똘 뭉친 사람이었다.

허니와 나는 어느 파티에서 우연히 만났다. 우리는 각자 데려온 파트너를 방치해 놓고 함께 산책을 했다. 그리고 잠깐씩 멈춰 서서 입을 맞추었다. 하지만 더 진지해지려는 결심이 서기 전에 가까스로 서로에게서 떨어졌다. 그 다음 단계는 다음날 밤에 이루어졌고, 그 후로 몇 주간 우리는 어디든 붙어 다녔다.

허니는 '도시 사람'이었다. 그녀는 청각장애인인 어머니와 함께 살고 있었다. 그녀의 어머니는 항상 나지막이 말을 했고, 발음이 분명치 않았다. 그런 이유로 어머니의 말을 제대로 알아들을 때가 많지 않았다. 하지만 허니는 어머니의 말을 이해하는 데 아무런 문제도 느끼지 못하는 듯했다. 그들은 위스콘신의 작은 마을에 살았었다. 허니는 아버지가 세상을 떠날 때까지 그곳에서 자랐다고 했다. 당시 그녀는 열세 살이었다. 아버지가 세상을 떠난 후 허니의 어머니는 그녀를 데리고 텍사스 오스틴으로 이사를 했다. 허니의 어머니의 고향이었고, 그곳엔 아직도 그녀의 친척들이 살고 있었다.

내가 그녀를 만나기 일 년 전쯤 허니는 사촌과 로스앤젤레스에서 여름을 함께 보낸 적이 있었다. 그녀는 캘리포니아로 돌아가고 싶어 미칠 것 같다고 말했다. 그녀는 그곳에서 살고 싶어 했다. 허니는 소설과 시나리오를 쓰며 살고 싶다고 했다. 그녀는 자신에게 충분한 재능이 있는지는 모르지만 경험이 쌓이다 보면 언젠가는 꿈을 이룰 수 있을 거라고 스스로를 위로했다. 내가 쓴 소설과 시를 읽어본 허니는 내가 작가로 크게 성공할 거라고 말했다. 그리고 나만의 독특한 표현 방식이 마음에 든다고 덧붙였다. 그녀는 자신의 작품에 대해서도 같은 믿음이 생겼으면 좋겠다고 했다.

그때만 하더라도 모든 게 만족스러웠다. 나는 허니를 사랑했고, 그녀도 나를 사랑했다. 나는 그해 6월, 졸업과 동시에 그녀를 데리고 캘리포니아로 떠날 생각까지 했다. 어느 날 오후, 언덕 위 오래된 목조 주택의 내 자취방으로 그녀가 찾아왔다. 그녀는 더 이상 나와 사귈 수가 없다고 했다. 그녀는 나보다 세 살이 많았고, 졸업 직후 그곳을 떠날 계획이었다. 우리는 어쩔 수 없이 헤어져야 할 운명이었다. 그녀는 우리가 진지한 관계를 유지하는 데에 엄청난 부담을 감당하기엔 너무 어리다고 했다. 그리고 좀 더 넓은 세상을 둘러볼 필요가 있으며, 두 사람 모두 작가로 성공할 때까지 서로에게 장애물이 돼선 안 된다고도 했다.

나는 허니에게 나를 사랑하는지 물었고, 그녀는 사랑하지만 그런 건 더 이상 아무 의미가 없다고 대답했다. 그녀는 앞으로 나를 진지하게 만나지 않겠다고 했다. 계속 이런 관계를 유지해 나갔다가는 나중에 헤어질 때 몇 배 더 힘들어질 거라나. 나는 그녀에게 같이 캘리포니아로 가자고 했다. 아무 문제 없을 거라고. 나는 진작부터 중퇴를 생각해 왔었다. 내가 정말 하고 싶은 건 여행과 집필뿐이었다.

허니가 미소를 지으며 내게 입을 맞추었다.

"넌 맘껏 글을 쓸 수 있을 거야. 분명 훌륭한 작가가 돼서 세계 곳곳을 여행하게 될 거야. 나도 그렇게 될 수 있으면 좋겠어. 어쨌든 우리 관계는 지금 정리하는 게 여러모로 좋을 것 같아. 난 그렇게 믿어."

그녀가 말했다.

나는 그녀와 언쟁을 벌이고 싶지 않았다. 그녀의 결심은 확고했다. 나는 그녀의 뜻에 따르기로 했다. 그 후로 캠퍼스나 거리에서 그녀와 우연히 마주칠 때마다 나는 그냥 가벼운 인사만 던지고 계속 가던 길을 갔다. 그리고 삼십 년이 지난 지금, 텔레비전을 통해 그간 잊고 살았던 허니 애덤스를 다시 보게 됐다.

프로그램이 끝났을 때 나는 허니에게 전화를 걸어볼까 생각했다. 전화번호부를 훑으면 그녀의 전화번호를 찾을 수 있을 것 같았다. 만약 그렇지 않다면 텔레비전 방송국에 문의해 보면 될 것이다. 하지만 나는 생각을 바꾸었다. 그녀는 더 이상 내 기억 속에 남아 있는 텍사스 시절의 허니가 아니었다. 물론 나 역시 그때의 내가 아니었다. 어쩌면 그녀는 여전히 나를 보고 싶어하지 않을 수도 있었다. 나를 피해야 하는 또 다른 이유가 생겼는지도 모르고.

피의 복수

지노가 자신이 살던 브롱크스의 마리오라는 노인에 대해 들려준 적이 있었다. 1969년, 마리오의 패거리는 라이벌 갱단과 한창 신경전을 벌이고 있었다. 어느 날 아침, 현관문을 열고 나온 마리오는 문 앞에 놓인 시체를 발견했다. 마리오는 시체에 손을 대지 않았다. 그는 문을 닫고 조심스럽게 시체를 넘어 계단을 내려왔다. 그리고 아무 일도 없었다는 듯 사무실로 향했다.

나중에 형사들이 찾아와 그에게 물었다. 왜 곧바로 경찰에 신고하지 않았느냐고.

“무슨 시체요?”

그가 물었다.

“누군가가 당신 현관 앞에 시체를 놓고 가지 않았습니까. 새벽에 말입니다. 어떻게 그걸 못 보고 지나칠 수 있었습니까?”

"시체는 못 봤습니다."

"거짓말하지 마십시오. 그는 당신 부하였습니다. 카르멜로 세론."

"부하라뇨? 난 군인이 아닙니다."

"당신 집 앞을 지나던 여자가 시체를 발견하고 경찰에 신고했습니다."

"우리 동네 아가씨입니까?"

"아닙니다. 청소부입니다. 발뺌할 생각일랑 마십시오."

마리오가 피식 웃었다.

"잘못한 게 있어야 발뺌을 하든 말든 할 게 아닙니까. 난 아무것도 못 봤습니다. 황당한 건 이뿐만이 아닙니다. 그들은 달에 착륙하지 않았습니다."

"그게 무슨 소립니까?"

"달에 우주선이 착륙했다는 거짓말 말입니다. 그건 달이 아니라 애리조나의 사막이라고요! 국민들을 그렇게 속이다니, 전부 체포돼야 마땅해요."

"누구 말입니까?"

"정부 관계자들 말입니다. 꼭두각시에게 다이빙 옷을 입혀 사막으로 데려갔지 않았습니까. 그래놓고선 달에 착륙했다고 거짓말을 해댔죠. 그건 분명 범죄입니다."

"그러니까 오늘 아침에 현관 앞에서 카르멜로 세론의 시체를 못 봤다는 얘기죠?"

"기억력이 나쁘군요. 아까 말하지 않았습니까. 그들이 빌어먹을 달이 아니라, 애리조나 사막을 헤집고 다녔던 것과 다르지 않다고 말입니다."

"수사는 그렇게 종결됐어. 형사들은 그에게서 어떠한 자백도 받아내지 못했지. 하지만 마리오가 우주 비행사에 대해 주절거린 건 허튼소리가 아니었어. 그는 정말로 달 표면 보행이 허술하기 짝이 없는 사기극이라고 믿었지. 그 노인네는 모두가 그걸 진실로 믿고 있다는 걸 황당해하더라고."

지노가 말했다.

파리의 새로운 미스터리

얼마 전 나는 무척 황당하고, 우울하고, 감동적인 이야기를 들었다. 어느 날, 한 남자가 호텔로 들어와 방을 달라고 했다. 그에겐 35호실이 주어졌다. 몇 분 후 다시 로비로 내려온 그가 프런트데스크에 열쇠를 내려놓으며 말했다.

"미안해요. 건망증이 좀 심해서요. 외출했다 들어올 때마다 내 이름, 델루아를 댈 테니 방 번호를 알려주겠습니까?"

"알겠습니다, 선생님."

잠시 후, 호텔로 돌아온 그가 프런트데스크를 지나며 자신의 이름을 댔다.

"델루아."

"35호실입니다, 선생님."

"고마워요."

일 분 후, 남자가 씩씩거리며 호텔로 들어왔다. 그의 옷은 진흙과 피로 얼룩져 있었고, 얼굴도 말이 아니었다. 그가 프런트데스크 앞으로 다가오며 말했다.
"델루아."
"지금 뭐하시는 겁니까? 당신이 델루아 씨라고요? 장난치지 마십시오! 델루아 씨는 방금 방으로 올라가셨단 말입니다!"
"미안해요. 납니다. 방금 창밖으로 떨어졌어요. 내 방 번호가 뭐죠?"

—앙드레 브르통(초현실주의를 대표하는 프랑스의 시인이자 이론가_옮긴이)

나디아는 1928년, 프랑스의 한 시골 정신병원에 입원했다. 평범한 사람들, 삼엄한 감시를 뚫고 탈출한 운 좋은 사람들, 지금껏 살아오면서 비슷한 판결과 선고와 추방을 면할 수 있었던 사람들이 세상으로부터 버림받은 이들의 비명에도 아랑곳하지 않고 자신들의 실패를 상기하지 않아도 되는 곳.

당시 나디아의 상태는 정신병자 요양소 안에서든 밖에서든 차도를 기대하기 어려웠다. 어쨌든 나디아는 이곳에 들어온 흔적을 확실히 남겨놓았다. 보나마나 지금쯤 정신병원 뒤편 어딘가에 묻혀 있을 것이다. 들고양이들은 그녀의 무덤을 파헤치며 놀고 있을 테고.

그녀가 마젠타 가에 자리한 스핑크스 호텔의 자신의 방 창문에서 뛰어내리겠다고 길길이 날뛰었을 때 나는 그것이 장난이 아니라는 걸 깨달았어야 했다. 하긴, 진짜 정신병자와 가짜를 대번에 구분해 낼 수 있는 사람이 몇 명이나 될까? 물론 나디아는 그게 가능했다. 그녀는 항상 정신병자들을 정확히 짚어 내게 가르쳐주었다. 식당에 앉아서도 내게 이렇게 속삭인다. "저 여자를 봐요. 손톱을 물어뜯고 있죠? 누군가를 기다리는 척하고 있잖아요. 저건 연기예요. 저 여자의 애인들은 전부 사라졌다고요." 그러면 나는 이렇게 묻는다. "그걸 어떻게 알 수 있죠?" 그러면 나디아는 이렇게 대답한다. "정신병자들은 항상 빛을 등지고 있어요. 그들은 나를 두려워한다고요."

나디아는 누구였을까? 내 인생에서 나디아가 왜 중요했을까? 지난 오십 년간 보지도, 듣지도 못했던 그녀가 왜 아직까지도 빈번히 떠오르는 걸까?

이십 년 전쯤 멕시코의 시장에서 한 여자를 보았다. 유카탄의 메리다에서였던 것 같다. 그녀는 묘하게도 나디아를 연상케 했다. 나디아가 아직 살아 있다면, 그리고 멕시코의 정글 마을에서 살고 있다면 아마 그녀와 같은 모습을 하고 있지 않을까? 나는 그녀를 따라가 보았다. 그녀는 이 노점 저 노점을 들쑤시고 다니며 과일, 드레스, 비즈, 주방용 칼, 십자가상 등을 골랐다. 사람인지 유령인지 구분이 안 될 정도였다. 그녀의 길고, 빳빳한 회색 머리 때문에 얼굴이 잘 보이지 않았다. 나디아는 짧고, 곱슬거리는 금발에 짧은 코, 매처럼 날카로운 검은 눈, 웃을 때 한쪽 꼬리만 올라가는 길고, 가느다란 자주색 입술을 가지고 있었다. 하지만 시장을 어슬렁거리는 이 추녀는 뚱뚱하고, 짙은 색 피부를 가지고 있었다. 턱선을 보니 이도 몽땅 빠져 있을 것 같았다. 나디아는 베니스에 뜬 보름달처럼 희고, 고왔다. 그녀는 수척했고, 식사를 자주 걸렀다. 또한 살짝 비뚤어지긴 했지만 모든 치아가 단단히 붙어 있었다. 아이티 사탕수수를 이로 어렵지 않게 부러뜨릴 수도 있을 정도였다.

어떻게 나는 이 흉측하고, 기운 빠진 정글 여인을 나디아와 혼동할 수 있었을까? 뭔가에 홀린 듯 그녀를 따라 나가다가 붐비는 도로에서 그녀를 놓쳐버렸다. 당혹스러워진 나는 황급히 주변을 살펴보았다. 그녀는 사라진 후였고, 나는 터져 나오려는 비탄의 비명을 애써 참았다. 이런 극심한 불안함에 시달려본 적 없는 나는 북적이는 인디언들 틈에서 감정을 제어해 보려 최선을 다했다.

라스파이 가를 따라 달리는 택시 안에서 나디아는 혀로 내 귀를 핥았다. 그리고 잽싸게 구석으로 물러나 앉아 앞을 멍하니 응시하며 말했다. "그 무엇도 자기 달성의 저주보다 무섭지 않아." 우리가 만나기 전에 나디아는 무슨 일을 했을까? 나는 수차례 물어보았고, 그녀는 대답을 피하기 위해 웃음을 터뜨리거나 내게 입을 맞추었다. 일부러 내 넥타이를 고쳐 매주는 척하거나 내 접은 옷깃을 손으로 털어주기도 했다. 그녀는 자신이 벨기에의 겐트 인근에서 태어났으며, 아버지가 꽃 가꾸는 일을 했다고 알려주었다. 그녀는 지역 수녀원에 자리한 학교에 다녔으며, 열일곱 살 때 파리로 이사했다. 그녀는 그곳에서 한 남자를 만나 결혼했고, 함께 딸을 낳았다. 그녀의 딸은 태어난 지 얼마 되지 않아 폐렴으로 세상을 떠났다. 나디아는 이 모든 게 사실이라고 주장했다. 그녀의 남편도 오래 버티지 못하고 딸을 따라 세상을 떠났다.

그런 사실들을 제외하면 나디아에 대해 알려진 건 거의 없었다. 하지만 그녀는 다른 건 전혀 중요하지 않다고 했다. "적어도 당신에겐 말이에요!" 그녀는 내게 자신의 이야기를 만들어달라고 했다. 진실과 거리가 멀어도 상관없다고. "공작이 날아와 눈에 내려앉는 영화의 주인공이 누구죠?" 나디아가 내 턱을 핥아대며 묻는다. 마치 그녀가 이곳에 나와 함께 있기라도 한 듯.

내가 어떻게, 그리고 왜 나디아와 휘감기게 됐는지 정확히 되짚어볼 필요가 있다. 나는 보기라르 가를 따라 걸으며 룩셈부르크 가를 향하고 있었다. 정육점 앞에서 손가방 안을 뒤적이는 한 여자가 눈에 들어왔다. 그녀는 크게 놀란 모습이었다. 마치 맡겨놓은 소고기를 되찾기 위한 티켓을 찾을 수 없어 공황상태에 빠지기라도 한 듯. 날씨는 좋지 않았다. 이른 11월 초였고, 비가 내리고 있었다. 공기도 탁했다. 나무를 땐 연기와 물이 뒤섞인 공기는 검은색, 갈색, 그리고 회색을 띠고 있었다. 그 여자, 나디아의 꼴은 말이 아니었다. 그녀의 머리는 헝클어져 있었고, 스타킹은 찢겨져 있었으며, 코트는 비에 젖어 있었다. 나는 그녀에게 다가가 도움이 필요한지 물었다.

"일진이 사나운 날이네요."

그녀가 말했다. 그녀가 나를 올려다보았다.

"술 한 잔 사줄래요? 사방이 갈까마귀들로 득실거리고 있어요. 상점 안에도, 길거리에도. 당신도 알다시피 정부도 갈까마귀 같은 사람들로 넘쳐나죠. 그런 사람들이 없으면 정부가 어떻게 돌아갈까요?"

그녀가 소름 끼치는 노란 눈으로 나를 쳐다보았다. 왠지 거절하면 안 될 것 같은 분위기였다.

"그러죠."

내가 말했다. 나디아가 환한 미소를 지으며 내 팔짱을 꼈다.

나디아는 언청이였다. 내가 그 얘길 했던가? 그녀는 선천적인 언청이였다. 수술로 고치긴 했지만 부작용이 없진 않았다. 웃을 때마다 한쪽 입꼬리만 올라가는 것도 그 때문이었다. 그 미소는 묘하게도 나디아에게 잘 어울렸다.

그녀는 남들이 자신을 어리석게 생각하는 걸 못마땅해했다. 하지만 그녀는 실제로 공익을 위한답시고 온갖 황당한 일을 저지르고 다녔다. 루브르 박물관의 모나리자 앞에서 옷을 홀딱 벗는다든지, 뭐 그런 짓들. 나디아는 그걸 "용기 있는 행위"라고 불렀다. 그 덕분에 그녀는 모두에게 성가신 존재로 찍혀 수차례 유치장 신세를 지기도 했다. 물론 벌금을 낼 돈도 없었다.

루브르 박물관 사건 이후 나디아는 이에나 가에 자리한 독일 클럽 근처에서도 비슷한 일을 벌였다. 독일인들은 그녀를 체포하지 않고, 그냥 못 본 척 무시해 버렸다. 트로카데로에선 한 술 더 떴다. 나디아는 그곳에서 옷을 벗고 빨간색 페인트를 자신의 머리에 쏟아 부었다. 그때도 그녀는 체포되지 않았다. 모나리자 사건은 그녀를 유명하게 만들어주었지만 이런 행위들은 점점 사람들의 흥미를 잃어갔다. 트로카데로 이후로 나디아의 이름은 더 이상 신문에 오르지 않았다. 그녀는 그렇게 사람들의 관심에서 멀어져갔다.

나디아에겐 적절치 않은 순간에 웃음을 터뜨리는 버릇이 있었다. 누군가가 들려주는 이야기가 아주 중요한 부분에 다다랐을 때 나디아는 예외 없이 웃음을 터뜨린다. 아주 나지막이 시작된 웃음은 서서히 톤이 높아지고, 결국엔 새된 소리로 변해 버린다. 물론 그걸 지켜보는 사람들은 모두 충격에 빠진다. 그런 상황에서 이야기를 마저 듣는 건 불가능한 일이다. 이런 현상은 항상 볼 수 있는 게 아니다. 하지만 언제 웃음이 터질지 모르기에 남들과 함께 있는 자리에선 나도 모르게 잔뜩 긴장하게 된다. 나디아를 진정시키기 위해 그녀를 끌고 방을 나왔던 적도 여러 차례 있었다.

예측할 수 없는 웃음뿐만이 아니었다. 그녀는 언제 어디서든 사진 찍기를 완강히 거부했다. 물론 나디아를 담은 사진이 한 장도 없는 건 아니었다. 하지만 그것들은 전부 그녀 몰래 촬영한 사진들이었다. 그것도 그녀가 술에 취해 있을 때만 포착한 것들.

당시 내 지인들의 생각과는 달리 나디아는 그다지 신비한 사람이 아니었다. 그녀에 대한 모든 것이 뻔했다. 그녀의 목적은 우리와 다르지 않았다. 그녀는 사랑과 온전한 정신과 개성을 원했다. 전부 건전한 것들이었다. 그저 그중 하나라도 제대로 이루지 못하면 견디지 못하는 타입일 뿐이었다. 망신은 단지 가치의 징후에 불과했다. 모든 것의 값은 항상 미리 정해진다. 나디아는 내게 그것을 일깨워주었다. 어쩌면 진실은 우리가 함부로 인정하지 못할 만큼 끔찍한지도 몰랐다.

그녀는 그렇게 꿈속에 서 있었다. 경찰이 들이닥쳤을 때 그녀의 손에 쥐어진 총은 여전히 시체를 겨누고 있었다. 나디아는 바바라 스탠위크

머리를 했고, 넓은 옷깃에 금색 문직(紋織)이 달린 검은색 실크 겉옷을 걸치고 있었다.

"내가 그의 얼굴을 쐈어요. 그는 던져진 세탁물처럼 고꾸라졌어요."

그녀가 말했다. 분명히 그렇게 말했다. 잠에서 깬 후에도 나는 그 마지막 한마디를 생생히 기억할 수 있었다. 영화 제목은 〈인간 쓰레기〉였다. 하지만 그건 현실이 아닌 꿈이었다. 아닌가? 나디아를 못 본 지 사 년이 지났다. 나는 바닥에 뻗어 있는 남자가 누구인지 알 것 같았다.

어느 날 아침, 잠에서 깬 나디아는 오른쪽 눈이 보이지 않았다. 그녀는 오후에 카페 데좌조로 와달라며 내게 차를 보냈다.

"아주 무섭기도 하고, 멋지기도 해요. 내 눈에 구름이 둥둥 떠다니고 있어요."

내가 테이블에 앉자 그녀가 기다렸다는 듯 말했다.

"뿌옇게 낀 게 무슨 색이죠?"

내가 물었다.

"빨간색. 핏빛이에요."

나디아가 말했다.

"진짜 피일 수도 있겠군요. 병원에 예약은 해뒀나요?"

내가 말했다.

"의사들이 하는 거라고는 사람을 더 망가뜨리는 것뿐이에요. 담배 가진 거 있어요?"

나디아가 말했다.

나는 담배를 건네고 그녀가 길게 연기를 뿜어내는 모습을 지켜보았다.
"원래 담배 연기는 푸른색이잖아요. 그런데 붉은색과 섞이니 꽤 아름다운데요. 마치 너울거리는 바다에서 유령선 두 척이 서로를 스치고 지나가는 것 같아요."
그녀가 말했다.
나는 나디아에게 이 문제를 어떻게 해결할 것인지 물었다.
"아무것도 안 할 거예요. 이제 난 정상적인 눈 하나, 굉장히 흥미로운 눈 하나를 갖게 됐어요. 왼쪽은 실용적인 쪽이에요. 평범하고, 유익하고, 사는 데 반드시 필요한 눈이죠. 오른쪽은 환상적인 쪽이에요. 막연하고, 섬세하고, 이해하기 힘든 눈이죠. 오른쪽 눈은 색과 마법이 지배하는, 불안정한 세상으로 통하는 입구예요. 그곳에선 그 무엇도 절대적이지 않죠. 진정으로 광막한 곳이에요. 이 빨간색 베일로 덮인 현실은 그 애매함 때문에 견딜 수 있는 거예요."
그녀가 말했다.
나는 나디아에게 만약 눈에 출혈이 생긴 거라면 그냥 놔둬선 안 된다고 말했다. 훨씬 더 심각한 병으로 발전할 수도 있다고. 내 말에 그녀는 큰소리로 웃음을 터뜨렸다.

마담 사코는 누구였을까? 마담 블라바츠키와 달리 그녀의 이름에선 종교의 냄새를 맡을 수 없었다. 또한 러시아인과 달리 그녀는 허풍선이가 아니었다. 그녀의 본명은 폴레트 탕기였고, 벨빌(파리 인근 지방_옮긴이) 출신이었다. 그녀는 세 번째 남편과 사별했고, 몇 달 후 마담 사코라는 이름으로 데쥐진 가에 점집을 열었다. 그녀의 죽은 남편은 이탈리아인이었고, 이름은 사코가 아니었다. 그녀는 남편을 자주 언급하지 않았고, 그의 전 부인들에 대해서도 말을 극도로 아꼈다. 마담 사코가 어떻게 비상한 통찰력을 겸비하게 됐는지는 나도 알 수 없었다. 그녀는 나에 대한 모든 것을 알고 있었고, 나 역시 그녀를 무한히 신뢰했다.

마담 사코는 내가 입을 열기도 전에 나디아의 존재를 알고 있었다. 마담 사코가 내가 반해 버린 '엘렌'이라는 여자를 언급했을 때 나는 깜짝 놀랐다. 바로 전날, 나디아는 뜬금없이 내게 말했었다. "난 엘렌이에요." 이 여자들은 분명 서로를 알고 있을 거야! 내가 미련할 정도로 순진하다는 소문은 전혀 근거 없는 말이 아니었다.

하지만 그들은 사이가 별로 좋지 않았다. 나디아는 예언자들을 신뢰하지 않았다. 그녀는 그들을 "천리안"이라고 불렀다. 그것도 아주 무례하게.

"실없는 사람들이 아니라 해도, 그들의 예언이 모두 들어맞는다 해도, 그걸 함부로 발설할 권리는 없어요."

나디아가 말했다.

마담 사코는 대번에 나디아의 적개심을 감지했다. 나디아 앞에서 그녀의 능력은 충분히 발휘되지 못했다.

"이 여자에 대해 당신에게 들려줄 말이 많아요. 하지만 그녀가 완강히 반대하고 있어서 나도 어쩔 수 없네요. 한 가지 분명한 건 그녀가 정직하지 않다는 사실이에요. 그녀는 미친 척하고 있고, 그녀 때문에 당신이 위험해질 수도 있어요."

나디아가 자리를 뜨자 마담 사코가 미소를 지으며 말했다.

"그럼 나디아가 정상이라는 말씀입니까? 그녀가 절 해치려 한다고요?"
내가 물었다.
"오, 아니에요. 그녀는 미친 게 맞아요. 그녀의 연기는 스스로를 속이기 위한 거예요. 당신에게 위험할 수도 있다고 한 건 지금 자신의 모습을 돌아보면 수긍할 수 있을 거고요. 나디아는 당신 인생에 혼란만 주고 있어요."
마담 사코의 미소는 아까보다 훨씬 환해져 있었다.
마담 사코의 점집을 나왔을 때 머리 위에서 웃음소리가 들려왔다. 고개를 드니 창턱에 앉아 원숭이와 놀고 있는 소년이 보였다. 저게 나야. 내가 바로 원숭이야. 나는 생각했다.

나디아, 왜 난 당신이 어떻게 생겼었는지 제대로 기억을 못하는 걸까요? 당신이 했던 말도 기억나지 않아요. 나는 무난한 기억력을 가졌지만 한 치의 오차도 없다고는 할 수 없어요. 당신은 나로 하여금 내 행동들을 되짚어보게 했고, 명백하지 않은 다른 가능성들을 눈여겨보게 했어요. 나는 당신의 절대적인 취향이고 싶어요.
오후 4시 1분. 나는 작업실에 들어와 있어요. 열린 창문으로 거리의 소음이 흘러들어오네요. 회색 하늘엔 흰 줄무늬가 찍혀 있어요. 밤과 어둠을 기다리는 나 자신이 부끄럽네요. 지금껏 한 번도 이런 적이 없었는데.
언젠가 페르 라셰즈 공동묘지(17세기에 만들어진 파리에서 가장 큰 묘지로 수많은 위인들이 잠들어 있는 곳_옮긴이)를 산책했을 때 당신은 알 수 없는 동요를 부르기 시작했어요. 순간 내 몸에 소름이 돋았어요. 겁쟁이라고 놀릴까

봐 그땐 차마 얘기하지 못했어요. 공동묘지에서 그런 흥겨운 노래를 부르는 건 선성하지 못하다는 생각이 떨쳐내지지 않더군요. 거의 모든 당신의 행동이 나를 불안하게 하고, 당황하게 했으며, 놀라게 만들었어요. 그럼에도 나는 기꺼이 그 고통을 받아들였어요.

나디아가 어디 있든 지금 이곳보다는 훨씬 나을 것이다. 특히 그녀에겐. 나는 나디아가 자신의 존재가 처한 상황을 이해하고 천국에 오르기를 기도한다. 인습 속에서 그녀는 결코 행복해질 수 없었다. 욕망에 발목잡혀 살 그녀가 아니었다. 행동이 기괴하고, 외모가 추하고, 스스로가 외면당했다고 여겨왔다는 사실이 만족스러운 내세를 보장해 주진 않을 것이다.

나디아가 예술가, 그것도 화가가 되기로 결심한 날을 떠올려본다. 그녀는 필요한 도구를 사야 한다며 내게서 돈을 빌려갔다. 그리고 스핑크스 호텔 자신의 방에 틀어박혀 며칠간 나오지 않았다. 마침내 모습을 드러낸 나디아는 르 돔 레스토랑에서 그림을 하나 보여주었다. 자화상이었다. 제목은 육식동물들 틈에 낀 나디아. 그림 속에서 나디아는 나체로 거리를 걷고 있었다. 그녀는 엽기적인 형체들에 포위돼 있었다. 부리를 가진 거대한 악귀들, 기괴한 검은색 형체들, 세 가닥 갈퀴를 쥔 악마들, 기형의 쪼그랑 할멈들, 섬뜩한 보슈의 그림을 연상케 하는 요괴들. 스타일은 조잡했고, 테크닉은 원시적이었다. 하지만 그림이 풍기는 심란한 기운만큼은 모른 척할 수 없었다.

나는 나디아에게 작품의 에너지가 인상적이라고 말한 후 구입하고 싶다는 의사를 밝혔다. 그녀는 내 제안을 거절했다.

"이건 파는 게 아니에요. 당신이 이걸 봤으니 이젠 없애버려야겠어요."

나는 제발 그러지 말라고 했다. 하지만 그녀는 아랑곳하지 않고 내가 보는 앞에서 캔버스를 북북 찢기 시작했다.

"잠시 동안이었지만 어쨌든 난 예술가였어요. 당신은 내 증인이고요. 앞으로 두 번 다시 나 자신에게 이 사실을 증명할 필요가 없어졌어요."

나디아가 미소를 흘리며 말했다.

나디아에 대해 내게 남겨진 감정은 슬픔과 상실감뿐이다. 하지만 그녀의 목적에 대한 내 견해가 지금껏 한 번도 흔들린 적 없었다는 점은 꽤 만족스러웠다. 나는 나디아를 이해한 척하지 않는다. 물론 그녀의 존재를 증명하는 것은 여전히 내 몫으로 남겨져 있다.

11월의 어느 오후, 두외르 블루 가를 함께 걷던 나디아가 갑자기 멈춰서서 강을 가리켰다.

"11월은 첫 번째 자살의 달이에요. 저길 봐요. 센 강 한가운데 말이에요. 내가 익사하기 직전인데도 지나는 배들은 모른 척하고 있잖아요."

지금, 바래져가는 오후의 빛 속에서도 세상은 언제나 그렇듯 절망과 불합리한 관념들에 포위된 채 무의미하게 돌아가고 있다. 그리고 나는 다시 나디아의 간결한 경고를 떠올린다.

"준비해요."

스타호텔 584호실

손님들이 오래 묵지 않는 황폐한 스타호텔은 지저분한 동네에 자리하고 있었다. 텅 빈 5층 복도에선 전등이 어스레하게 비치고 있었다. 천장에서 늘어뜨려진 전선 끝엔 알전구가 매달려 있었다. 방에선 들릴 듯 말 듯한 소음이 새어나왔다. 머리가 부스스한 삼십 대 중반의 남자가 복도 끝에 모습을 드러냈다. 그가 주머니를 뒤적이며 비틀거렸다. 술에 많이 취해 보이지만 사실은 전혀 아니었다. 그저 엄청나게 피곤했을 뿐이다. 그의 셔츠, 바지, 그리고 재킷은 짙은 색 얼룩으로 뒤덮여 있었다. 그가 584호실 문 앞에 멈춰 섰다. 소음은 점점 커져갔다. 그것은 커플이 격렬한 사랑을 나누는 소리였다. 그가 주머니에서 꺼낸 열쇠를 잠시 내려다보았다. 커플이 만들어내는 소리는 더욱 크고, 다급하게 흘러나왔다. 남자가 소리가 들리는 쪽으로 고개를 돌렸다.

"조용히 못하겠어?"

그가 소리쳤다.

커플은 계속해서 비명을 질러댔다.

"당신들이 하고 있는 건 법에 저촉되는 행위라고!"

몇 초간 이어지던 소음이 갑자기 뚝 멎었다. 복도는 정적에 잠겼다.

"무차스 그라시아스('대단히 감사합니다'라는 뜻의 스페인어_옮긴이)."

남자가 말했다.

그가 584호실 문의 자물쇠에 열쇠를 꽂았다. 그리고 안으로 들어가 문을 닫았다. 열쇠는 자물쇠에 그대로 꽂아둔 채로.

지저분한 방엔 싱글침대가 하나 놓여 있었고, 그 위로 거울 달린 세면대가 붙어 있었다. 나무 의자와 서랍이 두 개나 빠진 작은 나무 서랍장도 갖춰져 있었다. 하나뿐인 창문엔 찢어진 커튼이 반쯤 드리워진 채였다. 닫힌 창문으로 가로등 불빛이 흘러들어왔다.

비틀거리던 남자가 옷도 벗지 않은 채 침대에 픽 고꾸라졌다. 그는 정확히 삼십 초간 눈을 붙였다. 코까지 골아대던 그가 갑자기 눈을 번쩍 떴다. 그는 침대 가장자리에 일어나 앉아 두 발을 바닥에 내렸다. 그가 왼손으로 머리를 한동안 북북 긁어댔다. 머리를 긁고 나서는 바닥을 물끄러미 내려다보았다. 바퀴벌레 한 마리가 그의 구두를 넘어 침대 밑으로 들어가버렸다. 그의 바지 지퍼는 내려져 있었다. 남자가 자신의 물건을 꺼내 유심히 들여다보았다. 그렇게 잠시 만지작거리다가 조심스레 바지 안에 집어넣고 지퍼를 올렸다.

그가 일어나 세면대 앞으로 다가가 벽에 붙은 스위치를 올렸다. 거울 위에서 형광등이 깜빡이며 켜졌다. 남자는 거울에 비친 자신의 얼굴을 들여다보았다. 얽은 자국을 만져보기도 하고, 고개도 좌우로 돌려보았다. 옆얼굴을 살피는 것도 잊지 않았다. 그가 다시 정면을 향하고 몸을 뒤로 살짝 젖혔다가 거울에 대고 침을 탁 뱉었다. 남자가 오른쪽 팔꿈치로 거울에 묻은 침을 문질렀다.

갑자기 그가 바닥에 픽 쓰러졌다. 하마터면 자기로 된 세면대에 턱을 심하게 부딪칠 뻔했다. 바닥에 뻗은 그의 몸이 경련을 일으키듯 몇 번 움찔하다가 말았다. 그의 눈은 감겨져 있었다. 무거운 그의 눈꺼풀이 서서히 걷혔다.

"내가 이곳에 내리는 모든 재앙을 네가 눈으로 보지 못하게 하리라."

그가 말했다.

남자가 나지막이 웃음을 터뜨렸다. 웃음소리는 점점 커져갔고, 결국엔 기침이 터져 나왔다. 그는 몸을 웅크린 채 바닥을 굴렀다. 연달아 터지는 심한 기침에 그는 정신을 차릴 수가 없었다. 발작은 일 분 이상 이어졌다.

잠시 후, 그가 다시 입을 열었다.

"또 거기 있는 산당의 제사장들을 모두 단 위에서 죽이고…… 그들의 해골을 단 위에서 불살랐더라."

남자가 천천히 몸을 일으켰다.

"뭐가 좋으냐고? 여자랑 수박!"

그가 소리쳤다.

그가 휘청이며 방 안을 맴돌다가 코트 주머니에서 담배와 성냥을 꺼냈다. 그런 다음, 담배를 물고 불을 붙인 후 담뱃갑과 성냥을 다시 주머니에 쑤셔넣었다. 그는 멀뚱하게 서서 담배를 피웠다. 그의 몸이 앞뒤로 살살 흔들렸다. 남자가 손목시계를 들여다보았다.

"4시 반. 젠장. 좋아요. 기분이 한결 나아졌습니다. 아까처럼 그렇게 거칠게 나오실 필요는 없었어요. 경험을 통해 깨달은 것도 몇몇 있으실 텐데."

그는 세면대 앞으로 다가가 바지 지퍼를 내리고 물건을 꺼냈다. 그리고 세면대에 소변을 보았다. 볼일을 마친 후엔 찬물을 몇 초간 틀었다 잠그고 지퍼를 올렸다. 커플의 신음이 다시 들려왔다.

"바로 이곳엔 악마가 산다네. 문라이트 마일의 마지막 호텔에."

그가 말했다. 세면대에서 돌아선 남자가 연신 뭔가를 중얼거리며 힘겹게 걸음을 옮겨 나갔다.

"사탄이 어떻게 사탄을 쫓아낼 수 있겠느냐? 만일 사탄이 자기를 거슬러 일어나 분쟁하면…… 만일 사탄이…… 자기를 거슬러 일어나……."

그가 입을 닫고 귀를 쫑긋 세웠다. 그의 문밖 복도에서 무거운 발소리가 들려왔다. 웅얼거리던 음성이 갑자기 멎었다.

남자가 초록색 이를 드러내며 미소를 지었다.

"오 후-우-우. 후-우-우. 우-우-우. 오 후-우-우."

그가 울부짖었다. 끄덕이고, 콧노래를 불러가면서. 그가 유리창을 향해 담배를 휙 던졌다. 담배는 유리에 맞고 튀어 바닥에 떨어졌다. 남자가 창가로 달려와 우악스럽게 커튼을 걷고 창문을 열었다. 그리고 고개를 밖으로 불쑥 내밀었다.

"눈은 몸의 등불이다! 그러므로 네 눈이 성하면 온몸이 밝을 것이며, 네 눈이 성하지 못하면 온몸이 어두울 것이다. 그러니 만일 네 마음의 빛이 빛이 아니라 어둠이면 그 어둠이 얼마나 심하겠느냐!"

그가 소리쳤다.

그가 창가에서 물러나 침대를 향해 놓인 의자에 앉았다. 그리고 이내 일어나 의자를 문 쪽으로 향하게 놓고 다시 앉아 중얼거렸다.

"배에서 내린 게 실수였어. 그냥 머물러 있어야 했는데. 하지만 아직 돈이 있잖아. 밤새도록 여자들과 놀아나도 되고! 다시 배에 올라도 여자들에 대해선 아무도 모를 거야. 아무도 입을 열지 않을 테니까. 마지막에 함께 시시덕거린 여자는 팻이랑 너무 닮았어. 스물한 살 때의 팻. 그녀가 죽기 전까진 사정하지 않았어. 죽은 여자도 임신할 수 있나?"

그가 오랫동안 큰소리로 웃어젖혔다. 창문으로 흘러들어온 가로등 불빛이 한층 밝아졌다.

"그 년은 울면서 날 악마라고 불렀어! 오, 주께서는 강하사 이기셨으므로 내가 조롱거리가 되니 사람마다 종일토록 나를 조롱하나이다."

남자가 다시 일어나 기계적으로 방 안을 맴돌며 고함을 쳐댔다.

"저희가 부르짖으나 구원할 자가 없었고…… 내가 저희를 바람 앞에 티끌같이 부서뜨리고……."

복도의 소음이 점점 커져갔다. 남자는 스르르 열리는 문을 응시했다.

남자 다섯 명이 안으로 들어왔다. 그중 세 명은 제복 경관이었다. 그들의 손엔 총이 하나씩 쥐어져 있었다.

"같이 가줘야겠어. 당신이 그 간호사들을 살해했다는 걸 알고 있어."

사복형사가 말했다.

"당신을 쏘고 싶지 않으니까 협조해 줘."

또 다른 사복 형사가 말했다.

"사실 우린 당신을 쏴죽이고 싶어. 몸에서 손 떼."

첫 번째 사복 형사가 말했다.

남자는 미동도 하지 않고 서 있었다. 그의 두 손이 몸에서 떨어지자 제복 경관 두 명이 달려들어 수갑을 채웠다. 사복 형사들이 다가와 그의 얼굴을 유심히 들여다보았다.

두 번째 사복 형사가 말했다.

"당신은 괴물이야. 그거 알아?"

"보나마나 전기의자에 앉게 될 거야. 확신해."

그의 동료가 말했다.

남자가 더러운 초록색 이를 드러내며 웃었다.

"우리는 각기 악한 마음이 완악한 대로 행하리라 하느니라."

그가 말했다.

제복 경관들이 그를 이끌고 방을 나갔다.

국경 이야기 두 편

츄이 레이예스와 에스페란사 마르티네스는 사막을 가로질러 달려 나가고 있다. 츄이는 아이를 안고 있다. 어둠이 내려앉았다. 춥지만 땀은 멎질 않는다. 울다 지친 소년은 훌쩍거리고 있다.

"엄마."

아이가 끽끽거린다. 에스페란사는 뜀박질을 멈추고 바닥에 주저앉는다.

"안 돼. 일어나. 당신까지 안고 뛸 순 없다고."

츄이가 말한다. 그는 계속해서 걸어 나간다. 에스페란사가 마지못해 천천히 몸을 일으킨다. 그녀는 앞서가는 아이의 요란한 울음소리를 들을 수 있다. 에스페란사도 계속 걸음을 옮겨 나간다. 츄이와 아이, 오마르는 그녀의 시야에서 사라진 후다. 사방이 어둠에 묻혀 있다. 츄이가 소리친다. 요란한 소음과 함께 누군가가 쓰러지는 소리가 들린다. 오마르는 비명을 지른다. 에스페란사는 소음이 들리는 쪽으로 달려간다. 그녀는 선인장에 걸려 넘어진다. 바닥에 그녀의 두 손이 긁힌다. 소년은 아직도 비명을 지르고 있다. 둔탁한 쿵 소리가 몇 차례 연달아 들려온다. 그리고 다시 정적이 찾아든다.

"츄이? 츄이, 어떻게 된 거야?"

에스페란사가 울부짖는다. 그녀가 다시 일어나 천천히 걸음을 옮긴다. 얼마나 걸었을까, 희미한 달빛을 맞으며 서 있는 그의 모습이 보인다. 그는 빈손이다.

"츄이, 오마르는?"

츄이가 검은색의 뭔가를 에스페란사 쪽으로 걷어찼다.

"여기 있어. 죽은 것 같아."

그가 말한다.

"오, 츄이, 안 돼."

에스페란사가 무릎을 꿇고 앉아 엉망이 된 작은 몸뚱이를 뒤집어 얼굴을 확인한다.

"대체 왜 그런 거야?"

그녀가 묻는다.

"너무 무거워서. 게다가 계속 징징거리잖아."

츄이가 대답한다.

"이제 우리에겐 뭐가 남았지? 아무것도 없잖아."

에스페란사가 말했다.

"아이야 나중에 얼마든지 더 만들 수 있어. 자, 땅을 파야겠어. 날 좀 도와줘."

츄이가 오른쪽 부츠의 뒤축으로 땅을 차기 시작한다.

쿠키 크루스와 티코 마리포사는 엘파소(미국 텍사스 주 서부에 있는 도시_옮긴이)와 후아레스(리오 그란데 강을 사이에 두고 엘파소와 마주하고 있는 멕시코의 도시_옮긴이)를 잇는 산타페 다리 위에서 만났다. 쿠키는 일을 마치고 귀가하던 중이었다. 그녀는 카미노 리얼 호텔의 메이드였다. 쿠키는 후아레스에서 어머니, 로사와 살고 있었다. 사실 입국허가증이 있는 그녀는 미국에서 살 수도 있었다. 티코는 엘파소에서 태어났고, 그곳에서 자랐다. 그는 선랜드와 후아레스 경마장에서 마부로 일했다. 하지만 요즘은 불량배들과 어울려 후아레스의 클럽 콜로라다에서 많은 시간을 보냈다. 그는 마약상이자 상용자였다. 쿠키와 우연히 마주쳤을 때 티코는 스물두 살의 미남 청년이었다. 쿠키는 그보다 한 살 어렸다. 그들은 함께 멕시코로 넘어갔다. 그 후로 엘파소 사람들은 그녀를 보지 못했다. 티코 마리포사는 9월 16일 가와 판초 비야 가 모퉁이에 자리한 부에나 수에르타 술집 위층 자신의 방으로 쿠키 크루스를 데려갔다. 하루 종일 걷느라 그녀는 피곤했다. 집에 돌아가면 어머니를 위해 저녁을 준비해야 했다. 그 생각을 하니 의욕이 생기지 않았다. 그래서 티코가 코카인을 내밀었을 때 쿠키는 거절하지 않았다. 결국 그녀는 정신을 잃고 말았다. 쿠키가 다시 의식을 회복했을 때 티코는 그녀를 강간하고 있었다. 쿠키는 비명을 질렀고, 당황한 티코는 오른쪽 주먹으로 그녀의 안면을 내리쳤다. 그리고 왼쪽 주먹으로는 그녀의 코를 후려쳤다. 그녀는 피를 쏟으며 울부짖었고, 티코는 그녀의 몸을 거칠게 뒤집었다. 쿠키는 필사적으로 기어가 갓 없는 작은 램프를 붙잡았다. 그리고 그것으로 뒤따라오는 티코의 얼굴을 힘껏 가격했다. 그 바람에 전구가 깨져버렸다. 그는 쿠키에게서 손을 뗐고,

그녀는 벌떡 일어났다. 하지만 약기운 때문에 제대로 서 있을 수가 없었다. 그녀는 다시 고꾸라졌다. 쿠키는 바닥에 엎드린 채 티코를 쳐다보았다. 그는 왼쪽으로 누워 있었고, 그의 오른쪽 눈엔 전구 파편이 박혀 있었다. 쿠키는 엎어져 있는 구석에서 몸을 움직일 수가 없었다. 그녀의 얼굴은 피와 눈물로 범벅이 돼 있었다. 그녀는 눈을 감고 싶었지만 눈꺼풀은 얼어붙은 듯 말을 듣지 않았다. 티코가 무릎을 꿇고 앉아 얼굴에 박힌 유리 파편을 뽑아냈다. 그가 손을 뻗어 총을 집어 들고 쿠키 크루스를 겨누었다. 그녀는 어머니, 로사를 떠올렸다. 로사는 메이하 가에 자리한, 그녀가 영영 떠나지 않을 작은 노란색 집에서 딸을 기다리고 있을 것이다. 쿠키는 열다섯 살 때부터 뉴욕에 가고 싶어했다. 그녀는 잡지에서 본 플라자 호텔 앞 분수 가장자리에 앉아 일광욕을 즐기는 자신을 상상해 보았다. 뜨거운 태양 아래서 나체로 플라자 분수에 들어가 서 있는 자신의 모습을 떠올리는 쿠키의 얼굴에 미소가 머금어졌다. 그녀의 눈이 스르르 감기는 순간 티코의 총이 불을 뿜었다.

체리 레인의 큰사랑

체리 레인이 빌리 셀린을 처음 보았을 때 그녀는 지금껏 그토록 아름다운 아이를 본 적이 없다고 생각했다. 그때 빌리는 열 살, 체리는 열여덟 살이었다. 그녀는 빌리의 부모, 도로시와 에이머스 셀린에 의해 고용됐다. 그들에겐 빌리와 둘째 아들, 매튜를 돌봐줄 사람이 필요했다. 체리는 고등학교 최고 학년이었고, 빌리는 5학년이었다. 아이에겐 돌봐줄 사람이 필요 없었다. 하지만 매튜는 이제 여섯 살이었고, 그들의 부모는 빌리만 믿고 외출을 할 수 없었다.

"누나는 매트를 보러 온 거예요. 나까지 돌봐줄 필요 없어요."

체리 레인이 집에 도착하자 빌리가 말했다.

"그래, 그런 것 같구나."

빌리의 예쁘장한 황갈색 얼굴을 들여다보며 체리가 말했다. 아이의 커다란 회록색 눈이 그녀를 뚫어져라 응시하고 있었다. 체리는 암청색 눈을 빌리에게서 떼지 못했다. 집착이 탄생하는 순간이었다. 십대 소녀는 앞으로 찾아들 지독한 재앙을 전혀 눈치채지 못했다.

체리는 셀린 형제의 단골 베이비시터가 됐고, 남자 친구와 데이트를 해야 할 주말에도 기꺼이 두 아이를 맡아 봐주었다. 체리는 아름답고 지적인 소녀였지만 학교에선 별로 인기가 없었다. 그녀는 남학생들의 데이트 신청을 정중하지만 단호하게 거절했다. 한 번 거절당한 남학생들은 다시 시도해 볼 의욕을 내지 못했다. 다른 여학생들은 스포츠를 비롯한 학교의 과외 활동에 전혀 참여하지 않는 체리를 이상하게 생각했다. 그녀는 방과 후 곧장 어딘가로 사라졌다. 그녀의 진실하고, 자연스러운 정중함은 급우들로 하여금 그녀에게 거리를 두도록 만들었다.

사실 체리 레인은 굉장히 숫기가 없었다. 접근해 온 남학생을 가까스로 쫓아낸 후엔 예외 없이 현기증에 시달렸다. 표면상으로는 싹싹해 보이지만 속으로는 심하게 움츠러든 상태였다. 불편한 상대를 물리고 나면 체리는 항상 여자 화장실에 들어가 몇 분간 일정한 간격으로 심호흡을 하며 급우들과 섞여서도 어색하지 않을 만큼 마음의 평정이 되돌아올 때를 기다렸다. 그것은 사망 후 발견된 그녀의 일기장에 적혀 있는 내용이었다.

체리는 노먼과 그레첸 레인 사이에서 태어난 외동딸이었다. 그들은 삼십 대 후반에 그녀를 낳았다. 레인 부부는 애정이 넘치기보다는 상냥한 부모였다. 두 사람 모두 지역 대학에서 생화학자로 활동했다. 노먼과 그레첸은 체온의 변화가 신체 기능에 어떤 영향을 끼치는지를 중점적으로 연구했고, 연구실에서 대부분의 시간을 보냈다. 그들의 어린 딸은 탁아소에 맡겨졌다. 탁아소는 단체생활을 극도로 혐오하는 체리의 문제점을 여러 차례 알렸지만 레인 부부는 그런 관찰 결과에 전혀 개의치 않았다. 보나마나 체리도 자신들처럼 자신만의 관심사에 집중하고 있을 뿐일 거라고 생각했다. 그들은 딸의 관심사가 무엇일지 궁금해하긴 했지만 그것을 알아내려고 스트레스를 주진 않았다.

레인 부부가 체리의 마음 깊은 곳의 존재에 대해 알고 있었다면 그들은 딸의 사회생활을 촉진시킬 수 있도록 최선의 노력을 다했을 것이다. 그녀의 성적은 좋았고, 주말엔 베이비시터로 일하면서 용돈을 벌었다. 그녀는 아이들 보는 일을 즐겼다. 아이들 앞에선 자신감이 생겼다. 체리가 돌봐준 아이들은 그녀를 잘 따랐고, 셀린 형제들도 마찬가지였다.

열 살배기 빌리 셀린은 또래 중에서 가장 악명이 높았다. 빌리는 학교에서 약한 아이들만을 골라 괴롭히는 놈들을 차례로 혼내주었고, 그들이 태도를 바꿀 때까지 위협해댔다.

이 자경단 활동을 문제 삼은 학교의 압박에도 아이는 끝내 패거리의 신원을 불지 않았다. 또한 자신이 도모하고 행한 일들에 대해서도 강력하게 부인했다. 빌리의 고집은 아이의 부모를 긴장시켰다. 하지만 에이머스 셀린은 구타당한 고발인의 진술에도 불구하고 충분한 증거가 없다며 학교와 운영자들을 고소하겠다고 으름장을 놓았고, 결국 사건은 그렇게 종결됐다.

그 후로 빌리는 학교에서 정기적으로 감시를 받았다. 에이머스는 큰아들을 조용히 불러 변방의 정의를 위해 폭력과 싸운 것은 온당하다 볼 수 있지만 폭력을 앞세운 보복은 항상 끔찍한 재앙을 초래하기도 한다고 타일렀다. 빌리 셀린은 아버지의 충고에 귀를 기울였다. 아이는 아버지를 사랑하고, 또 신뢰했다. 아이는 아버지의 말에 공손히 "네, 아버지"

하고 대답했다. 사실 에이머스 셀린의 훈계는 아이의 소신을 꺾어놓지 못했다. 빌리는 자신의 문제점을 고쳐보려 무던히 애를 썼지만 때 이른 죽음을 맞을 때까지 그 버릇을 고치지 못했다.

그렇게 몇 년이 지났고, 체리와 빌리는 적지 않은 나이 차이에도 좋은 친구가 됐다. 빌리가 충분히 컸음에도 셀린 부부는 매튜를 위해 체리를 고용했다. 큰아들에게 어떤 식으로든 부담을 주고 싶지 않았기 때문이기도 하지만 무엇보다 그녀를 무척 마음에 들어 했기 때문이기도 했다. 그녀는 그들과 많은 시간을 함께 보냈고, 그들은 그녀를 딸처럼 여겼다.

하지만 빌리와 체리는 한 번도 자신들을 남매지간이라 여기지 않았다. 처음에 빌리는 그녀를 못마땅해하는 척했다. 친구들에게 자신과 동생이 그녀의 관리를 받고 있다는 인상을 주고 싶지 않았기 때문이다. 하지만 속으로는 항상 그녀를 반겼다. 아이는 다섯 살 때 처음으로 성적 흥분을 경험했었다. 가끔 겪는 몽정을 통해 야릇한 충동에 휩싸이곤 했었다. 빌리는 여섯 살 때부터 자위 행위를 시작했다. 그리고 체리 레인을 만난 후로는 자위 행위를 할 때마다 그녀를 상상했다. 물론 그녀는 그 사실을 알 리 없었다.

열여덟 살의 체리는 또래 소녀들이 열 살배기 사내아이들에게 호감을 보이는 만큼만 빌리에게 관심을 주었다. 그들은 암호를 사용한 대화로 조심스레 교감했다. 두 사람 모두 야영장 주변을 어슬렁거리는 늑대처럼 서로를 경계했다. 몇 년이 지나자 빌리는 눈에 띄게 대담해져 있었다. 열두 살 땐 체리에게 그녀의 남자 친구들에 대해 묻기 시작했다. 그녀는 남자 친구가 없다고 대답했고, 빌리는 그녀에게 거짓말하지 말라고 했다.

"내가 왜 거짓말을 하겠니?"
그녀가 말했다.
"누나는 스무 살이잖아. 그런데 데이트를 안 한다는 게 말이 돼?"
아이가 말했다.
체리는 아이의 눈을 똑바로 쳐다보며 말했다.
"난 정말 좋은 상대가 나타나주기를 기다리고 있는 거야."
빌리의 열세 번째 생일이 돌아왔다. 케이크와 아이스크림 파티에 초대된 체리는 셀린 부부가 보지 않는 틈을 타 빌리에게 작은 봉투를 건넸다. 아이가 뭔가를 얘기하려 하자 체리는 황급히 오른손으로 아이의 입을 막고 봉투를 주머니에 넣어주었다.
그날 밤, 침실에 홀로 남겨진 빌리는 봉투를 꺼내 내용물을 확인했다. 체리 레인이 나체로 침대에 누워 미소를 짓고 있는 사진이었다. 빌리는 처음으로 체리에게 전화를 걸었다.
"사진 고마워. 내가 받은 선물 중에서 이게 최고야."
아이가 말했다.
"네가 좋아할 것 같았어."
"사진보다 실물이었다면 더 좋을 뻔했어."
"그건 나중에 확인해 보면 되지."
"내일 밤에 올 거야?"
"아니, 모레. 너희 부모님이 영화를 보러 가신댔거든."
"그럼 곧 볼 수 있겠네."
"잘 자, 빌리. 생일 축하해."
"고마워. 나중에 봐."

이틀 후, 에이머스와 도로시 셀린이 집을 나서자 체리는 매튜와 삼십 분간 텔레비전을 보았다. 그리고 동화책을 읽어준 후 아이를 재웠다. 매튜는 항상 빠르게 잠에 빠져들었고, 그날 밤도 예외는 아니었다.

체리가 침실 문에 노크했을 때 빌리는 침대에 누워 『타잔과 오파르의 보석』을 읽고 있었다.

"들어와."

아이가 말했다.

체리가 침실로 들어갔다. 빌리는 속옷 차림이었다. 그녀가 다가가 침대 가장자리에 걸터앉았다. 빌리는 읽던 책을 바닥에 던져놓고 일어나 앉았다. 체리는 아이의 머리에 오른손을 얹었다가 왼쪽 귀와 가슴을 차례로 어루만졌다. 발기의 기미가 보이자 빌리는 잽싸게 왼손으로 팬티 앞을 가렸다. 체리는 아이의 손을 걷어내고 팬티를 벗겼다. 그런 다음, 아이를 살며시 밀어 침대에 눕혔다. 그녀는 아이의 음경을 움켜쥐었고, 아이는 곧바로 사정해 버렸다. 체리가 웃음을 터뜨리며 자신의 손과 아이의 귀두에 묻은 정액을 핥아먹었다. 그녀가 일어나 옷을 훌러덩 벗고 다시 빌리 옆에 누웠다.

"네 물건이 다시 서려면 얼마나 더 있어야 할까?"

그녀가 물었다.

빌리는 자위를 시작했고, 일 분도 채 지나지 않아 반쯤 발기된 상태에 이를 수 있었다. 체리가 아이를 자신의 몸에 앉게 하고 다리를 벌렸다. 그들은 입을 닫은 채 키스를 했다. 빌리의 발기된 음경이 체리의 배에 눌렸다. 그녀가 손을 뻗어 아이의 음경을 자신의 몸속에 밀어 넣었다. 아이는 아무 말이 없었다. 체리가 아이의 엉덩이에 두 손을 얹고 힘껏 당기자 아이의 입에서 신음이 터져 나왔다.

"이번엔 사정을 최대한 오래 참아봐. 내가 얘기할 때까지."

그녀가 아이의 왼쪽 귀에 대고 속삭였다.

체리와 빌리는 몇 달간 이런 식으로 섹스를 즐겼다. 어느 날 밤, 아이의 부모가 예상보다 일찍 집으로 돌아왔다. 그들은 이상한 소리가 흘러나오는 빌리의 방에 불쑥 뛰어 들어가 몸을 포개고 있는 그들을 발견했다. 체리와 빌리는 아무 말도 하지 못했다. 그녀는 벌떡 일어나 옷을 챙겨 입고 집을 나가버렸다. 그 후로 그녀는 아이의 집을 찾지 않았다. 에이머스와 도로시의 위협에도 빌리는 그 일에 대해 끝까지 입을 열지 않았다. 매튜는 어째서 체리가 발길을 끊었는지 궁금해했다. 아이의 부모는 그녀가 학교 일로 너무 바빠 더 이상 오지 못한다고 둘러댔다.

빌리는 식구들에게 낯선 이가 돼버렸다. 평소처럼 매일 등교했지만 교사들과 친구들은 아이가 싹 달라졌다고 입을 모았다. 아이는 냉담했고, 좀처럼 입을 열지 않았다. 체리 레인과의 불미스러운 일은 아이의 부모 외엔 아무도 몰랐다. 에이머스와 도로시는 노먼과 그레첸 레인에게 이 문제를 알리지 않기로 했다. 그렇게 했다가는 그들도 죽이고, 자신도 죽겠다며 길길이 날뛰는 빌리 때문이었다. 셀린 부부는 빌리에게 원하는 대로 해줄 테니 두 번 다시 체리 레인을 만나지 말라고 주문했다. 그들은 아이의 침묵을 동의의 뜻으로 받아들였다.

하지만 빌리와 체리는 마을을 에워싼 숲에서 자주 만났다. 그들은 사람들의 눈을 피하기 위해 최대한 노력했다. 고등학교를 졸업한 체리는 몇

몇 명문 대학의 장학금을 거부하는 것으로 부모를 당혹스럽게 만들었다. 그녀는 좋은 기회를 뿌리치고 지역의 작은 대학에 들어갔다. 물론 빌리 셸린과 가까이 지내고 싶기 때문이라는 이유를 그레첸과 노먼이 알 리 없었다.

스물두 번째 생일날 저녁, 체리는 빌리에게 임신을 한 것 같다고 말했다. 그녀와 빌리는 부모에게 생일선물로 받은 빨간색 새턴 자동차를 몰고 인적이 드문 길을 따라 숲속으로 드라이브를 했다.

"우리에겐 돈이 필요해. 내게 조금 있어."

체리가 말했다.

"나도 조금은 마련할 수 있어."

빌리가 말했다.

"어떻게?"

체리가 물었다.

"난 남자야. 이런 건 내게 맡겨."

아이가 말했다.

두 사람은 각자 도망치는 데 필요한 것들을 챙겨 다음날 정오에 만나기로 했다. 그들은 가족과 친구들에게 작별 편지 한 장도 남기지 않았다.

나흘 후, 다음 기사가 전국을 떠들썩하게 만들었다.

경찰에 쫓기던 소년, 베이비시터 죽인 후 자살

나코그도취스, 텍사스_베이비시터와 루이지애나 크로울리의 집을 나와 텍사스로 온 14세 소년이 경찰의 추격을 받던 중 그녀를 살해하고, 스스로 목숨을 끊는 사건이 발생했다고 어제 당국이 발표했다.

윌리엄 셀린과 체리 레인(22)은 남매로 가장해 하룻밤을 묵었던 루이지애나 셰이크의 무어 호텔에서 강도 행각을 벌였다. 그들은 데스크 직원을 권총으로 위협한 후 빨간색 차를 타고 달아났다고 경찰은 밝혔다.

셀린 소년은 저지하는 텍사스 고속도로 순찰대에게 총을 발사했다. 그런 다음, 레인의 머리에 총을 쏴 숨지게 하고, 자신도 총으로 목숨을 끊었다. 소년이 범행에 사용한 총은 루이지애나에서 등록된 것으로, 소년의 아버지 소유인 것으로 확인되었다. 그들의 차는 가로등에 부딪쳐 파손되었다. 부검 결과 운전을 했던 레인은 즉사한 것으로 확인되었다.

나코그도취스 경찰국의 엔리코 라고 부서장은 부모와 함께 살던 대학생, 레인이 당국에 알리려는 어떠한 노력도 하지 않았다고 어제 말했다. 또한 그는 "두 사람이 연인 사이였을 가능성도 배제하고 있진 않다"고 덧붙였다.

정말로 행복한 남자

1950년대, 내가 어렸을 때 우리 동네에 프레드 비더먼이라는 사람이 살고 있었다. 비더먼 씨는 땅딸막하고, 대머리였다. 두꺼운 콧수염은 쉴 새 없이 미소가 흐르는 그의 얼굴을 반으로 나누는 경계선이었다. 한 쌍의 검은 구체가 위압하는 상부 비더먼은 영원히 빛을 잃어버린 해와 달로 이루어져 있었다. 텁수룩한 숲으로 덮인 하부 비더먼은 얽은 자국이 있는 커다란 턱 위, 동서로 구부정하게 뻗은 핑크색과 빨간색의 2차선 도로가 특히 인상적이었다.

사십 대 후반에서 오십 대 초반 사이인 비더먼 씨는 푸주한이었다. 그의 작은 가게는 그가 혼자 사는 침실 다섯 칸짜리 방갈로에서 몇 블록 떨어진 상가에 자리하고 있었다. 그의 어머니가 세상을 떠날 때까지 그와 함께 살았다는 소문이 있었지만 나는 한 번도 그녀를 본 적이 없었다. 프레드 비더먼의 유일한 관심사는 영국의 클래식 스포츠카였다. 그는 MG 컨버터블 두 대를 소유했다. 그는 차들을 집 앞에 세워놓고, 주말마다 차 조립에 매달렸다. 그는 운전을 자주 하지 않았지만 모처럼 차를 몰고 나갈 땐 어느 때보다도 환한 미소를 흘리며 이웃들에게 손을 흔들었다.

동네의 거의 모든 여자들이 비더먼의 정육점 단골이었다. 모두가 그를 좋아했다. 어느 날, 한 남자가 비더먼의 가게로 들어와 그에게 명함을 내밀었다. 남자는 광고회사 간부라고 자신을 소개한 후 비더먼 씨에게 독특한 얼굴을 가지고 있다며 함께 일하고 싶다면 연락 달라고 했다. 얼마 지나지 않아 비더먼 씨는 남자의 회사에 고용돼 담배 브랜드를 홍보하게 됐다. 프레드 비더먼의 웃음 띤 얼굴은 도시 곳곳의 광고 게시판에 실렸다. 광고엔 이런 카피가 붙었다. "기분이 좋아질 겁니다." 이상하게도 포스터 속 비더먼 씨는 담배를 피우고 있지 않았다. 담뱃갑 옆으로는 푸주한의 희희낙락한 모습만이 보일 뿐이었다. 사실 프레드 비더먼은 태어나서 한 번도 담배를 피워본 적이 없었다.

광고 게시판의 아이콘으로 몇 개월간 활동한 비더먼 씨는 정육점 문을 닫았다. 그의 얼굴은 다른 제품에도 실렸다. 하지만 세상에서 가장 행복한 사람처럼 환히 웃고 있는 표정은 똑같았다. 어쩌면 그는 진정으로 행복한 사람이었는지도 몰랐다. 그는 텔레비전에도 얼굴을 내비쳤다. 자루걸레와 비, 페인트, 우유, 수건 등 다양한 제품을 홍보했다. 동네 사람들은 더 이상 비더먼의 정육점을 이용할 수 없다는 사실에 안타까워했지만 자신들이 담홍색 다진 고기 너머로 항상 봐왔던 미소를 살짝살짝 내보이는 것만으로 큰돈을 벌게 된 그를 시기하진 않았다.

수입이 늘자 비더먼 씨는 영국의 클래식 스포츠카 몇 대를 추가로 구입했다. 그것들 중 대부분은 운전 자체가 불가능했다. 그는 차들을 유용성과 취향 순서로 집 앞에 줄지어 세워놓았다. 얼마 지나지 않아 이웃들이 불평을 쏟아내기 시작했다. 그의 차들이 너무 많은 주차 공간을 차지하고 있다는 것이었다. 저녁에 일을 마치고 돌아온 남자들은 집 근처에 주차할 공간을 찾지 못해 항상 한 블록 이상 떨어진 곳에 차를 세워놓아야 했다. 더 이상 상냥한 푸주한이 아닌 비더먼 씨는 독특한 취미 생활 때문에 이웃들에게 이기적인 사람으로 찍혀버리고 말았다. 내 친구, 앤소니 토니노의 어머니는 그의 미소가 솔직한 감정의 표현이 아니라고 했다. 부자연스럽게 짧은 입 주위 근육 탓이라나. 그녀는 비더먼 씨가 본의 아닌 신체적 장애 때문에 어쩔 수 없이 항상 미소만 지어야 한다고 설명했다. 토니노 부인이 어떻게 그걸 알고 있는지는 알 수 없었다. 어쨌든 미소 짓는 푸주한은 더 이상 이웃들에게 환대받지 못했다.

얼마 후 비더먼 씨는 집을 팔고 이사를 가버렸다. 그가 타지도 않는 스포츠카들을 끌고 어디로 사라졌는지 아는 이는 없었다. 하지만 그는 아주 가끔 차를 몰고 와 자신이 운영했던 정육점을 지나쳐 가곤 했다. 비더먼 씨는 좁은 운전석에 앉아 언제나처럼 환한 미소를 흘리며 우리에게 손을 흔들었다.

그 후로 동네 사람들은 비로소 마음 놓고 집 근처에 주차를 할 수 있었다. 하지만 지역 경제가 회복되면서 동네 사람들은 두 번째, 세 번째 차를 속속 구입하기 시작했다. 동네의 주차 문제는 다시 그들의 골칫거리가 됐다. 이번엔 비더먼 씨의 얼굴은 어디서도 보이지 않았다. 그저 크래커 상자나 세제나 우유팩에서 환히 웃고 있을 뿐이었다.

내가 고등학교를 졸업했을 때 프레드 비더먼은 이미 사람들의 시야에서 완전히 자취를 감춰버린 후였다. 그에게 무슨 일이 생겼는지, 어째서 광고 게시판과 텔레비전에서 그를 볼 수 없게 됐는지, 아는 사람은 없었다. 어쩌면 그는 돈을 충분히 모아 광고 일을 그만두고 식육 시장을 차렸는지도 몰랐다. 하지만 이것만은 확신할 수 있었다. 아직 그가 정정히 살아 있다면 분명 낡고, 귀여운 차를 분주히 두드려대며 조립에 여념이 없을 것이다. 그리고 사람들은 토니노 부인의 주장에도 불구하고 그를 보며 정말 행복한 사람이라고 생각할 것이다.

완고한 호색가의 짧은 고백

내 본명은 줄리어스 모데카이 핀쿠스다. 유대인이고, 1885년 3월 31일, 불가리아 발칸반도의 작은 마을, 비딘에서 태어났다. 나는 팔남매 중 일곱 번째였고, 부쿠레슈티와 빈을 오가며 살았다. 열 살부터 열여섯 살 때까진 학교에 다녔고, 열일곱 살 때부턴 독립 생활을 시작했다. 부다페스트에서 빈으로, 그리고 뮌헨과 베를린으로 방랑 생활을 이어나갔다. 독립 생활 초기, 그러니까 1902년부터 1905년 사이에 나는 자신을 개조할 수 있었다.

열여섯 살 때 나는 쉰 살의 여자와 생애 처음으로 성관계를 가졌다. 빈의 사교계에서 꽤 유명한 안나는 돈 많고, 그런 대로 매력 있는 미망인이었다. 그녀는 내게 돈을 주며 자신의 집으로 불러들였다. 나를 만나기 전에도 그녀는 수많은 소년들과 관계를 가져왔다. 안나는 다양한 체위를 능숙하게 소화했지만 특히 구강성교를 즐겼다. 그녀는 열한 살 때부터 자위 행위를 해왔고, 이제 그것은 고질병이 돼버렸다고 털어놓았다. 그녀는 상대에게도 같은 서비스를 해주기를 좋아했다.

내가 여성의 몸에 관심을 갖게 된 것도 안나 때문이었다. 그녀는 잘 관리된 풍만한 몸매의 소유자였다. 다리는 조금 굵은 편이었다. 왼쪽 유두 위엔 짙은 파란색을 띤 별 모양의 커다란 점이 나 있었다. 안나는 그것을 "이집트 흉터", 또는 "파라오의 키스"라고 불렀다.

나는 안나를 통해 셀레스트를 알게 되는 행운을 얻었다. 델랄, 메리, 헤르미네, 루시, 마르셀, 클로딘, 미레유, 체사린, 앙드레, 마도, 헨리에트, 클라라, 리디스, 시몬, 주느비에브, 힐다, 마리안, 지네트, 수제트, 아이샤, 엘리안, 파키타, 디니샤, 오딜, 오데트, 클레오, 그리고 잘 떠오르지 않는 이름들. 그들 모두 멋졌고, 여전히 멋지다. 그들은 여자니까. 여자들은 세상에서 가장 위대한 경이이고, 신의 가장 매혹적인 비밀이다. 물론 나는 신을 믿는다. 나는 항상 신을 믿어왔다. 신 때문에 나는 숨을 쉴 수 있고, 내 손목과 손가락을 움직여 그림을 그릴 수 있고, 뇌에 자극을 받을 수 있으며, 눈을 활짝 뜰 수 있다.

아침이 가까워졌다. 나는 카멜리아 빌라의 침실 테이블에 앉아 있다. 더 이상 그림이 그려지지 않을 거라는 걸 나는 알고 있다. 어제 오후 뒤브뢰이유에서 얘기했듯 나는 괴짜라는 소리를 들을 만큼 열심히 일했었다. 가끔 짐승이라고 불리기도 했고, 심할 땐 사기꾼이라는 소리도 들었다. 언제까지 펜과 실패한 예술가의 입술과 공포에 사로잡혀 자기혐오에 열을 올리는 교활한 사람들에게 괴로움을 받아야 하나? 더 이상은 견딜 수 없었다.

이것은 나의 짧은 고백이다. 내 공적 생활과 사생활은 내가 진정으로 사랑했던 두 여자, 헤르미네와 루시에 의해 기억되고 추억될 것이다. 내 물리적 수명은 마침내 내가 마음대로 조정할 수 있게 됐다. 이제 미래는 내 것이다. 물론 그것은 아무도 부러워하지 않는 책임이다. 하지만 쿠바 인디언들의 표현을 빌리자면 지금은 "이 사이에 낀 혀 같은 시간"이다.

지금 이 순간까지 나는 남자가 아니었다. 다리 사이에 손가락을 댄 여자들, 눈부신 열대의 일몰, 거리를 뒹구는 빨강 리본. 무엇이 의미심장한지 나 외에 또 누가 판단할 수 있겠는가?

비평가들은 내가 음란한 그림을 그린다고 비난한다. 여자들을 무례하게 묘사한다고. 전혀 세련되지 않게. 그들은 바보다. 나는 그녀들을 존경한다. 그들은 나를 매료시키고, 그들의 솔직함과 갖은 학대에도 굴하지 않는 생존 본능은 나를 놀라게 한다. 나는 별로 용감하지 않다. 그래서 나는 그녀들을 우러러보고, 그들의 생활환경을 눈여겨본다. 그리고 그들의 버릇과 자세와 제약받지 않는 순간들을 인류학자처럼 관찰하고 기록한다.

최근에 나와 가까워진 오딜과 오데트 자매는 이 특별한 연구의 가장 완벽한 보기다. 여섯 살, 그리고 네 살 때 그들은 아버지에게 강간당했다. 그는 다양한 방법으로 아이들을 성폭행했고, 열한 살이 된 오딜은 자고 있는 아버지를 칼로 찔러 숨지게 했다. 자매는 수녀들이 운영하는 고아원에서 오 년간 생활했다. 때가 되자 그들은 돈 한 푼도 없이 세상으로 나오게 됐다. 그렇게 이 년이 흘렀고, 그들과 나는 운명적으로 만나게 됐다. 오딜은 매춘부였고, 오데트는 술집 청소부로 일했다. 나는 그들을 모델로 고용했다. 그들의 몸매는 완벽하고, 나와 사랑을 나눌 때도 모든 체위를 훌륭히 소화해 낸다. 가끔 그들을 따라가기가 버거울 때도 있다. 그들은 항상 사랑받기를 원하고, 하루에도 몇 차례씩 침대를 뒹굴고 싶어한다. 나는 그들을 내 친구들에게 소개하는 것으로 모두가 만족할 수 있게 돕는다.

오딜과 오데트의 도톰한 입술과 도발적인 눈빛은 라스 네그리타스라는 쿠바의 초콜릿을 연상케 한다. 쿠바에서 나는 행복했다. 열대의 빛은 세상 그 무엇과도 비교될 수 없을 만큼 아름답고, 무성한 잎들은 휘황찬란하다. 공기에선 음흉한 신비함이 느껴지고, 마음속에선 은근히 위협적인 기운이 스멀스멀 기어다닌다. 그 모든 건 사람 움직임에 대한 반영이다. 그들이 금발이 아니라 검은 머리였다면, 그리고 축 늘어진 프랑스어 대신 빠른 스페인어를 구사했다면, 오딜과 오데트라는 이름보다 루페와 루이사라는 이름이 더 잘 어울렸을 것이다.

열여덟 살 때 뮌헨에서 리베라는 이름의 예쁜 소녀를 만났다. 리베는 사랑이라는 뜻이다. 그녀의 아버지는 꽃 가꾸는 일을 했다. 리베와 나는 꽃들에 파묻혀 손도 잡고, 키스도 했다. 그리고 적당한 공간이 나타나면 더 이상 각자의 충동을 누르지 못하고 빨간색, 노란색, 파란색, 초록색, 보라색 꽃들 위로 몸을 눕혔다.

풍자 잡지, 〈짐플리치시무스〉에서 일했을 때 나는 핀쿠스(Pincus)라는 이름의 철자를 바꿔 만든 파생(Pascin)이라는 가명을 사용하기 시작했다. 당시 나는 클림트와 실레의 작품들을 접하면서 춘화도(春畵圖)를 섬세하고, 유머러스하게 그려내는 방법을 터득했다. 나는 그들과 같은 길을 가기로 했다. 가혹한 비평을 감수하면서 정욕의 돌연한 위험을 표현해 보기로 한 것이었다. 작정하고 즐기겠다면 그런 걸 두려워해선 안 되었다.

1905년 크리스마스 이브, 파리에 도착했을 때 나는 비슷한 성향의 화가들을 여럿 만날 수 있었다. 리버만, 모딜리아니, 피카소, 키슬링, 그리고 나와 같은 지역 출신인 수틴과 샤갈. 그들 모두 천박함 속에서 신성함을 끄집어내기 위해 애썼다. 나 역시 같은 노력을 게을리 하지 않았다. 뮌헨, 베를린, 파리, 뉴올리언스, 플로리다, 텍사스, 아바나, 뉴욕, 그리고 튀니스에서. 댄스 바, 사무실, 매음굴, 작업실, 그리고 식당에서. 잉크, 목탄, 물감, 그리고 연필로. 내 목표는 불완전함 속에서 완벽함을 이끌어내는 것이었다. 주제나 형식은 타협 대상이 아니었다. 사람의 기질이 작품보다 중요했기 때문이다.

내가 사악한 사람이 아니라고 말하고 싶다. 지금껏 한 번도 사악한 생각을 품어본 적이 없다고 말하고 싶다. 하지만 미치광이로 태어난 사람이 아니라면 누구나 같은 심정일 것이다. 나는 자신을 조종하고, 위압하고, 거짓으로 추켜세우고, 부정확한 정보로 홀리고, 그릇되게 소개해 왔었다. 그리고 그중 예술의 이름으로 저질러진 일은 없었다. 가슴에 손을 얹고 자신은 떳떳하다고 얘기할 수 있는 사람이 과연 몇 명이나 될까?

나는 사랑하는 여자와 결혼할 수 없었다. 그녀는 남편과 이혼할 수 없다고 했고, 나 역시 아내와 이혼할 수 없었기 때문이다. 인생은 따분하게 이어지고, 우리는 어쩔 수 없는 운명을 거스르기 위해, 추함을 감추기 위해, 조소와 비방에 전혀 휘둘리지 않는 척하기 위해, 중병의 증상을 모른 척하기 위해 오늘도 무모하게 애를 쓴다. 하지만 결국엔 굴복하게 된다. 불후의 명성을 얻기 위한 내 끈질긴 시도 덕분에 누구나 해석의 방해 없이 감상할 수 있는 작품들이 탄생할 수 있었다.

추운 밤, 나는 혼자다. 오딜과 오데트가 식당에서 나를 기다리고 있다. 화폭에 담긴 파키타의 얼굴과 가슴이 유리창에 비치고, 그 밖으로 소용돌이치는 눈송이가 보인다. 인생 그 자체만으로는 나를 충족시킬 수 없다. 나는 요구가 지나치고, 이기적이고, 어리석은 사람이다. 굶주린 개보다 나을 게 없다. 이 운명은 내가 자초한 것이다. 가난은 무시무시하고, 광기는 구상적이다. 드디어 끝났다! 이게 끝이다.

누구도, 그 어떤 예술가도 사십오년 이상 살아선 안 된다. 그때까지 최선을 다해 살지 않았다면 그 이후 뭔가를 성취할 가능성은 거의 없다고 봐야 한다. 이런 냉혹함과 스스로 초래한 공포는 치료가 불가능하다. 결국 이것은 억지 인생일 뿐이고 남는 것은 현실뿐이다.

노란 궁전

내 이름은 안토니오 풀리다. 아라비아 달력에 의하면, 올해는 1406년(대략 서기 1986년에 해당됨_옮긴이)이고, 나는 일흔여섯 살이다. 나는 지난 삼십오 년간 카이로에서 레스토랑을 운영해 왔다. 그 전엔 이십오 년간 파루크 전 이집트 국왕의 벗이자 보좌관으로 지냈었다. 나는 주로 파루크에게 여자들을 소개하는 일을 했었다. 성인이 된 후 파루크는 헤아릴 수 없이 많은 상대와 교감을 나누었다. 그중 대부분이 내가 소개한 여자들이었다. 나는 열여섯 살 때 그를 처음 만났다. 당시 그는 여덟 살이었다. 궁정 전기 기사인 아버지, 프란체스코 풀리는 파루크의 아버지인 푸아드 군주가 나라를 통치하던 시절, 알렉산드리아의 라셀-틴 궁전에서 일했다. 나는 파루크의 장난감 기차를 고쳐주면서 그와 친해졌고, 그 후로 우리 두 사람은 떨어져서는 못 사는 사이가 됐다.

파루크는 내게 기사 작위를 수여했다. 그것은 지방 장관에 해당하는 직위였다. 나는 그의 모든 사생활을 낱낱이 꿰고 있었다. 그가 망명한 후 반란군은 나를 감옥으로 보냈다. 그들은 아부딘 궁에 자리한 내 처소에 들이닥쳐 서른 개의 갈고리가 담긴 유리 상자를 압수했다. 갈고리마다 열쇠가 하나씩 걸려 있었고, 각 열쇠엔 여자의 이름과 주소와 그들의 집으로 들어가는 방법이 적혀 있었다. 그중엔 세미라미스와 헬리오폴리스 하우스 같은 카이로 호텔들의 방 열쇠도 몇 개 있었다. 파루크가 여자들을 무척이나 밝혔다는 건 부인할 수 없었다. 일생 동안 그를 거쳐간 여자의 수가 오천 명은 족히 될 것이다. 존경받는 그의 할아버지이자, 파루크의 영원한 우상인 이스마일 파샤도 그 정도는 아니었다. 호색적 취미의 추구에 있어선 파루크를 따라올 사람이 없었다. 알렉산드리아에 알무사 병원을 지었을 때 그는 맨 위층에 호화롭게 꾸민 방 열일곱 개를 만들어놓았다. 각 방에선 지중해의 장관을 아늑하게 감상할 수 있었다. 그는 여자들과 시시덕거리기 위해 그런 공간을 일부러 만들어두었던 것이다. 나는 지금껏 고통과 쾌감의 대조가 이토록 분명히 갈리는 공간을 본 적이 없었다.

파루크를 이기적이고, 천박하고, 무정한 통치자로 넘겨짚는 건 굉장히 쉬운 일일 것이다. 카프리 섬으로 떠나기 전, 그는 나와 누비아인 운전사, 모하메드 하산에게 "이천만 영혼이 살고 있는 이 땅에서 내 친구는 한 명도 없다"고 말했다. 어쩌면 그것은 틀린 말이 아니었는지도 몰랐다. 하지만 여기엔 여러 이유가 있다. 무조건 파루크의 탓만 해댈 일은 아니다. 현재 수단 카르툼에서 호텔을 운영하고 있는 모하메드 하산 역시 같은 의견을 가지고 있을 것이다. 열여섯 살이라는 어린 나이에 왕위에 오르지 않았다면 파루크는 전혀 다른 인생을 살았을 것이다.

어릴 적 파루크는 학구적 관심이 많았다. 과학, 문학, 음악. 열다섯 살 때 그는 영국으로 날아가 학업을 마무리했다. 파루크는 울위치에 자리한 영국 왕립 육군 사관학교에 들어갔다. 그는 그곳에서도 궁정에서 파견한 네 남자의 시중을 받았다. 전권 공사, 아메드 모하메드 하사네인 베이. 군사 고문, 아지즈 엘 미스리 파샤 장군. 아라비아와 이슬람 과학 교수, 살레이 하심. 그리고 그의 주치의, 카프라위 박사. 그들 모두는 파루크가 학교에서 흠잡을 데 없는 행실을 보였다고 입을 모아 주장했다. 파루크는 승마술에 능했고, 아라비아어 외에도 프랑스어와 영어에 능통했다. 영국 유학 시절 그는 이집트 대표 자격으로 조지 5세의 장례식에 참석하기도 했다. 당시 그의 품행은 굉장히 모범적이었다. 그때 인격을 잘 닦아 놓았더라면 파루크는 훌륭하고, 관대한 왕이 될 수도 있었을 것이다.

푸아드 군주는 파루크가 영국으로 떠난 지 일 년도 채 지나지 않았을 때 세상을 떠났다. 아버지의 사망 소식을 전해들은 그는 곧장 모국으로 돌아와 현대 이집트의 아버지이고, 이집트의 세습 장관이면서 누비아, 세나르, 코르도판, 그리고 다르푸르의 통치자인 위대한 모하메드 알리의 왕국을 물려받게 됐다. 모하메드 알리의 손자, 이스마일은 왕정 강화를 최우선 과제로 삼았다. 극장을 만들어 주세페 베르디에게 맡기고 〈아이다〉를 작곡하게 한 것도 이스마일이었다. 이스마일의 아들, 푸아드는 파루크를 왕위에 앉힐 준비를 충분히 하지 못했다. 파루크가 통치를 시작했을 당시 이집트에선 여러 질병들이 유행하고 있었다. 폐결핵, 말라리아, 그리고 매독 환자들이 특히 많았다. 아기들의 눈은 종기와 파리 떼로 덮여있었다. 부정한 아내들은 토막 내져 나일 강에 던져졌다. 시골 여자들은 순산을 기원하며 오염된 나일 강의 진흙을 먹었다. 그들은 가족의 죽음을 슬퍼하며 온몸에 진흙을 바르기도 했다. 그런 풍습 때문에 주혈흡충병과 십이지장충병 같은 세균성 질병이 많을 수밖에 없었다. 지금도 이집트 하면 미개한 나라로 인식되지만 당시엔 훨씬 더했다.

파루크는 라셀-틴 궁전처럼 호화로운 환경에서 자랐다. 그의 어머니, 나즐리 여왕은 프랑스계 이집트인으로, 압둘 라힘 사브리의 장녀였고, 파리에서 성장했다. 파루크의 터키인 보모 아샤 갈샨은 풍만한 가슴 때문에 선택됐다. 그녀는 파루크의 억센 턱 때문에 왼쪽 유두가 성할 날이 없다고 종종 불평했다. 파루크는 성인이 돼서도 상대의 유두를 깨무는 취미를 버리지 못했다. 어린 파루크를 키운 사람은 아샤 갈샨과 부시종, 아메드 하사네인이었다. 군주는 나즐리 여왕보다 서른 살이 많았고, 두 사람 모두 미래의 왕에게 큰 관심을 보이지 않았다.

푸아드는 파루크가 세계 정상들의 문상을 받은 카이로의 엘 리파이 모스크에 안치됐다. 그는 열여섯 살 때 아부딘 궁전에 주거를 정했다. 이집트 저널리스트, 모하메드 알타비는 당시의 파루크에 대해 다음과 같이 적었다. "그는 왕위에 의존하지 않고도 국민들로부터 찬양과 존경을 자아낸다. 그는 지적으로 성숙하고, 교양이 넘치며, 화술이 뛰어나다. 과거의 지도자들에게 크게 실망해 온 국민들은 파루크를 진정으로 사랑한다. 오직 파루크만이 그들을 실망시키지 않았다." 레바논의 수상은 파루크를 두고 "이집트의 왕이자 모든 아랍 민족의 왕"이라고 추켜세웠다.

1930년대의 이집트는 영국이 점령하고 있었고, 파루크는 이슬람교도들의 격렬한 반대 속에서 영국과 타협하는 방법을 익혀야 했다. 나즐리는 아랍 민족에 애정이 없었다. 프랑스계였기에 스스로를 유럽인으로 여겼고, 파리와 스위스에서 많은 시간을 보냈다. 파루크의 누이들, 파지아, 파이자, 파이카, 그리고 파티아는 세상 물정에 대해 어두웠다. 게다가 파지아는 나중에 이란 국왕의 첫 번째 부인이 됐다. 그런 이유로 파루크는 아버지의 충고자들에게 크게 의지했다. 물론 그들은 젊은 군주에게 정부 운영을 자신들에게 맡겨달라고 권고했다.

파루크는 궁전에서 마음껏 즐길 수 있는 방법을 궁리해 보았다. 그는 나를 항상 자신 가까이에 두었다. 미국식 표현을 빌리자면 나는 그의 "오른팔"이었던 셈이었다. 나를 비롯한 운전사 모하메드 하산, 이발사 조수 피에트로 델라 발레, 그리고 알바니아인 경호원 두 명이 파루크와 가장 가까운 측근이자 그가 가장 신뢰하는 하인들이었다. 파루크는 열일곱 살 때 열다섯 살의 사피나즈와 결혼했다. 그는 그녀의 이름을 파리다로 바꿔 불렀다. 그의 아버지, 푸아드가 왕족의 이름은 반드시 F로 시작해야 한다는 방침을 세워놓았기 때문이다. 파리다는 부모의 뜻을 거스를 수 없어 결혼에 응했다. 그녀는 파루크와 결혼할 마음이 없었다. 그녀는 결혼식을 앞두고 내게 말했다. "난 잔 다르크 이야기를 읽은 적이 있어요. 다음날에 화형 당하게 될 거라는 사실을 깨달았을 때 그녀가 느꼈을 기분을 난 지금 똑같이 느끼고 있어요."

그들의 결혼 생활은 재앙이었다. 파루크와 파리다 모두 결혼의 개념을 이해하기엔 너무 어렸다. 결국 그들은 각자의 인생을 살게 됐다. 파리다가 아들 대신 딸만 줄줄이 낳았다는 사실도 그들의 관계를 개선시키지 못했다. 파루크의 어머니, 나즐리가 아메드 하사네인과 비밀리에 결혼식을 올리자 파루크는 더 이상 여자들을 믿지 않겠노라고 결심했다.

파루크의 가장 큰 문제는 심각하게 작은 음경의 크기였다. 파루크는 키가 183센티미터에 달했고, 근육질의 몸매를 자랑했지만 그의 음경은 완전히 발기됐을 때도 고작 5센티미터에 불과할 뿐이었다. 그 결점 때문에 그는 섹스에 더 집착했다. 그는 서서히 살이 쪘고, 서른 살이 됐을 땐 체중이 무려 140킬로그램에 육박하기도 했다. 파루크는 더 이상 여자들과 정상적으로 성교를 할 수 없게 됐다. 임시로 카이로에 살았던 프랑스인 쇼걸, 애니 베리에는 파루크에게 성교 외에도 여자들을 만족시킬 수 있는 방법이 많다고 알려주었다. 애니 베리에 때문에 파루크는 "유능한 혀"라는 별명을 갖게 됐다. 파루크는 그 별명을 무척 자랑스러워했다. 그는 자신에게 섹스 테크닉을 여럿 가르쳐준 애니에게 크게 고마워했다. 파루크는 내게 애니와 함께라면 정상적인 성교도 가능하다고 자랑했다. 그녀는 굉장히 숙련된 그 분야의 전문가였고, 파루크를 만족시킬 수 있는 몇 안 되는 사람이었다. 왕은 항상 그녀를 격찬했고, 그녀가 프랑스로 돌아가자 무척 슬퍼했다.

제2차 세계대전이 발발하자 파루크는 영국이 패배할 거라 생각했다. 영국에서 교육받고, 말투를 비롯해서 다양한 영국식 매너리즘에 큰 영향을 받았지만 파루크는 이변이 없는 한 롬멜의 아프리카 군단과 그라치아니의 이탈리아군이 이 전쟁에서 승리할 거라고 믿었다. 파루크는 이집트에 주둔하고 있는, 빼기고, 인종 차별이 심한 오스트레일리아와 뉴질

랜드 기병 중대를 통렬히 비난했다. 그들은 이집트 국민들을 개처럼 취급했고, 이집트 장교들을 무시했다. 이런 오만함이 파루크를 격분시켰다. 이런 격언이 있었다. "이집트에서 알라보다 더 위대한 권력자는 영국인이다." 그것에 자극받은 파루크는 비밀리에 히틀러를 만나 롬멜이 이집트를 점령할 수 있게 해달라고 요청했다. 히틀러는 요제프 괴벨스를 파루크에게 보내 구체적인 계획을 세우기 시작했다. 영국은 이스마일 파샤를 왕위에서 쫓아냈지만 단 한 명의 이집트인도 그에 대해 반발하거나 목소리를 높이지 않았었다. 파루크는 나치의 지원을 받아 영국에 복수하고 싶어했다. 하지만 그 계획은 수포로 돌아갔고, 그는 하는 수 없이 영국군을 쫓아내기 위한 다른 방법을 은밀히 알아보기로 했다. 1947년, 카이로와 알렉산드리아에서 영국군이 철수하게 된 것은 다 그의 노력 덕분이었다. 그로부터 이 년 후, 영국군은 이집트의 나머지 지역에서도 완전히 철수했다. 이슬람의 저항 세력도 힘을 보태긴 했지만 누가 뭐래도 주역은 파루크였다.

파루크에겐 내부의 적이 많았다. 그중 가장 격렬한 적은 와히드 유스리였다. 그는 파리다의 애인이기도 했다. 그 사실을 알게 된 파루크는 격노했다. 당시 그는 돈 많은 귀족, 하산 투산 왕자의 아내인 파티마 투산 공주와 사랑에 빠져 있었다. 공주는 남편보다 무려 스물두 살이나 어렸다. 왕자는 자신의 시간 대부분을 순혈종 경주마 관리에 썼고, 덕분에 파티마는 여유롭게 파루크와 어울릴 수 있었다.

유스리와 파루크의 또 다른 대적, 나하스 파샤는 한뜻으로 왕의 정치 인생을 비참하게 만들었다. 나는 아메드 마허 파샤 수상이 마흐무드 엘-이사위라는 젊은 혁명당원에게 암살당했던 1945년 2월의 어느 날을 영원히 잊지 못할 것이다. 아랍 연맹을 만들고 있던 파루크는 유스리가 사건의 배후에 있다고 믿었다. 그는 파리다의 침실로 난입해 그녀의 질을 잘라내 버리겠다며 으르렁거렸다. 파리다는 파루크의 세 딸을 낳았다. 막내의 이름도 파리다였다. 파루크는 막내딸이 자신의 자식이 아니라고 강하게 주장해 왔다. 그는 아들을 간절히 원했고, 자신의 싸움에 힘을 보태줄 혈족이 없다는 사실을 무척 언짢아했다.

궁정 밖에서 파루크와 가장 가까운 친구는 알바니아의 전 국왕, 아메드 조그였다. 조그와 파루크는 전쟁이 끝난 후 밤마다 카이로의 나이트클럽, '스카라비'에서 만나 유흥을 즐겼다. 파루크에게 영화배우, 나디아 그레이를 소개시켜 준 것도 바로 조그 왕이었다. 나디아 그레이의 본명은 프린세스 칸타쿠지노였다. 나중에 그녀는 페데리코 펠리니를 비롯한 유럽의 여러 영화감독들과 작업하며 스타 배우로 발돋움하게 된다. 파루크는 그녀를 유혹하기 위해 무던히 애를 썼지만 번번이 실패했다. 그는 자신에 대해 애기를 잘 해주지 않았다며 조그를 탓했다. 조그는 그에게 누가 그녀를 소개해 주었는지를 잊지 말라며 파루크를 강하게 질타했다. 파루크는 지금껏 자신의 언행에 대해 그 누구에게도 사과를 한 적이 없었다. 하지만 조그에겐 철없는 자신을 용서해 달라며 진심으로 사과했다. 오직 조그만이 파루크로부터 이런 겸손한 태도를 도출해 낼 수 있었다.

또한 그는 항상 도박대에서 자제력을 상실해 버리는 파루크를 무섭게 나무라기도 했다. 파루크는 몬테카를로 카지노를 즐겨 찾았는데 매번 베팅 한계가 정해지지 않은 테이블을 예약했다. 카이로 카스렌-닐 가에 자리한 영국 왕립 자동차 클럽에선 바카라를 했고, 칸과 도빌에서도 도박의 유혹을 뿌리치지 못했다. 그가 돈을 따는 경우는 거의 없었다. 1947년 한 해 동안 파루크가 잃은 돈은 무려 85만 이집트 파운드에 달했다. 미국 달러로 환산하면 200만 달러에 달하는 엄청난 액수였다. 파루크는 조그에게 자신이 왕위를 놓고 도박을 했으며 당당히 이겼다고 말했다. 조그는 그에게 포커 테이블에선 수차례 져도 상관없지만 왕위는 한 번 빼앗기면 영영 되찾을 수 없다고 했다. 그러자 파루크는 이렇게 받아쳤다. "앞으로 십 년 안에 세상엔 다섯 명의 왕만이 남게 될 거야. 클럽 킹, 다이아몬드 킹, 하트 킹, 스페이드 킹, 그리고 영국 왕."

파루크는 이란의 국왕에게 파지아와 이혼할 것을 요구했다. 그리고 자신도 파리다와 갈라섰다. 파루크는 레자 팔레비를 증오했다. 파루크는 그가 부정직하다고 생각했고, 전쟁이 났을 때 남아프리카 공화국으로 피난했던 팔레비의 아버지를 경멸했다. 파루크는 국왕과 어떠한 연결고리도 두고 싶어하지 않았다. 파루크는 파티마 공주와 결혼하는 게 소원이었지만 그녀는 파리에서 후안 올리언스 브락타라 왕자와 결혼하는 것으로 그를 배신했다. 그 사실을 알게 된 파루크는 광포해졌다. 그는 궁전 안을 성큼성큼 걸어 다니며 지팡이로 꽃병과 가구들을 닥치는 대로 부수었다. 그 일은 그에게 영영 씻을 수 없는 상처로 남게 됐다. 파티마는 그가 품을 수 없는 유일한 여자였고, 그는 그런 현실이 무척 못마땅했다.
1940년대 후반, 호다 샤아라위가 세상을 떠났다. 그녀는 이집트 국회

의장의 아내였고, 1919년엔 처음으로 베일을 벗어젖힌 여성으로 화제가 되기도 했다. 그녀는 여성 해방운동 조직의 리더였지만 파루크는 그녀를 존경했다. 파루크는 심한 좌절감을 느꼈다. 조그 외엔 파루크가 신뢰할 수 있는 사람은 없었다. 물론 피에트로, 모하메드 하산, 그리고 나는 예외였다.

파루크는 자신의 요트, 파크르-알-베하르에서 많은 시간을 보내기 시작했다. 로켄 엘-파루크("파루크의 작은 변두리")라 불리는 아늑한 헬완의 나일 강 동쪽 기슭에 자리한 그의 집에서 여자들과 보내는 시간도 많아졌다. 그는 꿀을 탄 해시시(인도 대마 잎으로 만든 마취제_옮긴이)에 취미를 붙였고, 며칠 연속으로 공무집행에서 손을 놓을 때가 점점 늘어났다. 파루크는 자신이 이집트에서 정신병원이라는 의미로 쓰이는 "노란 궁전"에 속해 있다는 농담을 자주 던졌다.

1951년, 파루크는 나리만 사덱을 만나 결혼에 골인했다. 당시 그녀는 열여섯 살이었다. 그녀는 그에게 아들, 사이드 왕자를 낳아주었다. 그녀는 파루크에게 파리다만큼의 만족을 주진 못했지만 왕은 사이드를 낳아준 사실만으로 나리만에게 헌신했다. 사이드가 태어나던 날 밤, 파루크는 나를 불러 이젠 죽어도 여한이 없다고 자신의 기쁜 마음을 표현했다. 그는 이제야 조상들, 특히 이스마일을 볼 면목이 생겼다며 안도했다.

파루크의 체중은 눈덩이처럼 불어났다. 그는 여전히 도박과 여자와 마약에 빠져 살았다. 피에트로 델라 발레와 나는 그가 제정신을 잃게 될까 두려웠다. 1951년의 어느 날 저녁, 그는 이탈리아 출신인 우리 두 사람을 이집트 국민으로 인정해 주었다. 가톨릭 신자인 우리는 할례를 하지 않았다. 이슬람 소년들은 열세 살 때 예외 없이 이 의식을 치러야 했다.

파루크는 마흔 살에 가까운 우리에게 할례를 권했다. 우리는 하는 수 없이 굉장히 고통스러운 의식을 견뎌야 했다. 그런 일이 있은 후 나는 서서히 그로부터 거리를 두기 시작했다.

파루크는 바티칸 근위병을 모델로 한 검은 여단을 만들었다. 180센티미터 이상의 키에 잘 훈련받은 수단 출신 군인들은 그의 개인 경호원으로 근무하게 됐다. 그는 이집트가 영국에 선전포고하기를 바라는 이슬람 형제단을 두려워했다. 거의 모든 도시에서 폭동이 일어났다. 검은 여단은 매독과 다른 질병들의 발발로 해산됐다. 파루크는 자신에겐 친구가 없고, 누구에게도 사랑받지 못한다고 푸념을 늘어놓았다. 나는 부인하지 않았다.

1952년 7월 26일, 파루크가 왕위를 버리고 나리만과 알렉산드리아에서 마흐루사 호에 올라 카프리 섬으로 향했던 날, 나는 체포됐다. 그 후로 나는 파루크를 다시 보지 못했다. 그는 안나카프리의 에덴 파라다이스 호텔에 주거를 정했다. 그와 측근들은 마흔 개의 방에서 생활했다. 파루크는 로마의 남쪽에 자리한 프라스카티로 거처를 옮겼고, 나리만이 그를 버리고 사이드가 살고 있는 로잔으로 떠난 후엔 로마로 들어가 살게 됐다. 그곳에서 파루크는 역시 망명 중인 갱 단원, 럭키 루치아노를 만났다. 루치아노는 파루크에게 충격적인 소식을 전했다. 파루크의 머리에 14만 달러의 현상금이 걸려 있다는 것이었다. 파루크는 많은 남자들, 어쩌면 여자들이 자신의 목숨을 호시탐탐 노리고 있다는 걸 알고 있었다. 그 후로 파루크는 알바니아인 경호원들 없인 절대 외출하지 않았다.

물론 끝은 좋지 못했다. 파루크의 체중은 145킬로그램에 달했다. 그는 언제나처럼 도박에 빠져 살았다. 끝까지 그의 곁에 남은 피에트로는 나중에 나를 만난 자리에서 파루크가 검은색 6.35구경 베레타 자동 권총, 그리고 신장약과 고혈압 약을 항상 소지하고 다녔다고 알려주었다. 나는 그가 치질 수술을 받았을 때를 기억한다. 수술을 마친 후 고통에 몸부림치던 그는 조그를 불러 의사를 죽여달라고 했다.

피에트로에 의하면, 말년에 접어든 파루크는 풍만한 가슴과 큰 골반을 가진 뚱뚱한 여자들과 주로 어울렸다고 한다. 그 조건에 해당되는 콜걸들은 그의 눈에 들기 위해 로마와 몬테카를로로 떼를 지어 몰려들었다. 언젠가 파루크는 여자가 아름다운지 알고 싶으면 그녀의 발목을 보면 된다고 말했었다.

피에트로는 파루크가 세 번째 저녁식사를 마친 후 심장마비로 숨졌다고 알려주었다. 마지막 식사로 그는 닭 일곱 마리, 설탕에 절인 햄, 구운 감자 열두 개, 밥 한 냄비, 초콜릿 에클레어(가늘고 긴 슈크림에 초콜릿을 뿌린 것_옮긴이) 몇 개, 초콜릿 케이크, 현란한 디저트, 와인 두 병, 그리고 에스프레소 여러 잔을 먹어치웠다. 식사 후 아바나 시가, 몬테크리스토에 불을 붙인 그는 갑자기 테이블에 머리를 박고 쓰러졌다. 파루크는 함께 있던 매춘부에게 유언을 남겼다. "암소가 쓰러지면 천 개의 칼이 나타난다." 그것은 이집트 속담으로, 자신에겐 진정한 친구가 한 명도 없었고, 세상을 떠난 후엔 아무도 자신의 기억을 옹호해 주지 않을 거라는 뜻이었다. 당시 파루크는 마흔다섯 살이었다.

살람 알라이쿰(당신에게 평화가 깃들기를).

그래서 감사드립니다

1980년대 초, 나는 내 인생에서 가장 인상적인 추수 감사절을 보냈다. 그날 늦은 오후, 나는 친구인 돈 엘리스의 전화를 받았다. 당시 돈은 내 집에서 몇 블록 떨어진 동네에 살고 있었다. 그가 전화를 걸어왔을 때 나는 저녁에 만나 술이나 한 잔 하자는 제안을 기대했다.

"이 소리 들려? 그들이 내 집 거실 벽에 구멍을 뚫고 있어!"

내가 수화기를 들기가 무섭게 돈이 큰소리로 말했다.

"누가 구멍을 뚫는다고?"

내가 소리쳤다. 나는 상당한 저항에 고전하고 있는 전기톱의 요란한 윙윙거림을 분명하게 들을 수 있었다.

"소방차가 왔어. 벽난로 주변 벽에서 연기가 새어나왔거든. 그래서 소방차를 불렀더니 이렇게 벽에 구멍을 뚫고 있어."

돈이 말했다.

"저런."

내가 말했다.

"저녁식사를 기다리던 스물두 명이 내 집이 무너져 내리는 걸 지켜보고 있어. 난 제일 비싼 스카치를 꺼내 마시는 중이야. 와서 칠면조 고기 좀 잘라주겠어? 내가 해야 하는데 지금 너무 취해서 말이야."

"십 분 안에 갈게."

나는 식구들에게 돈의 집에서 무슨 일이 벌어지고 있는지 설명한 후 코트를 집어 들었다. 그리고 최대한 빨리 돌아와 칠면조 고기를 잘라주겠노라고 약속했다. 돈의 집에서 벌어지고 있는 광경은 상상했던 것보다 훨씬 더 심각했다. 정면 벽엔 커다란 구멍이 뚫려 있었고, 어둠이 내려앉으면서 밖에선 눈이 오기 시작했다. 연기 자욱한 거실 안에서도 눈송이들이 소용돌이치고 있었다. 거센 바람은 계속해서 눈송이들을 집 안으로 밀어넣었다. 돈의 가족과 손님들은 코트와 모자를 걸치고 있었다.

꼭 캐롤 리드 감독의 영화 〈심야의 탈주〉의 유명한 장면을 보는 기분이었다. 미치광이 화가, 루키를 연기한 로버트 뉴턴이 총상 입고 죽어가는 아일랜드의 반도, 조니 맥퀸을 리어왕으로 묘사해 그리려 하는 장면. 허름한 더블린 집의 절반 이상이 날아간 해진 지붕 안으로 휩쓸려 들어간 눈송이들이 죽어가는 조니의 거룩한 머리에 떨어지는 장면.

내가 돈의 집에 도착했을 때 모두는 위스키를 홀짝이고 있었다. 격자무늬의 긴 모직 목도리를 목에 두른 돈은 냉장고에 몸을 기댄 채 서 있었다. 그는 18년산 맥캘란을 들이키는 중이었다. 가까운 곳에 텔레비전이 켜져 있었고, 스테레오에선 비발디의 '사계'가 흘러나오고 있었다.

내가 주방으로 들어서자 돈의 아내, 캐서린이 다가와 위스키가 가득 담긴 컵을 건네주었다. 그런 다음, 도마 위에서 식어가고 있는 칠면조 고기를 보여주었다. 나는 위스키를 한 모금 넘기고 나서 컵을 조리대에 내려놓았다. 캐서린이 칠면조 고기 옆에 꺼내놓은 커다란 칼과 포크를 집어들고, 땀을 쏟고 있는 칠면조에 푹 찔러넣었다.

나는 고급 스카치 위스키를 연신 홀짝이며 20분 만에 뜨거운 새를 성공적으로 해체시켰다. 내가 작업하는 동안 돈은 위스키를 들이키며 실실 웃음을 흘렸다.

내가 작업에 들어가기 직전 소방대원들은 일을 마무리 짓고 뒷정리에 들어갔다. 그들은 돈의 한 잔 제안을 정중히 거절했다. 저녁에 또 어느 집 거실 벽을 뚫어야 할지 몰랐기 때문이다. 그들은 중앙난방 장치의 온기를 담아두려면 거실 벽 구멍에 비닐 커버를 테이프로 붙여둬야 할 거라고 말했다.

작업을 마친 나는 컵에 남은 위스키를 입 안으로 마저 털어넣고 캐서린과 또 다른 여자가 칠면조의 잔해 속에서 소를 떠내는 모습을 지켜보았다. 돈이 다가와 내게 오른손을 내밀었다. 그의 왼손엔 술병이 쥐어져 있었다. 우리는 악수를 했고, 나는 저녁을 먹고 가라는 캐서린의 초대를 정중히 거절했다. 집으로 돌아가 식구들을 위해 같은 작업을 해야 했기 때문이다.

손님 몇몇이 비닐 커버를 꺼내와 거실 벽 구멍을 막고 있었다. 나는 그들에게 손을 흔들어 인사한 후 밖으로 나왔다. 모두가 좋은 시간을 보내고 있는 듯했다. 현관 앞 계단을 내려가고 있을 때 뒤에서 캐서린의 음성이 들려왔다. "배 안 고파요?" 그 말이 끝나기가 무섭게 손님들이 입을 모아 그렇다고 큰소리로 대답했다.

들이킨 위스키 때문에 머리가 얼떨떨했다. 그래서 나는 몰고 온 차를 세워두고 집까지 걸어가기로 했다. 차가운 공기가 상쾌했다. 별 없는 검은 하늘 아래를 걷는 기분이 나쁘지 않았다. 조니 맥퀸의 머리를 간질였던 눈송이들의 느낌도 전혀 거슬리지 않았다.

잃어버린 크리스마스

1954년, 내가 여덟 살이었을 때 나는 크리스마스를 잃어버렸다. 그해 크리스마스 이브 정오, 나는 몇몇 친구들과 시카고의 웨스턴 가에 자리한 노르타운 극장으로 갔다. 빅터 마추어와 수잔 헤이워드 주연의 영화, 〈데메트리우스와 검투사〉를 보기 위해서였다. 12월 초까지만 해도 어머니와 나는 플로리다와 쿠바에 살았었다. 내가 태어나고, 가끔 와서 지내는 시카고엔 외할머니, 내니와 크리스마스를 보내기 위해 와 있었다. 할머니는 만성 심장병으로 항상 침대에 누워 지냈다. 할머니는 이듬해 5월, 심장마비로 세상을 떠났다. 당시 할머니의 나이는 쉰아홉 살이었다.

그해 크리스마스 이브엔 새눈이 거리에 수북이 쌓여 있었다. 거리의 차들은 우리의 걸음과 비슷한 속도로 움직이고 있었다. 내 기억으로는 다섯 살이나 여섯 살 때 처음 시카고에 왔었던 것 같다. 어머니는 멕시코나 하와이나 자메이카 같은 낭만적인 곳으로 여행을 다녔다. 2월 중순,

어머니는 나를 할머니에게 맡긴 채 이 주간 여행을 떠나기로 했다. 당시 바깥 기온은 영하 20도 안팎에 머물러 있었다. 플로리다의 키웨스트와 마이애미, 그리고 쿠바의 아바나에서 반바지와 티셔츠 차림으로만 지냈던 나는 그제야 속았다는 걸 깨닫게 됐다. 지옥은 뜨겁지 않았다. 오히려 얼어 죽을 만큼 추웠다. 그곳에 이르기 위해 죽을 때까지 기다릴 필요가 없었다. 나는 이미 지옥에 도착해 있었으니까. 또한 나는 어머니가 나를 굉장히 미워한다고 믿었다. 나를 이런 끔찍한 곳에 남겨놓고 가버리다니. 보도가 얼음으로 덮여 있어서 밖에 나갈 수도 없었다. 아무리 조심히 걸어도 넘어지는 건 어쩔 수가 없었다. 이 주 후, 휴가에서 돌아온 담갈색 피부의 어머니는 외계인 같아 보였다. 내가 버려진 북극 주둔 기지와 전혀 관계가 없는, 다른 은하계의 주민. 나이가 드니 눈과 얼음엔 어느 정도 적응이 된 것 같았다. 적어도 무엇을 기대해야 하는지 알 수 있었다. 내가 처한 상황이 일시적이지 않았기에 즐기진 못하더라도 최소한 무난히 견뎌내긴 해야 했다.

〈데메트리우스와 검투사〉는 좋은 영화였다. 검과 방패, 그리고 어머니 같은 섹시한 빨강머리 여인들이 넘쳐나서 더 마음에 들었다. 빅터 마추어의 가슴이 수잔 헤이워드보다 크다는 사실을 확인할 정신은 없었다. 1949년 영화 〈삼손과 데릴라〉의 제작자가 마추어의 가슴이 헤디 라머(오스트리아 출신의 미국 여배우_옮긴이)보다 크다고 말해 화제가 된 적이 있었다. 그보다 나는 할리우드가 재현해 낸 고대 로마의 화려한 볼거리에 더 흥미를 느꼈다. 크리스마스 이브 오후, 납빛 시카고 하늘이 빠르게 어둑해져 갈 때 갑자기 현기증이 찾아들었다. 집으로 돌아가던 나는 하마터면 단단한 얼음으로 덮인 보도에 고꾸라질 뻔했다. 같이 걷던 친구들은 이미 옆길로 사라져버린 후였다. 홀로 남은 나는 갈색 벽돌 벽에 몸을 기댄 채 한두 블록 떨어진 할머니 집을 향해 천천히 걸음을 옮겨 나갔다.

집에 도착해 정신을 잃은 나는 풋볼 선수들이 그려진 노란색 플란넬 잠옷 차림으로 잠에서 깨어났다. 가장 먼저 눈에 들어온 것은 하관이 발달한 풀백(미식축구의 후위 공격수_옮긴이)이 왼팔로 공을 끌어안은 채 오른쪽에서 달려드는 상대편 선수를 밀어내는 모습이었다. 목이 무척 말랐다. 눈을 뜨고 나를 지켜보고 있는 어머니와 할머니를 올려다보았다. 놀랍게도 할머니는 병상을 털고 일어나 있었다. 어머니에 의하면, 내가 두 개의 질문을 던졌다고 한다. "물 한 잔 갖다 주시겠어요?" 그리고 "아직 크리스마스가 안 됐나요?"

깨어나서 보니 12월 26일이었다. 나는 집에 도착하자마자 의식을 잃었고, 깨어날 때까지 고열과 정신 착란에 시달려야 했다. 마침내 열이 내렸고, 나는 의식을 회복하게 됐다. 어머니가 물을 건네며 의사가 지시한 대로 천천히 마시라고 했다.

"의사 선생님이 오셨었어요?"

내가 물었다. 할머니와 어머니는 나 때문에 걱정을 많이 했단다. 의사인 할머니의 친구가 두 차례 찾아와 내 상태를 보고 갔다고 했다. 크리스마스 날에도 왔으며 나중에 다시 찾아와 내 상태를 체크해 줄 거라나. 할머니와 어머니는 안도하며 기쁨의 눈물을 흘렸고, 웃음을 터뜨렸다.

"이건 최고의 선물이야. 내 아들이 살아나다니."

어머니가 말했다.

나는 종종 정신 착란 상태에 빠졌을 때 내가 무엇을 놓쳤는지를 궁금해하곤 했다. 나는 스물네 시간을 도둑맞았던 것이다. 언젠가 누군가가 만약 타임머신을 타고 과거나 미래를 마음껏 누빌 수 있다면 언제로 가고 싶은지 물은 적이 있었다. 나는 그에게 한 치의 머뭇거림도 없이 1954년의 크리스마스로 돌아가고 싶다고 대답했다. 윌리엄 포크너의 말을 바꾸어 말해 보고 싶다. 그해 크리스마스는 죽지 않았다. 그 날을 과거로 볼 수도 없으니까.

승 리 자

어머니와 나는 1957년의 정월 초하루를 시카고에서 보냈다. 당시 열 살이었던 나는 북부 지방의 겨울을 몇 차례 경험해 봤기에 전혀 두렵지 않았다. 플로리다를 출발해 시카고로 향하는 동안 나는 높이 쌓인 눈 속에 파묻혀 놀고, 얼어붙은 연못에서 스케이트를 탈 생각에 잔뜩 들떠 있었다. 막상 도착해 보니 포근한 겨울 날씨였다. 크리스마스에도 눈이 내리지 않는 등 전혀 시카고답지 않은 겨울이었다.

"첫눈은 항상 추수 감사절 전후에 내린단다. 올겨울엔 외투가 필요 없을 정도야. 지금껏 이토록 긴 인디언 서머(늦가을의 봄날 같은 화창한 날씨_옮긴이)는 없었어."

할아버지, 팝스가 말했다.

할아버지 동네의 아이들과 밖에 나가 노는 것도 나쁘진 않았다. 하지만 눈을 보지 못한다는 사실은 여전히 실망스러웠다. 눈이 내리지 않는 키웨스트 출신이기 때문에 그 실망감은 더 클 수밖에 없었다. 동네 아이들은 상냥했고, 예전에 시카고에서 삼 년 가까이 지낸 적이 있었기에 그들 중 몇 명과는 꽤 친했다. 그럼에도 나는 그들 서클에 잘 끼지 못했다.

선달 그믐날에도 눈은 내리지 않았다. 어머니와 나는 1월 2일에 플로리다로 돌아갈 계획이었다. 내가 불평하니 어머니가 말했다.

"가끔 실패할 때도 있는 거란다."

다음날, 나는 별로 친하지 않은 지미 켈리라는 아이의 생일 파티에 초대받았다. 지미는 경관의 아들로, 블록 끝에 자리한 3층짜리 아파트에 살고 있었다. 옆집에 사는 조니와 빌리 더피가 자기들과 같이 가자고 나를 설득했다. 조니는 나와 동갑이었고, 빌리는 한 살 어렸다. 켈리와 친한 그들은 내가 가도 켈리와 그의 부모가 나를 반갑게 맞아줄 거라고 했다. 혹시 몰라 더피 형제의 어머니가 지미 켈리의 어머니에게 전화를 걸어주었고, 그녀는 나를 환영한다고 했다.

파티가 시작되기 직전에 받은 초대이기도 했고, 모든 장난감 가게가 문을 닫았기에 나는 지미 켈리에게 줄 그럴 듯한 선물을 준비할 수 없었다. 그래서 어머니는 사탕을 크리스마스 포장지로 잘 싸서 빨간 리본으로 봉한 후 내게 건넸다.

"이거면 될 거야. 가서 예의 있게 행동하고, 초대해 주셔서 감사하다고 인사 드려야 해."

어머니가 말했다.

"그들이 초대한 게 아니에요. 조니와 빌리가 초대한 거라고요. 더피 부인이 켈리의 어머니에게 전화를 걸어줬어요."

내가 말했다.

"그래도 감사하다고 인사 드려. 가서 재밌게 놀고."

켈리의 집에선 많은 아이들이 뛰놀고 있었다. 그들은 비명을 지르고, 고함을 치며 술래잡기를 하는 중이었다. 램프와 테이블은 부딪쳐 넘어갔고, 검은색 코커 스패니얼(미국 원산의 중형 사냥개·애완견_옮긴이), 믹과 맥도 미친 듯이 날뛰었다. 당황한 개들은 뛰노는 아이들에게 무참히 짓밟히고 있었다. 켈리 경관은 총까지 찬 제복 차림으로 현관문 옆 의자에 앉아 갈색 병에 담긴 맥주를 홀짝이고 있었다. 그는 살이 많이 쪘고, 머리가 거의 다 벗겨진 상태였다. 그는 집 안의 대소동에 개의치 않았다.

켈리 부인이 지미를 위해 가져온 내 선물과 더피 형제의 선물을 받아 들었다.

"고맙구나. 어서 들어와."

그녀는 다시 주방으로 들어갔다.

조니와 빌리와 나는 미리 와 있는 아이들과 정신없이 놀았다. 시간이 얼마나 흘렀을까, 켈리 부인이 생일 케이크와 아이스크림을 들고 나타났다. 케이크엔 열두 개의 초가 꽂혀 있었다. 그중 열한 개는 지미의 나이에 따른 것이었고, 나머지 하나는 행운을 불러들이기 위해서였다. 뚱뚱한 지미는 단숨에 촛불을 꺼버렸다. 우리는 초콜릿 케이크와 바닐라 아이스크림을 나눠먹었고, 지미는 선물을 뜯기 시작했다. 아이는 우리 어머니가 챙겨준 사탕을 보자마자 게걸스럽게 입으로 털어 넣었다.

켈리 부인은 게임에서 승리하는 아이들에게 그때그때 상품을 챙겨주었다. 나는 거의 모든 게임에서 승리했고, 승수가 늘어날수록 무안해졌다. 그들에게 나는 낯선 아이였다. 나는 생일 주인공의 친구도 아니었다. 조니와 빌리 더프를 포함한 아이들이 점점 나를 적대시하기 시작했다. 나도 마음이 불편해졌다. 서너 차례 연달아 이기고 나니 승부에 대한 의욕이 사라졌다. 계속 이길 순 있었지만 더 이상 아이들의 반감을 사지 않기 위해 일부러 져주기 시작했다.

최고 상품이 걸린 마지막 게임이 시작됐다. 승리자는 리그 챔피언 디트로이트 라이온즈의 쿼터백, 바비 레인의 서명이 된 풋볼 공을 받게 돼 있었다. 켈리 부인은 남편이 라이온즈가 베어스와의 경기를 위해 시카고에 왔을 때 경호 업무를 봐주면서 바비 레인으로부터 그 공을 직접 받았다고 설명했다.

마지막 이벤트는 게임이 아니라 추첨이었다. 켈리 경관의 모자에서 각자 작게 접힌 종이를 한 장씩 뽑았다. 켈리 부인은 각 종이에 숫자를 하나씩 적어놓았다. 켈리 경관은 이미 당첨 숫자를 골라놓은 상태였고, 아이들이 종이를 모두 뽑아든 후 발표할 생각이었다.

나도 종이를 한 장 뽑아들고 바닥에 앉아 발표를 기다렸다. 내 숫자가 무엇인지 확인도 하지 않았다. 커다란 손에 풋볼 공을 쥔 켈리 경관이 자리에서 일어나 아이들을 내려다보았다. 나를 제외한 모든 아이들이 숨을 죽이고 발표를 기다렸다. 그들 모두 자신들이 뽑은 숫자가 불리기를 간절히 바라고 있었다. 지미도 뽑아든 종이를 쥐고 있었다.

"16."

켈리 경관이 말했다.

몇몇 아이가 불만의 신음을 토했다. 그들은 서로를 쳐다보며 누가 풋볼 공을 차지하게 됐는지 확인하기 시작했다. 그들 중 누구도 뽑히지 않았다. 그들의 시선이 일제히 내게로 돌아왔다. 열다섯 아이의 서른 개의 눈이 나를 태울 듯 이글거렸다. 경관과 켈리 부인도 나를 응시하고 있었다.

왠지 두 코커 스패니얼, 믹과 맥도 혀를 늘어뜨린 채 나를 지켜보고 있을 것 같았다. 내 숫자가 16으로 확인되면 달려들어 나를 물어뜯을지도 몰랐다.

나는 조심스럽게 접힌 종이를 펼쳐보았다. 16이었다. 나는 켈리 경관의 흐릿한 초록색과 노란색의 눈을 올려다보았다. 나는 그에게 당첨 숫자가 적힌 종이를 건넸다. 그가 종이를 뚫어져라 들여다보았다. 위조된 것인지도 모른다는 듯. 부디 추첨 과정에서 오류가 발생했기를 바라는 아이들의 시선이 그에게로 쏠렸다. 그들은 차라리 당첨자가 나오지 않았기를 바라고 있었다.

켈리 경관이 쥐고 있는 종이에서 눈을 떼고 다시 나를 응시했다.

"네 아버지가 유대인이시지? 그렇지?"

켈리 경관이 물었다.

나는 대답하지 않았다. 켈리 경관이 아내를 돌아보며 물었다.

"이 아이 아버지가 유대인이라고 하지 않았던가?"

"어머니는 가톨릭 신자예요. 아일랜드 케리 주 출신일 거예요."

켈리 부인이 대답했다.

"난 풋볼 공이 필요 없어요. 지미에게 생일 선물로 주는 게 좋겠어요."

내가 일어나며 말했다.

지미가 벌떡 일어나 아버지의 손에 쥐어진 공을 낚아채 들었다.

"나가서 놀자!"

아이가 소리치며 밖으로 뛰어나갔다.

나머지 아이들도 지미를 따라 우르르 몰려나갔다.

나는 켈리 부인을 쳐다보았다.

"감사합니다."

나는 인사를 하고 현관문을 향해 걸음을 옮기기 시작했다.

"상품 가져가야지. 네가 받은 장난감들 말이야."

켈리 부인이 말했다.

"괜찮아요."

나는 말했다.

"새해 복 많이 받아!"

켈리 부인이 내 등 뒤에서 소리쳤다.

집에 돌아오자 어머니가 즐거운 시간이었는지 물었다.

"네."

나는 대답했다.

어머니는 뭔가 이상하다고 생각했지만 더 이상 질문을 던지지 않았다. 나는 어머니의 그런 점이 좋았다. 어머니는 나를 내버려둬야 할 때를 알았다. 어둠이 내려앉자 어머니는 커튼을 치러 창가로 다가갔다.

"오, 창밖을 좀 봐. 눈이 내리고 있어."

어머니가 말했다.

고독한 자와 길 잃은 자

더글러스 서크와 제임스 로스를 추억하며

파라오의 성화

십대 후반의 소녀와 소년이 커다란 할리데이비슨 오토바이를 타고 시골의 비포장도로를 달려나가고 있었다. 소년의 두 손은 비상식적으로 높이 솟은 등받침의 핸들을 꽉 쥐고 있었고, 머리와 술장식은 거세게 나부꼈다. 그들은 요란한 엔진 소리 너머로 악을 써대는 중이었다. 저만치 검은 밤하늘 아래 빨강과 오렌지색이 눈부시게 번득이는 간판이 보였다. 파라오의 성화. 소년은 무시무시한 오토바이를 몰고 주차장으로 들어가 잡다한 오토바이와 소형 오픈 트럭과 황당하게 개조된 차들 틈에 멈춰 섰다. 그가 할리데이비슨의 엔진을 끄자마자 도로변 클럽의 벽을 타고 흘러나오는 요란한 음악 소리가 그들을 유혹했다. 안으로 들어서기도 전에 두 사람은 광포한 음악에 취해 버렸다. 그들이 계단을 뛰어 올라가 정문을 거칠게 열어 젖혔다. 음악은 더 크게 들려왔고, 오토바이 커플은 이미 광란에 빠져 있는 사람들의 소용돌이 속으로 말려들어갔다. 안의 풍경은 브뢰겔의 〈농부의 결혼식〉과 〈단테의 지옥의 아홉 번째 고리〉를 합쳐놓은 것 같았다. 블루스와 컨트리 록이 한데 섞여 기분 나쁘게 흘러나왔다. 댄스 플로어는 광란에 젖어 있었다.

연주단 위에선 일곱 명의 젊은 남녀가 땀을 뻘뻘 흘리며 몸을 흔들어대는 중이었다. 그중 두 명은 기타를 칼처럼 위협적으로 휘둘러대고 있었다. 그 두 명은 이십 대 후반이었고, 잘생겼다. 악기를 자유자재로 다루는 그들의 얼굴과 몸은 유동체가 된 듯 튀어 올랐다. 그들이 만들어내는 쇳소리와 울부짖음이 사람들을 광희와 병적 흥분 상태로 서서히 몰아가고 있었다. 한 기타리스트가 광기 서린 얼굴을 심하게 일그러뜨렸다. 나머지 한 명은 기쁨을 주체하지 못하고 바보 같은 미소를 흘려댔다. 토요일 밤이었고, 밴드는 건물을 뒤흔들 정도로 요란하게 연주를 해나가고 있었다.

댄스 플로어 한복판에서 덩치 큰 여자가 한 남자의 멱살을 잡고 번쩍 들어 올렸다. 젊은 여자는 그녀의 머리채를 움켜잡고, 여전사의 어깨에 날카롭고, 작은 이를 박아넣고 있었다. 코뿔소만큼 큰 여자가 목을 죄던 남자에게서 손을 뗐다. 언뜻 봐도 그녀의 체중은 남자보다 45킬로그램 이상 더 나갈 것 같았다. 연주자와 춤을 추던 사람들은 소동을 벌이고 있는 세 사람을 못 본 척 외면했다.

옷을 잘 차려입은 예쁘장한 이십 대 후반의 여자가 사람들을 헤치고 출구로 향하고 있었다. 남자도 그녀 뒤를 졸졸 따라 나갔다. 그는 여자와 동갑이었지만 열 살은 더 많아 보였다. 한때 꽤 봐줄만 했던 그의 얼굴은 이제 부러진 코와 양 볼의 베인 상처들로 심하게 망가진 상태였다. 도망치는 여자를 그가 추격하는 것인지, 아니면, 그들이 함께 움직이고 있는 것인지 구분하기가 쉽지 않았다. 여자가 정문을 밀고 소음으로부터 탈출했다. 그녀는 정문 앞 계단을 내려가 주차장을 향해 빠르게 걸음을 옮겨 나갔다.

"키스! 기다려! 돌아와!"

그녀는 쫓아오는 남자의 애원을 무시하고 계속 걸어 나갔다.

"됐어, 토치! 그냥 내버려둬!"

여자가 자신의 차로 다가갔다. 그녀처럼 미끈하게 빠진 신형 차였다. 그녀가 운전석 문을 열고 들어서려 하자 남자가 성큼 다가와 그녀의 어깨를 움켜잡았다.

"빌어먹을, 키스, 미안해. 그 문제는 다시 언급하지 않을게."

"잘 들어, 토치 마틴. 네가 다른 남자의 아내와 바람을 피운다고 그녀가 남편에게 애정이 없는 건 아니야!"

"키스밋, 난……."

그녀는 남자를 노려보고 있었지만 그녀의 마음은 많이 누그러진 상태였다. 아무리 애를 써도 그녀는 그를 향한 깊은 감정을 감출 수 없었다.

"넌 항상 이렇게 일만 벌여, 토치. 고등학교 때 풋볼 스타였고, 인기 좀 좋았다고 세상에서 그걸 인정해 줄 것 같아? 어렸을 때처럼 몬티를 네 마음대로 괴롭혀댈 수 있을 줄 알았어? 넌 내가 모든 걸 수습해 주길 바라는 모양인데 난 싫어. 안 해줄 거야. 널 위해 남편을 덫에 빠뜨릴 순 없다고."

"이봐, 키스, 내가 한 얘기는 전부 잊으라고 했잖아. 돈은 다른 방법으로 챙기면 돼. 그냥 지금 좀 다급해서 그랬을 뿐이야."

그가 키스를 하려고 몸을 기울였지만 키스밋은 고개를 돌려버렸다.

"차에 탈 거야. 놔주든지 때리든지 마음대로 해. 어차피 여기선 목격자가 있어도 너한테 불리한 진술은 안 할 거야."

토치가 그녀에게서 손을 뗐다.

"가봐, 키스. 로즈 씨와 그의 아버지의 돈에게로 돌아가라고."

그때 클럽 정문이 벌컥 열리고 서로의 목을 조르고 있는 거구의 남자 두 명이 튀어나왔다. 그들은 땅을 구르며 서로에게 맹렬한 공격을 퍼부었다. 또 다른 두 남자가 가죽으로 싼 곤봉을 휘두르며 밖으로 나왔다. 그들은 난투를 벌이는 두 남자가 피투성이가 돼 뻗어버릴 때까지 지켜보았다.

한 경비가 숨을 할딱이며 키스밋과 함께 있는 토치를 돌아보았다.

"이 친구들은 어떻게 할까요?"

"멀리 치워버려, 랄피. 사람들 발에 걸리지 않도록 최대한 멀리 끌고 가라고. 그런 다음엔 도그아이즈와 안에 들어가서 뒷정리를 해놔."

지시를 받은 랄피와 도그아이즈가 사라졌다. 토치는 다시 키스밋에게로 시선을 돌렸다. 그는 그녀가 운전석에 오를 때까지 문을 잡아주었다.

"나중에 얘기하지. 미안해. 요즘 들어 안 좋은 일이 자꾸 생기는 것 같아."

키스밋이 몸을 기울여 토치의 입술에 키스했다.

"알아."

그녀가 문을 닫고 시동을 건 후 주차장을 빠져나갔다.

하늘에서 떨어진 별

다음날 오후, 전날 밤에 밴드를 이끌었던 두 기타리스트, 잭과 제시 맥도널드는 '파라오의 성화' 안 테이블에 앉아 있었다. 연주 내내 얼굴을 찌푸렸던 잭은 테이블에 펼쳐놓은 책을 오른쪽 검지로 짚어가며 큰소리로 읽어 내려가고 있었다. 잭이 책을 읽는 동안 제시는 그의 옆에서 뭔가 알아들을 수 없는 말을 중얼거렸다.

"드 바지통 부인은 젊음과 희망과 미래로 찬란하게 빛을 발하는 천사였다. 그녀의 아름다운 미소, 하늘만큼 깊은 그녀의 검은 눈, 태양만큼 눈이 부셨다."

잭이 읽어 나갔다.

제시는 고개를 끄덕이며 연신 입을 오물거렸다. 기분이 좋은지 미소까지 머금으면서. 그가 형만이 알아들을 수 있는 언어로 뭔가를 중얼거린 후 잭에게 계속 읽으라고 한 손을 까딱여 신호했다.

"그녀는 미소를 지으며 파리에서 가장 매력적인 피르미아니 부인과 대화를 나누고 있었다. 그의 안에서 목소리가 말했다. '지성은 사람이 세상을 움직일 수 있는 레버야.' 하지만 또 다른 목소리는 이내 돈이 지성의 지렛목이라고 받아쳤다."

"그건 허튼소리가 아니야."

잭과 제시가 토치 마틴을 올려다보았다.

잭이 여전히 인상을 쓴 채로 말했다.

"안녕, 토치. 오늘은 일찍 일어났네."

그는 토치 너머로 키스밋이 다가오는 걸 볼 수 있었다. 그의 얼굴에 엷은 미소가 떠올랐다.

"안녕, 키스."

그가 말했다.

키스밋 로즈를 보자 실실대던 제시가 함박웃음을 흘렸다. 그가 손으로 책과 그녀를 번갈아 가리켰다. 키스밋이 제시에게 다가와 그의 머리를 쓸어내렸다. 그들은 꼭 애정 넘치는 남매 같아 보였다.

"뭐 읽고 있었어, 잭?"

그녀가 물었다.

"프랑스 작가, 오노레 드 발자크가 쓴 『잃어버린 환상』이야. 아마 지금쯤 죽어 묻혔을걸. 하지만 남기고 간 작품이 아주 많아. 이건 제시가 가장 좋아하는 작품이야."

제시가 키스밋에게 특수 언어로 뭔가를 중얼거렸고, 그녀는 웃음을 터뜨렸다.

"난 천사가 아니야, 제시. 정말이라고. 못 믿겠으면 여기 토치에게 한번 물어봐."

그녀가 말했다.

"제시 말을 잘 알아듣네, 키스. 놀랐어."

잭이 말했다.

"그냥 귀 기울여 듣기만 하면 돼. 문제는 사람들에게 그 정도 여유도 기대할 수 없다는 거지."

"제시가 꽤 흡족해하는 것 같아. 그건 그렇고, 언제 돌아와서 노랠 불러줄 거야?"

"그래, 키스. 미시시피 리틀 이집트의 유력한 시민의 아내가 허름한 클럽에서 노래를 부르는 게 문제가 되나?"

키스밋이 인상을 쓰며 토치를 쏘아보았다.

"그래, 알았어! 그냥 농담이었다고."

그가 두 손을 번쩍 들고 뒤로 물러나며 말했다.

도그아이즈가 맵시가 단정한, 뚱뚱하고, 머리가 벗겨진 중년 남자를 이끌고 안으로 들어왔다.

"토치. 호스트 씨가 하실 말씀이 있으시다는데요."

도그아이즈가 말했다.

뚱뚱한 남자가 윗입술을 살짝 말아 올렸다. 그 특유의 미소였다.

"안녕하십니까, 로즈 부인. 앞에 주차된 부인의 차를 봤습니다. 안녕, 토치."

"도그아이즈, 휴버트를 내 사무실로 안내해. 로즈 부인의 차는 뒤편으로 옮겨놓고. 열쇠는 안에 꽂혀 있을 거야."

토치가 말했다.

도그아이즈가 눈을 몇 번 빠르게 깜빡인 후 고개를 끄덕였다.

"알겠습니다."

"금방 갈게요, 휴버트."

휴버트 호스트가 키스밋을 향해 고개를 끄덕인 후 이중 턱을 손으로 밀어 넣으며 도그아이즈를 따라 사라졌다.

토치가 키스밋의 왼손을 잡았다.

"볼일 좀 보고 올 테니까 이 친구들이랑 얘기 나누고 있어. 괜찮겠지?"

키스밋이 피식 웃었다.

"언제부터 내 걱정을 그렇게 했지, 토치? 뭐 생각해 주는 건 고맙지만 말이야."

토치가 그녀의 손을 끌어가 손등에 살짝 입을 맞추었다.

"〈허슬러〉에서 도박꾼, 버트 고든이 패스트 에디에게 했던 말이 있어. 에디가 그에게 언제 자길 양자로 삼았는지 물었을 때 말이야. 내 대답도 그것과 똑같아. 정확히 언제부터였는지 모르겠어."

토치가 키스밋의 손을 놓고 자신의 사무실로 향했다.

"진지하게 묻는 거야, 키스. 제시와 난 네가 다시 돌아와 노랠 불러주길 바라고 있어."

잭이 말했다.

"이건 어떨까, 잭? 우리 엄마가 돌아가셨던 오리엔탈의 지적 장애인 요양소 알지?"

"물론. 제시도 어렸을 때 그곳으로 보내질 뻔했었어. 부모님이 단호히 반대하셨기에 망정이지."

"몬티가 이사회에 있어. 환자들로 구성된 합창단을 만들었는데 자선공연을 하러 리틀 이집트로 올 거래. 그들이 '파라오의 성화' 무대에 설 수 있도록 해달라고 토치에게 얘기했어. 너랑 제시가 그들과 함께 공연을 하면 어떨까?"

"그럼 너도 노랠 부를 거야?"

키스밋이 미소를 지었다.

"너희들이랑 함께라면 기꺼이 불러주지."

제시가 플랫 톱 어쿠스틱 기타(쇠줄 기타의 한 모델_옮긴이)를 집어들고 형에게 기타를 들라고 손짓했다. 형제는 곧바로 귀에 익은 빌 먼로의 히트곡, '하늘에서 떨어진 별'을 연주하기 시작했다. 키스밋은 견디지 못하고 그들을 따라 노래를 부르기 시작했다. 랄피, 도그아이즈, 그리고 클럽에서 허드렛일을 맡아 하는 어린 머드캣이 자리를 잡고 앉아 관람했다.

토치 마틴은 자신의 사무실 책상에 앉아 휴버트 호스트를 쳐다보고 있었다.

"내가 실없는 소리를 왜 하겠어요, 휴버트? 믿어줘요."

"토치, 난 자네가 태어났을 때부터 자넬 알았어. 자네 부친, 토미는 내 죽마고우야. 빌어먹을 전쟁까지 같이 치렀었다고."

토치가 코웃음을 쳤다.

"휴버트, 그런 감상적인 얘긴 집어치워요. 그저 도박 빚이 좀 있을 뿐입니다. 사실 이 클럽도 위태로워요. 하지만 외부 투자로 돈이 좀 들어오고 있으니까 앨 볼에게 곧 빚을 갚을 수 있을 겁니다. 볼 씨에게 다음 주까지 꼭 갚겠다고 전해 줘요. 토미 마틴은 지금껏 한 번도 빚을 떼어먹은 적이 없고, 그의 아들도 마찬가집니다. 내가 할 말은 이것뿐입니다, 휴버트. 그러니까 그만 돌아가요."

휴버트 호스트가 비틀거리며 일어났다.

"날 섭섭하게 만들지 마, 토치. 내가 부친과 어떤 사이인지 알잖아."

그가 입맛을 다시며 마른 혀로 입술을 핥았다.

"나한테 술도 한 잔 안 권할 거야?"

휴버트가 물었다. 그리고 큰소리로 방귀를 뀌었다.

토치가 자리에서 일어나 책상을 돌아 나왔다. 그리고 휴버트의 재킷의 접은 옷깃을 움켜잡았다.

"당신은 정말 칠칠치 못한 사람이야. 알아? 못생기고, 방귀쟁이에 술주정꾼인 것까진 그렇다 쳐도 더러운 호모는 정말 잘 봐줄 수가 없어. 난 당신과 당신 애인, 웹 워트에 대해서도 알고 있어. 어릴 적부터 당신을 가까이 하지 말라는 아버지의 당부를 귀가 따갑게 들었었지. 특히 당신 손이 보이지 않는 곳으로 사라지면 긴장해야 한다고 하시더군. 더러운 변태 자식!"

토치가 휴버트를 힘껏 떠밀었다. 뚱뚱한 남자가 휘청이다가 자신이 앉았던 의자의 등받이를 잽싸게 붙잡고 중심을 되찾았다.

"너도 더러운 변태잖아, 토치!"

그가 말했다. 피가 머리로 쏠리면서 그의 핑크색 눈이 점점 더 붉어져 갔다.

"너도 나랑 다를 게 없어. 앨 볼을 비롯해서 네가 앞으로 살아가면서 만나게 될 모든 사람들과도 다르지 않다고! 네겐 기회가 있었어. 하지만 넌 그걸 날려버렸잖아. 물론 네 아버지 탓도 크지. 아들에게 고작 건물에 불을 지르는 법이나 가르치고 말이야. 그래, 너 역시 욕지기나게 만들긴 마찬가지야. 네 얼굴 흉터만 봐도 그렇다고. 하느님이 예레미야에게 이렇게 말씀하셨지. '도적질하며, 살인하며, 간음하며, 거짓 맹세하며, 바알에게 분향하며, 너희의 알지 못하는 다른 신들을 따르면서…… 내 앞에서 너희를 쫓아내리라 하셨다 할지니라.'"

토치가 갑자기 휴버트에게 달려들듯 몸을 움직였다.

"내가 당신을 쫓아내 버릴 거야, 바보 자식아!"

휴버트가 비틀거리며 돌아섰다. 그리고 도망치듯 토치의 사무실을 나가버렸다. 그는 주변 사람들과 눈도 마주치지 않은 채 밖으로 나가버렸다.

"머드캣! 로즈 부인의 차를 앞으로 끌어와."

토치가 사무실을 나오며 큰소리로 말했다.

"네."

머드캣이 밖으로 뛰어나갔다.

"어디 가려고?"

키스밋이 물었다.

그녀를 보자 토치의 흥분이 가라앉았다.

"할 일이 있어, 키스. 잭과 제시의 도움이 필요해."

"오리엔탈 합창단이 오면 키스가 우리와 함께 공연하기로 했어, 토치."

잭이 자리에서 일어나며 말했다.

"아, 그걸 잊을 뻔했군."

키스밋이 그의 볼에 입을 맞추었다.

"절대 잊지 않게 해줄 거야, 달링."

"널 믿어."

토치가 씨익 웃었다.

어둠 속의 비밀

토치 마틴은 1978년형 올즈모빌 커틀러스를 몰았다. 잭 맥도널드는 조수석, 제시는 뒷좌석에 각각 자리를 잡았다. 암청색 차는 가로등도 켜지지 않은 어두운 이차선 도로를 빠르게 달려 나갔다. 커틀러스의 헤드라이트 불빛이 레이저 광선처럼 어둠을 갈랐다. 토치가 올드 오버홀트를 한 모금 넘기고 나서 위스키 병을 잭에게 넘겼다.

"한때 웹 워트는 의사였어. 아마 사우스캐롤라이나 어딘가에서 활동했을 거야. 몰래 모르핀을 팔다가 걸려 교도소에 다녀오기도 했어. 출소 후에 휴버트 호스트와 어울리게 됐고, 둘 다 앨 볼 밑에서 일하게 됐지. 그 왜 술, 마약, 슬롯머신, 여자, 그런 사업 말이야. 웹은 애인인 휴버트보다 수완이 좋았어. 미시시피 전역에 싸구려 임대주택을 짓고 돈을 꽤 모았지. 아주 지독한 친구야. 피크닉 힐에서 떵떵거리며 살고 있는데 휴버트가 유일한 방문객이라더군."

마틴이 말했다.

잭이 호밀 위스키를 홀짝이고 병을 다시 토치에게 넘겼다. 그는 동생이 술을 원치 않는다는 걸 알고 있었다.

"그래서 지금 웹 워트의 집으로 가는 거야?"

잭이 물었다.

"그냥 집이나 둘러보고 오려고. 뭐가 보이는지."

굽잇길에서도 토치는 속도를 줄이지 않았다. 마치 자신의 커틀러스 전용 도로라도 되는 듯이. 잭은 부디 아무 일 없기를 기도했다.

"이봐, 토치, 더 이상 난 협상에 참여하지 않겠다고 했잖아. 난 음악만 할 거야. 제시와 이미 세워둔 계획이 있다고."

"보안관이 네 과거를 알게 되면 그 계획이 가능해질 것 같아? 네가 교도소에 들어가면 제시 혼자 뭘 할 수 있을까?"

"그럼 너도 나랑 같이 들어가게 되겠지."

"아마도 그렇게 되겠지. 하지만 제시에겐 네가 필요해."

토치가 남은 위스키를 마저 들이키고 빈 병을 창 밖으로 휙 던져버렸다.

제시가 손으로 잭의 좌석을 가리키며 뭔가를 중얼거리기 시작했다. 잭이 몸을 틀고 그를 쳐다보았다.

"무슨 얘긴지 알아."

잭이 말했다.

제시가 입을 닫고 몸을 등받이에 붙인 후 미소를 지어 보였다. 굵은 빗줄기가 후두둑 떨어지기 시작했다.

차를 몰아나가는 내내 토치는 키스밋을 생각했다. 그녀는 집에서 옷을 벗고 있었다. 그녀의 침실엔 작은 램프 하나만 달랑 켜져 있었다. 번갯불이 집 안에 섬광을 뿌리자 그녀가 움찔했다. 욕실로 향하려던 그녀가 문간에 불쑥 나타난 형체를 보고 멈춰 섰다. 다시 한 번 번개가 떨어졌고, 눈부신 섬광에 키스밋의 남편인 몬티의 모습이 드러났다. 벌거벗은 그는 손에 커다란 검을 쥐고 있었다.

토치, 잭, 그리고 제시는 비를 맞으며 피크닉 힐로 올라갔다. 그들은 토치가 차에서 지시한 대로 갈라져서 웹 워트의 집을 살펴보기 시작했다. 빗물이 스며들면서 땅은 점점 질쭉해져 갔다. 그들은 미끄러져 넘어지기 바빴다. 토치와 잭은 각자 맡은 방향으로 돌아나가며 창문 안을 살며시 들여다보았다. 어둠에 묻힌 집 안 어디서도 웹 워트의 모습은 보이지 않았다.

잭과 다시 만난 토치가 말했다.

"네 얼간이 동생은 어디 있어?"

"내 동생은 얼간이가 아니야. 얼간이라고 부르지 마."

"얼간이든 아니든 지금 어디 있느냐고."

두 남자는 빗속에서 웅크려 앉아 주위를 살폈다. 어디선가 중얼거림이 들려왔다. 그것은 재잘거림에 가까운 소리였다.

"저기 있군."

잭이 집의 측면을 가리키며 말했다.

토치가 고개를 돌렸다. 지하실 창문 안에서 손을 흔들고 있는 제시의 모습이 보였다. 그는 토치와 잭에게 빨리 와보라고 손짓하고 있었다.

"가보자고. 안으로 들어간 모양이야"

잭이 말했다.

두 남자는 창문을 통해 지하실로 들어갔다. 토치가 지포 라이터를 켜고 구석구석을 살피기 시작했다. 지하실엔 조상(彫像)들을 비롯한 온갖 고물들로 가득 차 있었다. 크고, 화려한 액자에 담긴 그림들. 헌옷들로 넘쳐나는 상자들. 세워놓는 선풍기들. 침대 스프링. 수북이 쌓인 잡지와 책들.

"젠장. 이 지독한 냄새는 뭐지? 아주 찜통이 따로 없군."

토치가 말했다.

"그러게. 냄새가 좀 이상한데."

제시가 미로를 헤쳐 나가며 잭과 토치에게 따라오라고 손짓했다.

"저 친구 지금 어디 가는 거야?"

토치가 물었다.

천장에 난 틈으로 새어 들어온 한 줄기 빛이 커다란 금고를 비추고 있었다. 금고는 높이가 170센티미터, 폭은 90센티미터에 달했다. 그들은 오래된 열쇠와 다이얼 자물쇠를 통해 1920년대에 오하이오 해밀턴에서 제작한 헤링-홀-마빈 금고임을 확인할 수 있었다. 제시가 토치와 잭에게 금고를 보여주며 환히 미소를 지었다.

잭도 미소를 흘렸다.

"얼간이가 아니라고 했잖아."

토치가 라이터를 집어넣고 금고에 손을 얹었다.

"꿈의 재료들."

그가 말했다.

"뭐?"

"이 안에 담겨 있는 것들 말이야. 이게 바로 우리의 검은 새라고."

"이젠 네가 헛소리를 하고 있어."

갑자기 들려온 소음에 세 사람이 바짝 얼어붙었다. 종이나 나뭇잎이 살랑거리는 소리는 아니었다. 제시가 콧노래를 부르며 천장을 가리켰다. 토치와 잭이 고개를 들고 머리 위 대들보에 걸쳐져 있는 커피색의 커다란 비단뱀을 올려다보았다.

"좋아. 들어왔던 곳으로 천천히 이동하자고."

토치가 말했다.

세 사람이 발소리를 죽이고 왔던 길을 되돌아갔다. 그들은 창문을 통해 밖으로 나왔다. 잭은 창문이 잘 닫혔는지 꼼꼼히 확인했다. 그들은 빗속을 뚫고 토치의 차를 향해 내달리기 시작했다.

내 마음의 지배자

토치는 텅 빈 거리를 혼자 달리고 있었다. 새벽 4시였지만 헤드라이트는 켜지 않았다. 스피커에선 어마 토머스의 '내 마음의 지배자'가 요란하게 흘러나오고 있었다. 그가 바닥에서 달가닥거리는 쇠갈고리를 왼발로 꽉 밟았다. 그리고 카폰의 다이얼을 눌렀다.

"키스! 키스! 나야! 널 지금 봐야겠어."

그가 음악을 줄이고 말했다.

"지금 어딘데?"

키스밋이 속삭였다.

"지옥으로 향하는 중이야."

"어디냐니까."

"5분 안에 링테일 호수에 도착할 거야. 거기서 보자."

토치가 전화를 끊고 다시 볼륨을 최고로 높였다. 토치가 액셀을 밟을 때마다 커틀러스가 진동했다.

하늘은 맑았다. 키스밋의 메르세데스가 다가와 섰을 때 토치는 올즈모빌의 보닛에 앉아 위스키를 홀짝이고 있었다. 어마 토머스는 '시간은 나의 편'을 부르고 있었다. 키스밋이 다가오자 토치가 보닛에서 내려왔다. 그가 술병을 메르세데스의 보닛에 내려놓은 후 키스밋을 끌어안고 춤을 추기 시작했다. 링테일 호수 위로 별들이 쏟아지고 있었다.

"대체 널 어떻게 해야 할지 모르겠어. 왜 갑자기 이래?"

키스밋이 말했다.

"넌 돈을 찾아 떠났지. 하지만 이해해. 네가 솔직한 감정을 외면하지 않아서 고마울 따름이야."

"날 그렇게 교육시키시다가 엄마가 이렇게 되셨다고, 토치. 너도 알잖아. 내게도 같은 일이 생기면 어떻게 해?"

"그건 문제없어. 로즈가 널 버리면 내가 널 클럽 뒤 오두막집에 모셔놓고, 먹여 살릴 거야. 넌 아무 염려 안 해도 돼."

"오, 토치, 그만 해. 난 진지하다고."

"널 실망시키지 않을 거야, 키스. 그동안 함께 많은 일을 겪어왔잖아."

토치가 몸을 홱 틀고 그녀에게 진한 키스를 퍼부었다. 그들은 젖은 잔디 위에 천천히 몸을 눕혔다. 키스밋이 토치의 셔츠를 걷어내고, 그의 벨트 버클로 손을 뻗었다. 그들은 십대 시절부터 연인 사이였고, 두 사람 모두 상대가 무엇을 좋아하는지, 무엇이 필요한지 잘 알고 있었다. 그들의 상호적 신체 반응은 항상 솔직하고, 빠르게 드러났다. 서로 사랑을 나누는 시간은 그들에게 허락되는, 유일한 순수의 시간이었다. 그러는 동안엔 어떠한 간계도, 부담도 없었다.

얼마 떨어지지 않은 호반에서 몬티 로즈가 웅크리고 앉아 그들을 지켜보고 있었다.

앨 볼의 사무실 안에선 낮과 밤을 구분하기가 쉽지 않았다. 창문엔 항상 커튼이 쳐져 있었고, 방 안에 있는 사람의 얼굴만을 간신히 알아볼 수 있을 만큼의 어스레한 빛만이 새어 들어올 뿐이었다. 오늘, 휴버트 호스트와 랄피는 커다란 오크재 책상 옆에 나란히 앉아 있었다. 완전히 벗겨진 머리에 키가 크고, 피부 상태가 굉장히 좋지 않은 앨 볼은 고리버들로 만든 등 높은 의자에 앉아 있었다. 그의 얼굴에 난 종기들은 진물을 쏟아내고 있었고, 그는 손수건으로 연신 분비물을 찍어냈다.

"휴버트, 마틴이 돈을 마련했대?"

앨 볼이 물었다.

"다음 주까지 마련된다고는 하는데……."

"시간을 벌려고 수작을 부리는 것 같다, 이거지?"

"그런지도 모르고."

볼이 투덜거렸다.

"'파라오의 성화' 상황은 좀 어때, 랄피? 토치가 진 빚이 얼마나 되지?"

"좀 심각한 상황입니다, 볼 씨."

"음."

방 안은 충분히 어두웠지만 랄피는 앨 볼의 얼굴을 똑바로 쳐다보지 못했다. 볼은 파란색 면 손수건을 오른쪽 볼에 가져다 댔다가 떼고 무엇이 묻어나왔는지 확인했다.

"그의 부친을 끌어들이는 건 어때? 클럽에 불을 지를까? 보험엔 들었어?"

그가 말했다.

"아마도요. 사람들은 그가 직접 불을 질렀을 거라고 생각할 겁니다."

랄피가 말했다.

앨 볼이 웃음을 터뜨렸다.

"거봐. 휴버트, 잘 보라고."

"그래, 앨."

자리에서 일어난 볼이 책상을 돌아 나와 랄피 옆에 멈춰 섰다. 앨이 랄피의 머리를 내려다보며 고개를 좌우로 살짝 흔들었다. 볼은 얼굴에서 흘러내린 진물이 랄피에게 떨어지도록 했다. 앉아 있는 남자의 깃과 셔츠 어깨에 얼룩이 생겼다. 랄피는 꿈쩍도 하지 않은 채 분비물이 자신의 옷에 얼룩을 남기도록 내버려두었다.

"랄피, 자넨 토치 마틴 밑에서 일하고 있지?"

"그렇습니다, 볼 씨."

"마틴이 자넬 신뢰하나?"

"그럴 겁니다."

"그런데 왜 자넨 휴버트의 끄나풀 짓을 하고 있지?"

"음…… 끄나풀이라고요?"

“그래. 밀고자 말이야. 자넨 이 친구에게 중요한 정보를 제공해 왔잖아.”

“돈을 받고 하는 일이죠.”

“누가 휴버트에게 돈을 주고 있다고 생각하나, 랄피?”

“선생님께서 주시는 거겠죠, 볼 씨.”

“맞아, 랄피. 휴버트에게 돈을 주는 건 바로 나야. 이 방의 모든 이에게 돈을 주는 사람도 나고.”

앨의 얼굴에선 진물이 비 오듯 쏟아져 내렸다. 그가 파란색 손수건으로 진물을 훔쳐냈다. 그리고 손수건을 바닥에 떨어뜨렸다.

“에드거! 티슈 좀 가져와.”

그가 문 옆에 서 있던 부하에게 말했다.

에드거가 주머니에서 클리넥스 패킷을 꺼내 보스에게로 가져갔다. 그리고 다시 문 옆으로 돌아가 섰다.

볼이 티슈로 볼을 훔쳐냈다.

“사실 말이야, 랄피, 난 밀고자들을 별로 좋아하지 않아. 가끔 그들을 고용해야 할 때도 있지만 그렇다고 그들이 좋은 건 아니야. 토치 마틴이 자넬 신뢰할 거라고 했지? 하긴, 그렇지 않았다면 자네가 지금껏 그에게 붙어 있진 못했겠지. 안 그런가? 응?”

“그렇습니다.”

랄피가 말했다.

“간접적으로든 아니든 난 자네에게 돈을 줄 거야. 휴버트나 에드거나 똥개, 구피가 전달할 수도 있겠지만, 물론 자넨 그 돈의 출처를 알 수 있겠지? 안 그래? 응?”

"물론입니다. 당연히 선생님으로부터 나온 돈이겠죠, 볼 씨."

"볼 씨. 맞아. 바로 그거야, 랄피. 바로 나지. 볼 씨. 나라고. 자, 랄피, 앞으로도 계속해서 휴버트에게 마틴의 상황을 보고하도록 해. 누가 '파라오의 성화'를 드나드는지, 그가 하루에 몇 번이나 로즈 부인과 침대에서 뒹구는지, 주말에 그 끔찍한 소음을 들으러 몇 명이나 클럽을 찾는지."

앨 볼이 얼굴을 훔치며 랄피로부터 떨어졌다.

"내가 무슨 음악을 좋아하는지 가르쳐줄까? 에델 머먼이 부르는 '사업은 역시 연예 사업이 최고야', 난 이 노래가 좋더라고. 자네도 아는 노랜가, 랄피?"

"아뇨, 볼 씨. 모르는 노랩니다."

"어쨌든 오늘은 자네에게 아주 특별한 날이 될 거야."

앨 볼이 CD 플레이어의 버튼을 누르자 스피커에서 에델 머먼의 음성이 흘러나오기 시작했다. '사업은 역시 연예 사업이 최고야'가 방 안을 쩌렁쩌렁 울려댔고, 앨 볼도 에델 머먼의 브로드웨이 제스처를 흉내 내며 따라 불렀다. 그가 티슈를 쥔 두 손을 활짝 펴보였다. 방 안의 남자들은 조용히 앉아 앨 볼과 에델 머먼이 불경스러운 세레나데를 요란하게 불러 젖히는 걸 묵묵히 듣고 있을 수밖에 없었다.

선택받은 몇 명

잭과 제시는 그들이 살고 있는 오두막집의 짧은 현관에 앉아 있었다. 그들의 집은 '파라오의 성화' 뒤편에 자리하고 있었다. 화창하고, 온화한 오후였다. 세상 모든 것이 다 잘 돌아가고 있을 것 같은 날. 사실은 그렇지 않았지만. 맥도널드 형제는 신곡의 기타 연주 부분을 서로 맞춰보고 있는 중이었다.

칠 년 된, 먼지 덮이고, 여기저기 찌그러진 플리머스 세단이 덜덜 떨며 형제의 오두막집 앞에 멈춰 섰다. 운전석에서 천천히 내린 남자가 그들에게 다가왔다. 중년의 그는 배가 볼록 튀어나왔고, 헐어빠진 갈색 스포츠 코트와 광이 나는 검은색 바지를 걸치고 있었다. 그의 머리는 짧게 깎여져 있었고, 붉은 얼굴은 깨끗하게 면도가 돼 있었다. 오두막집까지 반쯤 다가온 그는 숨을 할딱이고 있었다. 그가 잠시 멈춰 서서 담배에 불을 붙인 후 코트 주머니에서 플라스크를 꺼냈다. 그는 내용물을 홀짝이려다 말고 다시 현관을 향해 걸음을 옮기기 시작했다. 그가 현관 앞 계단 맨 아랫단에 한쪽 발을 올리고 멈춰 섰다.

"안녕하십니까. 난 빌리 브로라고 합니다. 내 음반 레이블을 들어봤을 겁니다. 스트레인지 케이준. 틱톡 휘트스트로, 비티 로이스, 알폰소 '프루 프루' 데자르뎅 같은 가수들을 바로 내가 발굴해 냈습니다. 프루 프루는 '내 큰부리새도 만지지 마'로 차트 정상을 차지했었죠."

그가 말했다.

잭이 의자에 앉은 채 몸을 기울이며 오른손을 내밀었다.

"잭입니다. 이쪽은 제시."

두 사람이 악수를 나누었다. 빌리 브로가 제시에게 손을 내밀었지만 제시는 그냥 이를 드러내고 싱긋 웃어 보일 뿐이었다. 빌리도 미소를 지어 보였다.

"당신들을 보려고 뉴올리언스에서 여기까지 달려왔습니다. 내슈빌에 스튜디오를 빌려놨어요. 괜찮다면 거기서 연주를 한 번 들어봤으면 합니다."

제시가 잭에게 뭔가를 빠르게 중얼거렸다. 그가 입을 닫자 빌리가 물었다.

"혹시 음반을 내본 적이 있습니까?"

"없습니다. 프루 프루와 틱톡이 차트에 올랐던 건 벌써 십오 년 전의 일인데요. 그 후로 뭘 하셨는지 여쭤봐도 되겠습니까?"

잭이 말했다.

빌리 브로가 담배를 한 번 길게 빨았다가 꽁초를 떨어뜨리고 구둣발로 짓이겼다.

"난 거짓말을 하지 않습니다, 잭. 솔직히 얘기하죠. 그간 문제가 좀 있었습니다. 파치먼 주 교도소에서 형을 살다 나왔죠. 음반 사업을 하면서 영혼에 나쁜 물이 많이 들었습니다. 인정하죠. 난 나쁜 배우였습니다. 나쁜 마약, 나쁜 여자, 나쁜 판단들. 블랙 록에서의 하루하루는 정말 지옥이었습니다. 아까운 십삼 년을 거기서 허비했죠."

빌리가 재킷 소매로 이마를 훔친 후 다시 주머니에 담긴 플라스크를 더듬었다.

"원하시면 한 잔 하셔도 됩니다, 브로 씨. 저횐 전혀 개의치 않습니다."

빌리가 미소를 지었다.

"가끔 오한이 날 때가 있어서 말입니다, 잭. 교도소에 가기 전까진 이러지 않았는데."

"십삼 년은 짧은 세월이 아니죠."

"누군가의 아내와 바람을 피우다 들켰습니다. 그의 피스톨을 빼앗아 들고 그걸로 그를 죽을 때까지 두들겨 팼죠. 미시시피의 리플리에서요. 분명 정당방위였지만 과실 치사 혐의를 씌우더군요. 이젠 내가 아는 유일한 방법으로 컴백을 시도하는 중입니다. 새 인물을 발굴하는 일 말입니다. 소문을 들어보니 당신들이 보통이 아니라더군요."

"저희를 보려고 여기까지 와주셔서 감사합니다, 브로 씨. 오늘 밤 9시부터 제시와 연주를 할 겁니다."

빌리가 다시 잭과 악수를 했다. 그리고 제시에게 미소를 지어 보였다. 제시도 다시 고개를 끄덕이며 미소로 화답했다.

"그때 다시 오겠습니다. 만나서 반가웠습니다."

빌리가 말했다.

잭과 제시는 자신의 차로 돌아가는 빌리 브로를 지켜보았다. 빌리는 차에 몸을 기댄 채 기침을 심하게 해대다가 운전석에 올랐다. 그가 형제들을 향해 손을 흔들며 차를 몰아 나갔고, 그들도 손을 흔들어 답했다.

빌리의 차가 뿜어놓은 먼지를 헤치고 머드캣이 다가왔다.

"이봐, 잭. 뭐하고 있어?"

"제시랑 뭣 좀 상의하고 있었어, 캣. 넌?"

머드캣이 현관 앞 계단에 앉았다. 제시가 손을 뻗어 그와 하이파이브를 하며 환히 웃었다.

"별일 없어, 제시?"

제시가 다시 의자 등받이에 몸을 붙이고 기타를 뜯기 시작했다.

"요!"

머드캣이 주머니에서 하모니카를 꺼내 제시와 합주를 시작했다.

한참을 신나게 연주하던 머드캣이 하모니카를 입에서 떼며 잭에게 말했다.

"참, 토치가 널 불러오라고 했어. 사무실에 있을 거야."

머드캣은 다시 제시와 합주를 시작했다. 잭은 기타를 내려놓고 계단을 내려와 '파라오의 성화'를 향해 어슬렁거리며 걸어갔다. 클럽 앞엔 순찰차 한 대가 세워져 있었다.

엘리후 피츠 보안관이 토치의 사무실 의자에 앉아 봉투에 담긴 돈을 세고 있었다. 액수가 맞는지 그는 만족스러운 표정을 지으며 일어나 돈 봉투를 셔츠 주머니에 쑤셔넣었다. 피츠 보안관은 키가 194센티미터에 달했고, 체중은 120킬로그램이 넘었다. 그는 자신의 체격을 무척 자랑스러워했고, 말을 할 때면 일부러 배를 불쑥 내밀곤 했다.

"선거도 다가오는데 도와줘서 고마워, 토치."

"보안관님, 누구보다도 제가 법을 존중한다는 거 아시지 않습니까. 보안관님 덕분에 지역 사업가들이 안심하고 일을 할 수 있는 거죠."

토치가 억지 미소를 흘리며 힘주어 말했다.

"자네 얘길 들으니 기분이 좋군, 토치. 하긴, 나 같은 사람이 열심히 일해 줘야 우리 시민들이 두 다리 뻗고 편히 잘 수 있겠지. 내가 제몫 이상을 해내고 있다는 걸 확인했을 때 느끼는 만족감은 말로 표현할 수 없을 정도야. 하지만 토치, 가끔은 자네처럼 그렇게 얘길 해줘야 한다고."

토치가 고개를 끄덕였다.

"그쯤 해두시죠, 보안관님."

그때 문에서 노크 소리가 들려왔다.

"네?"

토치가 말했다.

문이 열리고 잭이 안으로 머리를 불쑥 내밀었다.

"날 보자고 했다면서? 머드캣에게 들었어."

"들어와, 잭."

잭이 문을 닫고 사무실로 들어왔다.

"안녕, 잭. 얼간이 동생도 잘 있지?"

피츠 보안관이 말했다.

잭이 못마땅한 듯 인상을 찌푸렸다.

"제시도 잘 있습니다, 보안관님."

"자네들 실력이 꽤 괜찮다고 들었는데. 시간을 내서 공연을 한 번 보러 와야겠어."

"그래주신다면 영광입니다."

"그래, 잭. 그렇겠지. 여기서 자네들과 한가하게 잡담이나 늘어놓고 싶지만 내 첫 번째 아내, 델타의 왼쪽 엉덩이에 난 50센트 은화만 한 자주색 모반처럼 팔레스타인 카운티의 어두운 구석에서 어떤 빌어먹을 자식이 무고한 시민을 상대로 무슨 짓을 저지르고 있을지 몰라서 이만 가봐야 할 것 같아. 놈이 일을 벌이기 전에 쫓아버려야지. 팔레스타인 카운티엔 예외적으로 지각력 있는 자네들이 상상하는 것보다 훨씬 많은 범죄자들이 날뛰고 있어."

피츠가 말했다.

"저희가 아무 일 없도록 기도하겠습니다, 보안관님."

토치가 말했다.

"고맙네, 마틴. 잘 지내고. 자네도, 잭."

보안관이 차가운 표정을 지으며 사무실을 나갔다.

"앉아, 잭. 웹 워트 문제로 할 얘기가 있어."

토치가 말했다.

잭은 미동도 하지 않은 채 서 있었다.

"젠장, 잭. 앉으라니까!"

잭이 의자에 앉았다.

"제시와 난 이번 일에서 빠졌으면 해."

그가 말했다.

"너희들에겐 선택의 여지가 없어. 난 너희들 도움이 필요해. 잭, 정말로 불가피한 상황이 아니라면 우린 그를 죽이지 않을 거야."

"뱀은 어쩌고?"

토치가 오른손을 내저었다.

"녀석은 보나마나 잡아먹은 쥐들로 배가 가득 차 있을 거야. 우릴 어떻게 하려고 들지 않을 거라고. 그래도 신경 쓰이면 내가 총으로 쏴 죽일게. 자, 내 말 잘 들어. 우린 오늘밤, 너희들 공연이 끝나자마자 웹 워트의 집으로 갈 거야."

잭이 일어났다.

"네 말대로 선택의 여지가 없는 것 같군."

토치가 미소를 지었다.

"부르심을 받은 사람은 많지만 뽑히는 사람은 적다. 나중에 보자고, 잭."

고전 교육

리틀 이집트에 도착한 잭은 메인 가에 자신의 소형 오픈트럭을 주차시켰다. 그는 곧장 팔레스타인 철물 & 농기구 가게로 들어가 점원에게 손을 흔들었다.
"안녕, 렉스. 잘 지냈어?"
"그럭저럭. 사는 게 힘들어지면 대안을 찾아보면 되는 거고. 퓨마를 찾고 있어?"
"그래."
"뒤에 있을 거야. 파이프야드에."
"고마워, 렉스."
"고맙긴."
잭은 긴 통로를 지나 뒷문으로 나왔다. 자르지 않은 긴 파이프들이 울타리 재료, 가시철사, 그리고 울타리 기둥들과 뒤섞인 채 수북이 쌓여 있었다. 잭은 어렵지 않게 퓨마를 찾을 수 있었다. 스무 살의 그녀는 금발에 날씬한 체구였다. 그녀는 작업대에 올려놓은 긴 파이프의 끝 부분에 나사산을 내고 있는 중이었다. 잭은 4센티미터 두께의 파이프에 나사 깎는 기계를 쑤셔넣고 있는 그녀에게 다가가 미소를 지었다. 툴툴거리는 그녀는 땀을 비 오듯 쏟고 있었다. 걷어 올려진 그녀의 소매 아래로 단단한 근육이 드러나 있었다.
"멀뚱하게 서서 여자가 땀 흘리는 모습을 보고 싶진 않은데."
잭이 말했다.
퓨마는 그를 돌아보지 않았다. 그녀가 말했다.
"그럼 앉아 있어요. 당신은 연예인이잖아요. 어디 한 번 날 즐겁게 해줘봐요."
"기타를 가져오지 않았어."
"저런. 당신 연주가 듣고 싶었는데. 지금 몇 시나 됐죠?"

그녀가 힘에 부쳐 하며 말했다.

"글쎄. 2시는 넘은 것 같은데."

퓨마가 작업을 멈추고 그를 돌아보았다.

"젠장! 토요일엔 1시 반까지만 일하게 돼 있는데. 와서 시간을 알려주는 사람이 한 명도 없네. 맙소사, 잭 맥도널드, 언제 봐도 당신은 참 잘생긴 것 같아요. 머리 빈 여자들은 누구라도 당신에게 반해 버릴 거예요."

그녀가 환히 웃으며 말했다.

잭이 성큼 다가가 퓨마를 끌어안고 그녀의 이마와 입술에 입을 맞추었다.

"난 머리 빈 여자들을 만나본 적이 없어."

그가 말했다.

"당신을 보니 기분이 확 좋아졌어요, 잭. 오늘따라 더 반가운데요. 집까지 태워다줄 수 있어요? 어머니 차가 고장 나서 내 차를 드렸어요. 아침엔 어머니가 날 태워다 주셨고요."

"물론 태워다 주고말고. 아버지는 어떠셔?"

"의사가 그러는데 오래 살지 못하실 거래요. 이삼 주쯤? 다행히 생각만큼 끔찍하진 않아요. 적어도 예전처럼 고통스럽진 않거든요. 아버진 그냥 누워서 아무 말씀도 안 하세요. 옆에 앉아 있으면 내 손을 잡고 미소를 지어주시죠."

잭과 퓨마는 손을 잡고 파이프야드를 나와 가게로 들어갔다.

"삼십 분 더 했어요, 렉스! 적어놔요!"

그녀가 소리쳤다.

렉스가 고개를 끄덕이며 미소를 지었다. 그는 손님을 받으며 잭에게 손을 흔들어 인사했다.

밖으로 나온 퓨마와 잭은 그의 트럭에 올라탔다. 그는 곧장 시동을 걸고 주차장을 빠져나갔다.

"무슨 일이에요? 그렇지 않아도 오늘밤에 공연을 보러 가려던 참이었는데. 당신이 연주한다면."

그녀가 조수석 창을 내리며 말했다. 흘러 들어온 산들바람이 그녀의 얼굴을 감쌌다.

"그래, 오늘 공연에서 연주할 거야. 아까 누가 제시와 날 찾아왔었어. 뉴올리언스에서 온 빌리 브로라는 음반 제작자야. 잘 나갈 땐 스타를 여럿 발굴해 키우기도 했었대."

"잭, 잘 됐네요!"

"그렇지?"

"그런데 표정이 좋지 않네요. 뭐가 문제인지 얘기해 봐요."

"아니야. 괜찮아. 정말이야. 아무 문제도 없어. 그 브로라는 사람도 오늘밤에 공연을 보러 올 거야. 네가 그에게 접근해서 신뢰할 만한 사람인지 한 번 알아봐. 넌 눈치가 빨라서 대번에 알아차릴 수 있을 거야."

잭은 온화한 표정을 유지하기 위해 애썼다.

퓨마가 잭의 옆에 바짝 붙어 그의 목과 오른쪽 볼에 입을 맞추었다. 그런 다음, 그의 어깨에 머리를 기댔다.

"당신은 좋은 남자예요, 잭. 난 좋은 여자고요. 당신의 머리가 조금만 더 좋았다면 진작 내게 청혼했을 거예요. 우리가 낳은 아이들은 이 세상을 위해 큰일을 하고 있었을 거고요."

"네 말이 맞아."

“잭, 멈춰요!”

그녀가 허리를 곧게 펴며 소리쳤다.

길게 턱수염을 기른 노인이 배낭을 맨 채 그들과 같은 방향으로 도로변을 걷고 있었다. 그의 손은 커다란 알루미늄 양동이를 쥐고 있었다.

잭이 갓길에 차를 멈춰 세웠다. 노인이 조수석 쪽으로 다가와 퓨마를 들여다보았다. 그의 꼴은 말이 아니었다. 이는 전부 빠져 있었고, 얼굴은 때로 덮여 있었다. 하지만 눈만큼은 또렷했다. 그가 잭에게로 시선을 돌렸다.

“태워드릴까요? 저흰 이 길로 6킬로미터쯤 더 가야 하거든요. 원하시면 교차로에서 내려드릴게요.”

잭이 말했다.

“난 이다스야. 아파레우스의 아들이고, 린케우스의 형이지. 한때 난 세상에서 가장 힘센 사람이라고 불렸었어. 내 여자, 메르페사를 지키기 위해 아폴로와 싸웠었지. 중재하려고 끼어든 제우스는 그녀에게 둘 중 한 명을 선택하라고 했고, 그녀는 나를 택했어. 그 후 나는 디오스쿠로이와 아르고 호를 타고 모험에 동참했지. 제우스의 두 아들이 포이베와 힐라리아를 납치해 갔고, 난 동생과 그들을 추격했어. 난 카스토르를 죽였지만 린케우스는 폴리데우케스의 손에 죽고 말았지. 나도 죽을 뻔했지만 숲의 요정들 덕분에 목숨을 건질 수 있었어. 그들이 아직도 날 보호해주고 있다고. 그들이 재잘대는 소리가 들리지?”

노인이 높고 가느다란 음성으로 말했다. 그가 눈을 가늘게 뜨고 연신 좌우를 살피다가 양동이를 번쩍 들어 보였다.

“그들에게 뭐 줄 거 없어? 지금도 가까이에 있거든.”

잭이 주머니에서 1달러 지폐 두 장을 꺼내 퓨마에게 건넸고, 그녀는 돈을 양동이에 떨어뜨렸다. 노인이 몸을 돌리고 도로변의 숲으로 터덕터덕 들어가버렸다. 두 사람은 시야에서 그가 완전히 사라질 때까지 지켜보았다.

이 세상보다 나은 세상

밤 9시가 막 지난 시간. '파라오의 성화' 밖은 모여든 사람들로 북적이고 있었다. 그들은 수다를 떨고, 웃음을 터뜨리며 시간을 죽이는 중이었다. 클럽 안에선 요란한 음악이 흘러 나왔다. 클럽 정문 앞에 모인 인파 한복판엔 오토바이를 타고 나타난 젊은 여자 여섯 명이 자리를 잡아놓은 상태였다. 그들은 모두 금발에 육중한 체구였다. 그들은 시동이 켜진 오토바이에서 내려올 생각을 하지 않았다. 그들은 은색 징이 잔뜩 박히고, 흰색으로 "오직 트러블"이라고 적힌 검은색 가죽 재킷 차림이었다. 그들은 트러블 시스터즈였다. 트레이시, 트리나, 테레사, 태피, 트루디, 그리고 타냐. 그들의 이름은 재킷의 왼쪽 가슴 부분에 새겨져 있었다. 트러블 여섯 쌍둥이는 미시시피 팔레스타인 카운티의 진정한 여장부들이었다. 그들의 기운에 압도당한 사람들이 슬금슬금 물러나기 시작했다.

퓨마가 낡은 회색 닷지를 몰고 주차장으로 들어섰다. 그녀는 차에서 내려 음악이 흘러나오는 쪽으로 걸음을 옮기기 시작했다. 그리고 사람들과 눈이 마주칠 때마다 고개를 끄덕여 인사를 나누었다. 같이 자랐고, 학교에 함께 다녔던 트러블 시스터즈와는 차례로 하이파이브를 했다. 그들은 여전히 오토바이에서 내려오지 않고 있었다.

"오늘따라 특히 거칠어 보이는데!"

퓨마가 큰소리로 말하자 트러블 시스터즈가 일제히 웃음을 터뜨렸다. 퓨마는 그들을 뒤로한 채 클럽으로 들어갔다.

퓨마가 무대 앞으로 다가갔다. 밴드는 세팅을 마친 상태였다. 토치 마틴이 마이크 앞으로 걸어 나왔다.

"죄인들이여, 어서 오십시오! '파라오의 성화'에 오신 걸 환영합니다. 오늘 공연을 보시면 머리가 절로 숙여질 겁니다. 확신합니다. 두고 보십시오!"

그가 큰소리로 말했다.

토치의 장담에 사람들이 휘파람을 불며 환호했다.

"문제 하나 낼게요. 날이 밝으면 금발머리들은 어디로 갈까요?"

그가 잠깐 뜸을 들였다가 다시 입을 열었다.

"집!"

트러블 시스터즈는 어느새 클럽 안에 들어와 있었다. 트루디 트러블이 소리쳤다.

"이봐, 토치! 엿이나 먹어!"

토치가 웃음을 터뜨렸다.

"우린 나중에 얘기하자고! 자, 여러분, 더 이상 기다리시게 하지 않겠습니다. 여러분 중에 이런 농담을 좋아하시는 분이 여럿 계시리라 믿지만 말입니다."

"물건이 형편없이 작으니 유머 감각이라도 뛰어나야겠지!"

이번엔 트리나 트러블이 소리쳤다.

"오늘밤엔 특히 더 소란스러운데. 와우! 리틀 이집트 시민 여러분, 그리고 나그네 여러분! 고린도인들이여, 너희를 향하여 우리의 입이 열려 있고, 우리의 마음이 넓게 열려 있나니! '파라오의 성화'의 자랑, 잭과 제시와 불타는 밴드를 소개합니다!"

토치가 말했다.

잭과 제시와 밴드가 연주를 시작하자 인파가 광란에 빠져들었다. 잭은 무대 앞에서 빌리 브로와 나란히 서 있는 퓨마를 발견하고는 눈을 질끈 감았다.

리틀 이집트의 어둑한 레스토랑 부스에 앨 볼, 피츠 보안관, 휴버트 호스트, 그리고 앨의 오른팔, 에드거가 앉아 있었다. 언제나처럼 앨은 쉬지 않고 손수건으로 얼굴을 훔쳐내고 있었다. 웨이트리스가 술을 가져와 그들 앞에 내려놓은 후 빈 잔을 챙겨갔다.

"보안관, 내가 얼마나 사려 깊은 사람인지 알면 깜짝 놀랄 겁니다. 난 생각이 깊고, 명상도 즐깁니다. 모든 질문과 상황들을 숙고하죠. 매일 아침 눈을 뜨면 하가쿠레의 충고를 속으로 읊습니다. '매일 아침 생각에 묻혀 지내면 더 이상 죽음이 두렵지 않을 것이다.' "

앨이 말했다.

"그게 도움이 된다면 그렇게 해야죠, 볼 씨."

피츠가 술잔을 비우며 말했다.

앨이 툴툴거렸다.

"인간은 비열한 동물입니다. 정말 그래요. 그렇게 생각하지 않습니까, 보안관? 인간은 생존을 위해서라면 뭐든 다 합니다. 스스로를 구하기 위해선 말이죠. 이건 전혀 우러러볼 태도가 아닙니다. 적어도 내 생각엔요."

"그야 상황에 따라 다르지 않습니까. 언젠가 돼지 한 마리가 나와 내가 키우는 스프링어 스패니얼(사냥감을 몰아내는 스패니얼종의 사냥개_옮긴이), 체스터를 향해 달려든 적이 있었습니다. 우린 로즈 정제소 뒤편 숲속에 있었죠. 빌어먹을 돼지가 불쑥 튀어나오니 당혹스럽더군요. 난 체스터를 그 녀석 앞으로 떠밀고 나서 총을 쐈습니다. 돼지는 목을 맞고 쓰러졌지만 체스터는 이미 된통 당한 상태였습니다. 내가 무척 아끼던 녀석이었는데 말이죠."

보안관이 말했다.

앨 볼이 얼굴을 훔치며 고개를 끄덕였다. 그가 잔을 들고 초록색 혀를 날름거리며 술을 들이켰다.

"보안관, 당신 같은 사람들이 인류의 멸종을 부추기고 있다는 걸 알고 있습니까? 그 돼지 녀석이 불쌍한 체스터 대신 당신을 갈가리 찢어버렸다면 어땠을까요? 장기적으로 보면 그게 더 낫지 않았을까요? 사람들은 자신들이 떠올릴 수 있는 모든 것을 구하기 위해 일생을 바칩니다. 애완동물, 다른 사람들, 나무, 호수. 세상이 온통 도롱뇽, 스네일다터(달팽이 시어(鰣魚)를 말함_옮긴이), 점박이 올빼미, 도마뱀들로 넘쳐나는 거죠. 난, 적어도 나만큼은 정면을 보며 갑니다, 피츠 보안관. 이 상스러운 문명은 머지않아 대재앙을 불러들일 겁니다. 그때가 되면 이 고통도 말끔히 사라져버리겠죠. 당신과 당신의 사나운 돼지와 개. 이름이 체스터였다고 했죠?"

그가 말했다.

"그래. 체스터라고 했어."

휴버트가 말했다.

"고마워, 휴버트. 개 이름 치고는 나쁘지 않을 것 같은데. 돼지 이름으로도 어울리고. 휴버트 말이야."

앨이 술잔을 높이 들었다.

"쭉 들이켜, 휴버트."

에드거가 웃음을 터뜨렸다.

"그래요. 마셔요."

"피츠."

앨이 말했다. 그의 얼굴에서 흘러내린 분비물이 술잔으로 떨어졌다.

"살고 싶으면 당장 나가요. 뒤도 돌아보지 말고. 머뭇거려도 안 됩니다. 아무 말도 하지 말고요. 이 나라의 태도를 상징하는 흰머리독수리를 잊지 말아요. 날개로 우리 머릿속을 두드리고, 날카로운 갈고리발톱으로 우리 뇌를 긁어내는 사납고, 사악한 새 말입니다. 가봐요, 보안관. 늦장부릴 여유가 없습니다."

피츠 보안관이 글라스를 내려놓고 일어났다. 그가 입을 열려다가 말고 레스토랑을 나가버렸다.

"에드거, 휴버트, 보안관에겐 유머 감각이 별로 없는 것 같아."

앨 볼이 다시 얼굴을 토닥였다.

"대화가 전혀 통하질 않잖아. 조만간 저 친구를 대체할 사람을 찾아봐야겠어."

웨이트리스가 접시가 수북이 쌓인 커다란 쟁반을 들고 다가왔다. 그녀는 큼직한 스테이크를 세 남자 앞에 차례로 내려놓았다. 으깬 감자와 샐러드와 커다란 양파와 양념도 서빙됐다.

"맛있게 드세요."

그녀가 말했다.

"나딘, 당신의 섬세함이 날 녹이는군."
앨이 말했다.
"감사합니다, 볼 씨. 선생님 같은 고상한 분께서 그런 칭찬을 해주시니 더 몸 둘 바를 모르겠네요."
"나딘, 혹시 이 지역에서 법집행관 노릇을 해보고 싶은 마음 있어?"
"전혀요. 아무도 제 지시에 따르지 않을 거예요."
그녀가 웃으며 말했다.
앨 볼이 길게 한숨을 내쉬었다.
"유감이군. 웨이트리스들이 지배하는 세상은 정말 아름다울 것 같은데 말이야."
그들은 식사를 시작했다.
턱시도를 차려입은 몬티 로즈는 앨라배마 버밍엄의 호텔방 침대에 걸터앉아 있었다. 그의 왼쪽 귀엔 수화기가 찰싹 달라붙어 있었다.
"네, 교환, 그 번호로 다시 걸어주십시오. 네, 기다리겠습니다."
그가 말했다.
몬티가 귀와 어깨 사이에 수화기를 걸쳐놓은 채 담배에 불을 붙였다. 그가 담배를 두 번 빨았을 때 교환원의 음성이 다시 흘러나왔다.
"여보세요?"
키스밋이 말했다.
"달링, 달링, 한 시간 동안 전화했는데 통화 중이더라고. 누구랑 얘기한 거야?"
몬티가 카펫 위로 담배를 탁 뱉으며 말했다.
"몬티, 이상한데. 난 아무하고도 통화하지 않았어. 뭔가 다른 문제가 있었던 모양이야. 버밍엄 날씨가 안 좋은가? 지금이 폭풍 시즌이잖아."

"아니, 키스, 이곳 날씨는 아주 좋아. 당신이랑 같이 올걸 그랬어."

"나도 당신과 같이 있고 싶어. 다음에 더 좋은 곳으로 출장 갈 땐 꼭 데려가줘. 기왕이면 열대지방으로 갈 때. 창밖으로 야자나무가 살랑거리는 게 보이는 방에 같이 누워서 파도 소리를 듣고 싶어. 거기서 즐거운 시간 보내고 있어?"

"당신이 있었으면 더 즐거울 뻔했어."

"당신은 정말 멋진 사람이야, 몬티. 돌아오면 같이 즐거운 시간 보내자."

"키스밋, 노예 소녀와 사랑에 빠진 술탄의 이야기를 읽은 적 있어. 소녀는 그를 좋아하지 않았지. 결국 그는 침대에 언월도를 갖다 놓기로 했고……."

그때 몬티의 호텔방 문에서 요란한 노크 소리가 들려왔다. 복도에서 누군가가 그를 부르고 있었다.

"로즈 씨! 로즈 씨! 손님들이 기다리십니다."

"알았어요! 곧 나갈게요!"

몬티가 소리쳤다.

"키스, 미안해. 이만 가봐야겠어. 나도 가고 싶지 않아. 당신이 너무 보고 싶어."

"나도 보고 싶어, 몬티."

"오늘밤엔 어디 안 나갈 거야? 무슨 계획이라도 있어?"

"아니. 아무 계획 없어. 그만 가봐. 손님들이 기다린다잖아."

"잘 자, 달링. 모레 보자고."

"나중에 술탄과 언월도 이야기를 마저 들려줘."

"오, 그래! 잊지 않을게."

"끊을게."

몬티가 수화기를 내려놓았다. 뭔가가 타는 냄새가 풍겨왔다. 그가 고개를 떨어뜨리고 오른발 옆을 내려다보았다. 그가 뱉은 담배가 카펫을 태우고 있었다. 그가 잽싸게 발로 비벼 껐다.

팬티와 짧은 슬립 차림의 키스밋은 침대에 누워 있었다. 그녀가 갑자기 벌떡 일어나 서랍장 앞으로 성큼 다가갔다. 서랍장 위엔 마개를 딴 테킬라 병과 글라스가 놓여 있었다. 그녀는 단숨에 술 두 잔을 깨끗이 비워냈다. 그녀가 병을 집어 들고 다시 침대로 돌아갔다. 키스밋은 침대에 누워 테킬라를 몸에 붓기 시작했다. 그녀의 속옷이 술로 축축이 젖어들었다. 그녀는 알코올로 덮인 가슴과 배를 한 손으로 살살 마사지하기 시작했다. 전화벨이 울렸지만 키스밋은 응답하지 않았다. 전화벨은 계속 울려댔다. 참다 못한 그녀가 수화기를 집어 들었다. 최소한 스무 번은 울렸던 것 같았다. 수화기에서 첼로나 콘트라베이스가 만들어내는 음침하고, 오싹한 음악이 흘러나왔다. 키스밋은 그 음악을 들으며 흐느껴 울기 시작했다. 흐느낌은 점점 격해져 갔다. 그녀는 수화기를 바닥에 떨어뜨리고 계속 눈물을 흘려댔다. 키스밋은 수화기에서 흘러나오는 이상한 음악을 여전히 들을 수 있었다. 잠시 후, 누군가의 음성이 그녀의 이름을 큰 소리로 불렀다.

엘리후 피츠 보안관은 뉴 인디애놀라 가를 따라 차를 몰았다. 그는 자신의 애창곡인 남부 연방 송가, '멋진 파란 깃발'을 흥얼거리고 있었다.

"먼저 사우스캐롤라이나가 용감하게 증인대에 섰네. 앨라배마는 그녀의 손을 잡았고, 루이지애나와 미시시피도 그 뒤를 이었네. 모두가 별이 하나씩 그려진 멋진 파란 깃발을 흔들고 있네. 만세!"

피츠는 신나게 노래를 불러 젖혔다. 그가 후렴부에 접어들었을 때 어디선가 날카로운 소음이 들려왔다. 그가 부르던 노래를 멈췄다. 같은 소음이 다시 들려왔다. 그는 잽싸게 좌석 아래를 내려다보았다. 똬리를 튼 방울뱀이었다. 피츠가 브레이크를 힘껏 밟아 차를 세운 후 운전석 문을 열고 밖으로 튀어나갔다. 그리고 뱀의 공격 범위를 완전히 벗어났다는 생각이 들 때까지 몸을 데굴데굴 굴려 차에서 벗어났다. 그는 한쪽 무릎을 땅에 대고 몸을 일으킨 후 뽑아든 연발 권총을 차에 겨누었다. 피츠는 지부티의 거룻배 사공처럼 땀을 쏟으며 기다렸다. 일 분쯤 지났을 때 뱀이 운전석 바닥에서 내려와 도로변으로 느긋하게 기어나가기 시작했다. 뱀의 길이는 2미터에 가까웠고, 몸통은 건장한 남자의 주먹만큼 두꺼웠다.

"하느님 맙소사!"

피츠 보안관이 소리쳤다. 그리고 방울뱀의 머리에 다섯 발을 쐈다. 뱀의 목이 떨어져나가기 직전이었다.

아드레날린이 솟구치기를 멈추자 이내 메스꺼움이 찾아들었다. 피츠는 무릎을 꿇고 앉아 속을 비워냈다. 어느 정도 속이 편해지자 보안관은 다시 일어나 침을 한 번 뱉고 눈가에 맺힌 눈물을 훔쳐냈다. 바람은 불지 않았고, 초저녁 하늘은 짙은 진홍색으로 물들어 있었다. 피츠가 권총을 꽂아넣고 차의 뒤편으로 다가가 트렁크를 열어보았다. 그런 다음, 죽은 뱀을 집어들고 트렁크에 던져넣었다.

올드 인디애놀라 가를 따라 800미터쯤 떨어진 곳엔 웹 워트의 집이 자리하고 있었다. 그는 거실에 놓인, 부풀려 사용하는 열은 파란색 안락의자에 앉아 있었다. 달걀처럼 생긴 웹 워트는 뚱뚱했고, 완전히 벗겨진 머리와 코끼리를 연상케 하는 커다란 귀를 가지고 있었다. 거실의 모든 가구는 파란색이었고, 바람을 넣어 사용하는 것들이었다. 웹 자신부터가 바람을 넣어 부풀린 듯해 보였다. 그는 옥수수를 뜯으며 텔레비전을 보고 있었다. 푸른 불빛이 그의 얼굴에 깜빡였다. 그가 다 먹은 옥수수를 리놀륨 바닥에 휙 던져버렸다. 기다리고 있던 굶주린 고양이들이 다가와 옥수수를 뜯기 시작했다. 워트는 수십 마리의 고양이를 기르고 있었다. 그들의 발톱은 바람 넣은 가구를 할퀴지 못하도록 완전히 제거된 상태였다. 웹 워트가 텔레비전에 떠오른 이미지들을 보며 웃음을 터뜨렸다. 그가 다음 옥수수를 고양이들에게 던져주려 할 때 그의 친구, 휴버트 호스트가 안으로 들어왔다.

휴버트가 바닥에 굴러다니는 옥수수를 걷어차고, 길을 막은 고양이들을 쫓아버린 후 웹이 앉아 있는 것과 똑같은 열은 파란색 안락의자에 풀썩 주저앉았다.

"뭐 봐?"

휴버트가 물었다.

"옛날 영화. 내가 아주 좋아하는 영화야. 돈 많은 여배우의 하녀의 딸이 백인 행세를 하지. 그러다 나중에 어머니의 장례식에 와 관을 끌어안고 엉엉 울게 돼. 자네도 본 적 있을 거야. 라나 터너가 못되고 무식한 여배우를 연기했어. 내 생각엔 아주 훌륭한 캐스팅인 것 같아. 오직 흑인 하녀만이 착한 캐릭터로 나와. 그 왜 있잖아. 편견 없는 북부인. 우리 남부 게이들이 누구보다도 잘 알지. 안 그래, 휴브?"

"당연하지, 웹."

"어디 다녀왔어?"

"앨 볼과 저녁을 먹었어. 그가 안부를 전해 달라고 하더군."

"빌어먹을 게이 자식!"

두 남자가 큰소리로 웃음을 터뜨렸다.

"먹고 왔다니 다행이야, 휴브. 내가 옥수수를 다 먹어치웠거든."

휴버트가 일어나 옆방으로 들어갔다. 일 분 후, 그가 위스키와 글라스 두 개를 쥐고 돌아왔다. 그는 다시 안락의자에 앉아 글라스에 술을 따랐다. 그리고 그중 하나를 웹에게 건넸다.

"자넨 정말 멋진 남자야, 휴브. 정말로."

그가 말했다.

강도

오토바이에 오르기 전에 트리나 트러블은 빌리 브로의 입술에 진한 키스를 퍼부었다. 그는 흠칫 놀라며 뒤로 물러났고, 트러블 시스터즈는 굉음을 내며 어둠 속으로 사라져버렸다. 빌리는 그들이 뿌려놓은 먼지를 뒤집어썼다. 잭과 퓨마가 '파라오의 성화'를 나오고 있었다.

"나랑 같이 집에 갈 거예요?"

그녀가 물었다.

"지금은 곤란해. 나중에 갈게. 토치랑 볼일이 좀 있거든."

잭이 말했다.

"그럼 그때 봐요."

퓨마가 그에게 입을 맞추었다. 그녀는 빌리에게 손을 흔들어 인사한 후 자신의 닷지에 올라 주차장을 빠져나갔다.

트리나의 키스가 안겨준 충격에서 간신히 빠져나온 빌리가 잭에게 다가와 악수를 청했다.

"정말 대단했습니다. 당신과 제시는 스타가 될 겁니다."

빌리가 말했다.

잭이 엷은 미소를 지어 보였다.

"저도 그렇게 생각합니다."

이십 분 후, 잭과 제시는 토치 마틴의 차를 타고 웹 워트의 집으로 향하고 있었다. 토치가 차를 몰아 나가는 동안 제시는 뒷좌석 등받이에 몸을 붙이고 잭에게 요상한 언어로 뭔가를 빠르게 중얼거렸다.

"저 친구 입 좀 닫게 만들 수 없어?"

토치가 말했다.

"신경 쓰지 마, 제시."

잭이 온화한 음성으로 말했다. 제시가 다시 몸을 뒤로 눕혔다.

"난 그를 죽일 생각이 없어. 그가 순순히 금고를 열고 돈을 넘긴다면 아무 일도 벌어지지 않을 거야."

토치가 설명했다.

"그가 나중에 입을 열면 어쩌려고, 토치? 웹 워트에겐 믿는 구석이 있을 거야. 곧장 앨 볼에게 쪼르르 달려갈지도 모른다고."

"처한 상황에 따라 사람의 반응이 얼마나 달라지는지 확인하면 아마 깜짝 놀랄걸, 잭. 난 그가 리틀 이집트에 광고하고 싶어하지 않는 비밀을 알고 있어."

"그와 휴버트 호스트의 관계 말이야? 그들에 대해선 이미 모르는 사람이 없을 텐데."

"내가 장담하건대 그는 절대 입을 열지 않을 거야. 그래도 의심스러우면…… 이따 돌아올 때 저 강을 건너오지 뭐."

토치가 헤드라이트를 끄고 웹 워트의 사유차도로 천천히 올라갔다.

"저기 봐. 저건 휴버트의 차야."

잭이 말했다.

집엔 불이 켜져 있지 않았다. 토치가 시동을 껐다.

"웹이 혼자 있을 때 다시 오는 게 좋겠어."

"아니야. 오늘 해야 돼."

토치가 말했다.

토치가 앞좌석 밑에서 권총을 꺼내 들고 재킷 주머니에 집어넣었다. 그가 백미러를 들여다보며 길게 기른 짙은 빨강머리를 살살 매만졌다. 백미러 안에서 제시의 지워지지 않는 미소가 떠올랐다.

"바모노스, 콤파네로스!('자, 가자고!'라는 뜻의 스페인어_옮긴이)"

그가 말했다.

세 사람이 차에서 내려 조심스레 문을 닫았다. 그들은 발소리를 죽이고 집으로 향했다.

토치가 잭과 제시를 불렀다.

"지난번처럼 지하실 창문으로 들어갈 거야."

"그 비단뱀은 어떻게 하고?"

잭이 물었다.

"얘기했잖아. 우리에게 달려들지 않을 거라고. 달려들면 총으로 쏴버리면 돼."

"제시랑 난 총이 없어."

"그럼 레슬링을 해서라도 죽여버리면 되잖아. 그건 너희들이 알아서 해!"

그들은 곧장 지하실 창문으로 다가갔다. 토치가 창문을 열고 제시에게 먼저 들어가라고 손짓했다. 동생에 이어 잭도 안으로 들어갔다. 토치가 손전등을 켜고 안을 비추었다.

안에서 잭이 말했다.

"저 대들보를 비춰봐, 토치. 뱀을 밟고 싶진 않다고."

토치가 형제를 이끌고 기분 나쁜 지하실을 헤쳐 나갔다. 물론 어딘가에 커다란 뱀이 숨어 그들을 지켜보고 있다는 사실은 잊지 않았다. 그들이 금고를 지나 위층으로 통하는 계단 앞으로 다가갔다.

"여기서 기다릴 거야, 아니면 같이 올라갈 거야?"

"미쳤어? 무조건 같이 움직여야 해."

잭이 말했다.

잭과 제시는 토치를 따라 계단을 올라갔다. 그들은 문을 통과해 주방으로 들어갔다. 토치가 손전등으로 구석구석을 비춰보았다.

"침실은 이쪽에 있는 것 같아."

그가 걸음을 옮기며 말했다.

그들은 거실로 들어갔다. 제시가 움직이는 뭔가를 밟았고, 이내 새된 소리가 터져 나왔다.

"빌어먹을!"

토치가 속삭였다.

여기저기서 울부짖음이 터져 나왔다.

"대체 뭐야?"

"제시가 고양이를 밟았어."

잭이 속삭였다.

그들은 바람 넣은 가구에 몸을 기대고 서서 고양이들이 진정할 때까지 기다렸다. 토치는 웹과 휴버트가 깨진 않았는지 귀를 쫑긋 세우고 들어보았다. 다행히 침실 쪽에선 아무 소리도 들려오지 않았다. 일 분 후, 토치가 그들에게 다시 움직이자고 신호했다. 그들은 열린 침실 문 앞에서 다시 멈춰 섰다. 방 안에서 곤히 잠든 커플의 코 고는 소리, 목을 꿀꺽대는 소리, 입술 부딪치는 소리, 뒤척이는 소리, 툴툴대는 소리, 방귀 소리, 이 가는 소리, 그리고 잠꼬대 소리가 쉴 새 없이 흘러나왔다.

토치가 침실로 들어가 손전등으로 웹과 휴버트를 비추었다. 잭과 제시도 그를 따라 안으로 들어갔다. 물침대에 누워 자고 있는 커플은 나체였고, 옅은 파란색 커버를 덮고 있었다. 침입자들은 넌더리내며 구겨진 옅은 파란색 시트 위에 흉하게 엉겨 붙은 육중한 핑크색 살들을 내려다보았다. 웹 워트의 벗겨진 머리가 노란색 불빛을 받아 반짝였다. 털로 덮인 휴버트 호스트의 등은 아기처럼 매끄러운 웹의 몸통과 극적인 대조를 이루고 있었다.

"이젠 어쩌지?"

잭이 물었다.

토치가 잠든 커플 앞으로 다가가 웹 워트의 얼굴에 손전등을 비추었다.

"일어나, 변태 자식들아! 해가 중천에 떴다고!"

그가 소리쳤다.

깜짝 놀란 웹과 휴버트가 동시에 몸을 일으키다가 서로 머리를 부딪쳤다. 그들은 반사적으로 커버를 끌어올려 자신들의 벗은 몸을 가렸다.

토치가 웃음을 터뜨렸다.

"아가씨들이 나란히 누워 자는 모습이 아름답더군. 이렇게 단잠을 방해하게 돼서 마음이 아파. 기왕 이렇게 된 거 빨리 용무부터 처리하자고."

"마틴! 이 미친 자식! 이게 대체 뭐하는 짓이야?"

휴버트 호스트가 소리쳤다.

토치가 권총을 번쩍 들어보였다.

"은행 영업시간을 늘이려는 것뿐이야. 복숭아 같은 그 살 좀 빨리 움직여봐, 워트. 우리랑 같이 지하실로 가줘야겠어."

겁에 질린 웹 워트가 몸을 떨었다.

"지하실엔 왜?"

휴버트가 잭과 제시를 올려다보았다.

"잭 맥도널드! 제시! 어떻게 된 거야? 왜 이 자식에게 붙은 거지?"

"이 친구들은 신경 쓰지 마, 휴버트. 당신 애인만 순순히 협조해 주면 몇 분 만에 끝날 거야. 당신도 같이 와줘야겠어. 빨리 일어나!"

토치가 말했다.

웹과 휴버트가 마지못해 토치의 지시에 따랐다. 그들은 통 넓은 팬티를 걸치고 발을 질질 끌며 지하실로 향했다. 토치와 잭과 제시가 그들을 뒤

따랐다.

그들은 일렬종대로 서서 거실을 가로질러 나갔다. 토치와 잭은 발에 걸리는 고양이들을 걷어찼다. 그들은 주방을 지나 지하실로 통하는 문 앞으로 다가갔다.

웹이 걸음을 멈췄다.

"지하실엔 왜 내려가려는 거지?"

그가 물었다.

"왜 내려가려는 것 같아? 경찰이 왜 은행을 털었냐고 물었을 때 윌리 서튼이 뭐라고 했는지 기억 나?"

토치가 말했다.

"아니."

"거기 돈이 있으니까."

"하지만 내겐 돈이 없어!"

토치는 웹과 휴버트를 몰고 계단을 내려갔다. 그와 맥도널드 형제는 그들 뒤에 바짝 붙은 채로 움직였다. 휴버트가 발을 헛디뎌 웹과 엉겨 붙은 채로 굴러 떨어졌다. 그들은 지하실 바닥에 벌렁 드러누워 뭍으로 나온 고래처럼 끙끙댔다.

토치가 그들을 따라 내려가 그들의 뚱뚱하고, 굼뜬 몸뚱이를 발로 걷어찼다.

"울지 말고 일어나!"

그들이 일어나자 토치가 손전등으로 금고를 비추었다.

"금고 안엔 아무것도 없다고!"

웹이 울부짖었다.

"열어!"

"그럴 순 없어!"

"넌 죽은 목숨이야, 마틴."

휴버트가 말했다.

"휴버트, 우리에게 협조하든 안 하든, 당신도 이미 죽은 목숨이야."

토치가 말했다.

"이봐, 토치, 너 설마……."

잭이 말했다.

"흥분하지 마, 잭. 빨리 용무나 끝내자고. 급한 일부터. 알았어? 자, 웹, 금고를 열어. 더 이상 지체할 시간이 없다고."

웹이 휴버트를 돌아보았다.

"열어, 웹. 시키는 대로 하자고."

휴버트가 말했다.

웹이 울먹이며 할딱거렸다. 그가 발을 질질 끌고 금고 앞으로 다가가 다이얼을 돌렸다. 딸깍 소리가 두 번 들리자 웹이 뒤로 물러섰다.

"열쇠가 필요해."

그가 말했다.

"그럼 빨리 가져와! 어디 있지?"

토치가 말했다.

"작업대 위 커피 캔 안에 있어. 지하실 저쪽에."

"가져와."

"손전등이 필요해."

"여긴 불도 없어? 스위치가 어디 있지?"

토치가 물었다.

"저기 체인이 있어."

휴버트가 손으로 가리키며 말했다.

"제시! 잭! 불을 켜."

제시가 달려가 체인을 당겼다. 순간 그가 깜짝 놀라며 비명을 질렀다. 체인 아래 바닥에 똬리를 튼 비단뱀이 보였다.

어수선해진 틈을 타 휴버트가 토치의 총을 향해 몸을 날렸다. 하지만 토치가 한 발 빨랐다. 그가 권총으로 호스트의 머리를 힘껏 내리쳤다. 그 충격에 총이 발사됐고, 지하실은 대혼란에 빠지게 됐다. 잭이 계단을 올라 도망치려는 웹을 붙잡고 끌어내렸다. 그가 땅딸보를 바닥에 메다꽂았다. 토치와 휴버트는 권총 하나를 놓고 계속 힘겨루기를 했다. 다시 총이 발사됐고, 총탄은 휴버트의 가슴을 파고들어갔다. 비단뱀은 어둠 속으로 들어가 버렸고, 제시는 기겁을 하며 상자 위로 뛰어 올라갔다.

토치가 웹 앞에 우뚝 섰다.

"일어나, 이 개자식아!"

웹이 흐느끼며 몸을 일으켰다.

"휴브! 휴브! 네가 죽였어? 휴버트가 죽은 거냐고!"

그가 울부짖었다.

모두가 휴버트 호스트를 내려다보았다. 그는 호흡을 멈춘 상태였다. 그의 가슴엔 커다란 빨간 구멍이 나 있었고, 거기선 피가 철철 뿜어져 나오고 있었다.

"맙소사, 토치. 죽었어."

잭이 말했다.

"그래. 빨리 가서 열쇠를 가져와, 웹. 빨리 이 빌어먹을 금고를 열란 말이야! 당장!"

"오오, 휴브. 불쌍한 휴브."

웹이 입에 거품을 내며 말했다.

그가 천천히 일어나 작업대를 향해 절뚝거리며 걸어갔다. 그리고 전등에 연결된 체인을 잡아당겼다. 웹은 커피 캔을 뒤적이다가 작은 열쇠를 꺼내 들었다. 그가 다시 비틀거리며 금고로 돌아왔다. 그가 열쇠를 꽂으려다 말고 잭을 쏘아보았다.

"빨리 열어, 워트. 빨리."

잭이 말했다.

웹이 자물쇠에 열쇠를 꽂고 다이얼과 함께 꺾자 낡은 금고의 이중 문이 스르르 열렸다.

토치가 금고 앞으로 달려왔다.

"잭! 제시! 서랍을 열어봐!"

형제가 달려들어 지시에 따랐다. 금고 서랍 안엔 스무 장씩 묶인 백 달러 지폐가 가득 담긴 커다란 범포 자루 두 개가 들어 있었다.

"맙소사."

토치가 말했다. 자루들을 살살 매만지는 그의 얼굴에 환한 미소가 떠올랐다.

"이제야 내가 쓸 만한 일을 해냈군."

웹 워트가 통곡하며 신음을 토했다. 그의 흐느낌은 점점 격해져 갔다.

토치가 왼손을 자루에 얹고 말했다.

"그만해, 웹. 제발 남자답게 행동하라고."

웹이 휴버트의 시신 옆에 무릎을 꿇고 앉았다. 그리고 두 팔로 자신의 가슴을 감싼 채 몸을 앞뒤로 흔들어대기 시작했다.

"빌어먹을! 그만 좀 하라니까!"

토치가 귀를 막으며 소리쳤다.

눈물을 쏟던 웹이 달걀 모양의 머리를 쳐들었다. 그리고 토치에게 냅다 달려들었다. 기습을 당한 토치의 손에서 권총이 떨어져 나갔다.

"잭! 총을 챙겨!"

토치가 소리쳤다.

웹에게 눌린 토치는 몸을 제대로 가눌 수가 없었다. 반나체의 워트가 토치와 엉겨 붙은 채 바닥을 뒹굴었다. 그는 토치를 있는 힘껏 끌어안고 숨통을 죄는 중이었다. 그들은 어둠에 묻힌 구석으로 들어갔다. 형제는 그들의 사투에 참견하지 않았다. 제시가 총을 찾아 집어들고 잭에게 건넸다.

갑자기 웹이 비명을 질러대기 시작했다. 토치가 어둠을 헤치고 나와 형제에게 다가왔다. 잭과 제시는 웹의 통통한 다리가 허공에서 휘저어지는 걸 똑똑히 볼 수 있었다. 토치가 바닥에 떨어진 손전등을 집어들고 마구 휘둘러지는 워트의 팔다리를 비추었다. 웹의 목과 머리는 비단뱀에 의해 완전히 덮여 있었다.

흥분한 제시가 뭔가를 큰소리로 중얼거리기 시작했고, 잭은 동생의 어깨에 손을 얹은 채 그를 진정시켰다. 토치가 일어나 주인의 몸을 으스러뜨리는 뱀을 지켜보았다. 웹의 늑골과 다른 뼈들이 부러지는 소리가 들려왔다. 마침내 웹이 흰 액체를 토해내고 저항을 멈추었다. 토치가 뱀에게 다가갔다.

"총 가져와, 잭."

그가 말했다.

잭이 그에게 총을 넘겼다. 토치가 비단뱀의 머리에 대고 총을 두 번 쐈다. 뱀에게서 가스질의 악취가 풍겨 나왔다. 토치는 웹의 심장을 겨누고도 방아쇠를 당겼다.

"이래야 확실하지. 자, 이 친구에게서 뱀을 떼어내."

토치가 말했다.

잭과 제시가 웹의 몸에서 뱀을 떼어내려 했지만 쉽지가 않았다.

"맙소사, 토치, 찰싹 달라붙었어."

토치가 지하실을 둘러보다가 만도(蠻刀)를 발견하고 그것을 잭에게 건넸다.

"이걸로 해."

그가 말했다.

잭이 뱀을 토막 내 시신에서 떼어냈다. 지하실 바닥은 피와 비단뱀의 내장으로 지저분했다. 잭이 일어나 역겨운 광경을 내려다보았다.

"그냥 뱀에게 잡아먹히도록 내버려둘걸 그랬어."

토치가 말했다.

"뭐?"

"뱀이 웹을 삼켜버리도록 내버려둘걸 그랬다고. 그랬으면 숨길 시체도 남지 않았을 텐데."

"휴버트는 어떻게 하고?"

토치가 휴버트의 시체 앞으로 다가가 피식 웃었다.

"뱀이 이 친구를 후식으로 먹어치웠을 수도 있잖아. 자, 시신을 트렁크에 싣자고. 링테일 호수에 던져버려야지."

"뱀은?"

잭이 물었다.

"고양이 밥으로 두고 가지 뭐. 곧 배고프다고 아우성 칠 테니까."

토치가 말했다.

개와 늑대

토치 마틴과 맥도널드 형제는 동틀녘에 링테일 호수에 도착했다. 개와 늑대 사이의 미묘한 시간. 멕시코인들이 마드루가다라고 부르는 시간. 잭과 제시는 트렁크에서 시체를 꺼내 호수로 밀어넣었다. 토치는 운전석에 앉아 궂은일을 맡아 처리하는 형제를 지켜보았다. 현금으로 가득 찬 두 개의 범포 자루는 조수석 바닥에 놓여 있었다. 토치는 지금껏 이토록 큰돈을 만져본 적이 없었다. 그는 어떻게서든 돈을 가까이에 두고 싶었다. 형제가 작업을 마치고 돌아왔다. 잭이 트렁크를 닫고 뒷좌석에 올라탔다.

"다 됐어."

잭이 말했다.

"정말 화끈한 밤이었어. 안 그래?"

토치가 말했다. 그가 분홍색과 검은색이 섞인 하늘을 올려다보았다.

"저걸 좀 봐, 잭, 제시. 하늘 말이야. 꼭 다른 행성에 와 있는 듯한 기분이 들지 않아? 초현실적인 느낌. 물구나무로 벼랑 끝에 서서 하늘을 올려다보는 기분이랄까. 조심하지 않으면 언제라도 추락할 수 있는 위태로운 상황 말이야."

"그만 가자, 토치. 너무 피곤해."

토치가 웃음을 터뜨렸다.

"그래, 어젯밤 공연이 있었다는 걸 깜빡했군. 굉장한 공연이었어. 너희들은 이미 스타야. 그리고 계속 발전하고 있어. 사실 보너스를 생각하고 있었어. 너희들 덕분에 사업이 번창하고 있으니까. 어떻게 생각해?"

"우리야 좋지, 토치."

토치가 시동을 걸고 천천히 호숫가를 벗어났다. 하늘은 살아서 꿈틀댔고, 산들바람은 휴버트와 웹의 시체를 덮고 있는 수면에 잔물결을 일으켰다.

같은 시간, 퓨마는 눈을 뜬 채 침대에 누워 뒤척이고 있었다. 그녀는 벌떡 일어나 앉아 왜 잭이 약속대로 나타나지 않는지 의아해하기 시작했다. 티셔츠만 걸친 그녀가 침대를 내려와 탁자에서 담배를 집어 들었다. 그리고 빅 라이터로 불을 붙였다. 퓨마는 창가로 다가가 서서히 밝아져 오는 하늘을 내다보았다.

키스밋의 침실은 엉망이었다. 커버는 전부 바닥에 내던져져 있었고, 나체의 그녀는 침대에 큰 대자로 엎드린 채 곯아 떨어져 있었다. 라디오에선 존 콜트레인의 발라드, '당신의 보라색 모피'가 흘러나오고 있었다. 침실 문이 천천히 열리고 몬티가 들어왔다. 그는 기모노 차림이었고, 얼굴엔 팬케이크 화장품을 하얗게 발라놓았다. 게이샤처럼. 그가 총총 걸어 침대 앞으로 다가가 잠에 빠져 있는 아내의 몸 위로 몸을 숙였다. 몬티는 아내가 깨지 않도록 조심스레 침대에 누웠다. 그는 눈을 뜬 채 조용히 누워 그녀의 호흡소리에 귀를 기울였다.

자동차 엔진 소리에 놀라 잠에서 깬 머드캣은 침대 옆 창문으로 자신의 오두막집을 지나는 토치의 차를 내다보았다. 잭과 제시는 뒷좌석에 타고 있었다.

앨 볼은 어두운 방 안에 앉아 손수건으로 얼굴을 훔쳐내고 있었다. 그의 입엔 담배가 물려 있었고, 다른 한 손엔 술병이 쥐어 있었다. 그의 라디오는 키스밋의 라디오와 같은 주파수에 맞춰져 있었다. 존 콜트레인이 부는 테너 색소폰의 감미로운 선율이 잔잔하게 흘러나왔다. 앨 볼은 촉촉이 젖은 볼과 턱을 연신 훔쳐내며 음악을 감상했다.

빌리 브로는 기침을 하며 잠에서 깼다. 그는 목에 꽉 찬 가래를 손수건에 뱉어낸 후 침대 옆에 놓아둔 담배를 향해 손을 뻗었다. 그는 담배에 불을 붙이고 나서 길게 한 모금 빨았다. 다시 기침이 터져 나왔다. 빌리는 헛기침을 한 번 하고 침대 가장자리에 조용히 앉아 담배를 피웠다. 새벽빛이 그의 방 안으로 스며들어오고 있었다.

피츠 보안관의 순찰차는 그의 집 앞에 세워져 있었다. 운전석에 앉아 있는 그는 잠이 아직 덜 깬 상태였다. 그는 집 안에서 들려오는 여자의 울음소리를 똑똑히 들을 수 있었다.

숙취, 하루 전날

퓨마의 낡은 닷지가 거친 도로를 달려 잭과 제시의 오두막집으로 향하고 있었다. 그녀는 그들의 집 앞에 차를 세우고 나와 현관문에 노크했다. 아무 반응이 없자 그녀는 조금 더 세게 문을 두드렸다. 마침내 잭이 문을 열었다.

"안녕, 퓨마. 들어와."
눈이 반쯤 감긴 그가 말했다.
퓨마가 안으로 들어서며 물었다.
"어젯밤엔 어떻게 된 거예요, 잭?"
"그게 무슨 소리야? 어떻게 된 거냐니?"
제시가 침대에 누운 채 늘어지게 하품을 했다. 그의 침실은 오두막집 앞부분에 자리하고 있었고, 잭과 퓨마는 바로 그곳에서 대화를 나누고 있었다.
"안녕, 제시."
그녀가 말했다.
그가 미소를 흘리며 고개를 끄덕였다. 그리고 일어나서 터벅터벅 화장실로 들어갔다.
"늦게라도 와줄 거라고 했잖아요. 토치와 볼일이 끝나면 말이에요."
"오, 미안. 일이 예상보다 늦게 끝났어. 공연 때문에 피곤하기도 했고. 나도 모르는 새 잠들어버렸어. 전화를 걸었어야 했는데. 아버지는 좀 어떠셔?"
잭이 그녀를 끌어안았다.
"똑같으세요. 더 나아지지도 않고, 더 나빠지지도 않고. 돌아가실 때까지 이러실 거라고 의사가 얘기했어요. 어젯밤엔 당신이 너무 보고 싶었어요, 잭. 나 혼자 너무 힘들었거든요."
"나도 잠을 잘 못 잤어."
제시가 바지를 추켜올리며 화장실을 나왔다. 그가 셔츠와 신발을 걸치고 커플을 향해 미소를 흘리며 오두막집을 나갔다. 그는 몇 백 미터 떨어진 클럽을 향해 걸어가기 시작했다. 클럽 앞에서 머드캣을 거칠게 밀쳐내는 랄피의 모습이 그의 눈에 들어왔다. 제시가 그들에게 성큼 다가갔다.

랄피가 다가오는 제시를 돌아보았다.

"넌 빠져, 얼간아. 너랑 상관없는 일이야."

그가 소리쳤다.

"괜찮아, 제시. 이 자식은 나 혼자서도 충분히 요리할 수 있어."

머드캣이 말했다.

랄피가 머드캣을 노려보았다.

"이 깜둥이 자식아, 두 번 다시 내 일에 참견하려 들지 마!"

제시가 랄피에게 달려들어 그를 쓰러뜨렸다. 그리고 토치의 아침꾼 위에 올라타 무섭게 주먹 세례를 퍼붓기 시작했다. 랄피는 이내 항복했다.

"멈춰! 그만두라고! 항복할게!"

그가 울부짖었다.

제시가 천천히 일어나 그의 위로 우뚝 섰다. 랄피가 입을 열려 하자 제시가 손가락으로 그를 가리키며 경고했다. 랄피는 바닥에 미동도 없이 누워 제시의 눈치를 살폈다. 제시와 머드캣이 클럽으로 들어갔다.

토치가 수화기를 붙들고 있었다.

"그래, 키스, 그럴게. 아무 문제 없을 거야. 오두막이 준비됐어. 그래. 내가 할 수 있는 건 다 할 거야. 내가 널 챙기는 것처럼. 알았어, 키스, 나중에 봐."

토치가 웃음을 흘리며 전화를 끊었다.

"빌어먹을 정신병원 합창단!"

그가 다시 수화기를 집어들고, 다이얼을 눌렀다.
"토치 마틴입니다. 볼 씨와 통화하고 싶습니다. 네, 기다리죠. 볼 씨! 앨! 네, 네. 선생님께 전해 드릴 게 있습니다. 조금 늦긴 했지만 이제야 준비가 됐습니다. 사람을 시켜 전달해 드리려고 하는데 시간이 괜찮으신지요? 괜찮으시다고요? 잘 됐군요. 그럼 지금 보내드리겠습니다, 볼 씨. 앨! 전부 다요. 이자까지 포함해서 말입니다. 휴버트요? 아뇨. 못 봤는데요. 네 그렇게 하겠습니다. 네, 네. 알겠습니다. 별말씀을요, 앨. 감사합니다. 물론이죠. 오, 아닙니다. 물론 아니라는 거 알고 있습니다. 그냥 말이 그렇다는 거죠. 그럼 안녕히 계십시오, 음, 앨."
토치가 수화기를 내려놓고 일어나 사무실 문 쪽으로 걸어갔다.
"도그아이즈! 들어와!"
그가 소리쳤다.
도그아이즈가 토치의 사무실로 들어왔다. 토치가 가죽 여행 가방을 집어 들고 도그아이즈에게 건넸다.
"이걸 들고 앨 볼에게 다녀와. 랄피도 데려가고. 이건 볼 씨에게 직접 전해 드려야 해. 알았어?"
"제가 직접 볼 씨에게 전달하겠습니다."
도그아이즈가 사무실을 나갔고, 토치도 따라 나갔다. 제시와 머드캣이 바에 앉아 커피와 도넛으로 식사를 하고 있었다. 토치는 클럽을 나서는 도그아이즈를 지켜보다가 머드캣과 제시를 돌아보았다.
"컨디션은 좀 어때?"
"그냥 그렇죠. 괜찮습니다, 마틴 씨."
토치가 그들에게 다가갔다.

"온 세상이 그렇게 태평할 수 있다면 얼마나 좋을까? 안 그래, 머드캣? 조금 있다가 여자들이 도착할 거야. 자네가 잘 안내하도록 해."

"오리엔탈 합창단 말씀이죠?"

"그래. 로즈 부인이 와서 도와줄 거야. 제시, 자넨 잭이랑 연주나 잘 해 주고."

제시가 미소를 지으며 고개를 끄덕였다.

"아주 색다른 공연이 될 거야."

토치가 말했다.

"반응이 폭발적일 겁니다. 리틀 이집트 사람들은 지금껏 미친 여자들이 노래하는 걸 본 적이 없을 테니까요. 게다가 그들은 공인된 미치광이들이지 않습니까."

머드캣이 말했다.

"하긴."

"리틀 이집트에선 정말 별의별 것을 다 볼 수 있는 것 같습니다, 마틴 씨. 오늘밤도 우리 모두에게 굉장히 독특한 경험이 될 겁니다."

"머드캣, 나도 그렇게 생각해."

토치가 다시 사무실로 들어가 문을 잠갔다.

눈은 알고 있다

도그아이즈와 랄피가 앨 볼의 사무실로 들어갔다. 에드거가 가죽 여행 가방을 도그아이즈로부터 받아들고는 두 남자에게 볼의 책상 앞 의자에 앉으라고 손짓했다. 앨은 그들 맞은편에 앉아 있었다. 에드거가 여행 가방을 책상에 내려놓았다.
"아니야, 에드거! 책상엔 안 돼! 저쪽 구석으로 가져가서 세봐."
앨 볼이 소리쳤다.
에드거가 여행 가방을 집어들었다.
"고마워. 자, 에드거가 돈을 세는 동안 우린 얘기나 하자고. 술 한 잔 하겠어? 아니면, 담배?"
앨 볼이 말했다.
"아닙니다. 괜찮습니다."
도그아이즈가 말했다.
"저도 됐습니다, 볼 씨."
랄피도 따라 말했다.
"자네가 도그아이즈라는 친구지?"
"네, 그렇습니다."
"왜 그렇게 불리지?"
"제 사팔눈 때문인 것 같습니다. 제 오른쪽 눈이 엉뚱한 곳을 향하거든요. 왼쪽 눈과 일치되지 않습니다. 사시라고도 부르죠."
"각막 백반. 각막 백반이라고도 하지."
앨이 말했다.
"네, 각막 백반입니다. 또한 전 색맹이기도 합니다."
"각막 백반에 색맹까지? 그런데 왜 각막 백반이라 불리지 않는 거지?"
"개들이 색맹이기 때문이죠."
앨 볼이 얼굴에서 뿜어져 나오는 분비물을 밝은 핑크색 손수건으로 연신 훔쳐냈다. 그의 옷엔 표피 조각들이 만들어놓은 갈색 얼룩이 남아 있었다.

"대부분 사람들이 평생 안고 가야 하는 질환을 한두 개씩 지니고 살지. 일생을 그것들에 순응하는 노력으로 허비한다 해도 과언이 아닐 거야. 내 말 틀렸나, 도그아이즈? 밖으로 드러나는 장애나 문제점들보단 사람의 내면이 더 중요하게 평가돼야 하는 거라고."

앨 볼이 말했다.

"지당하신 말씀입니다."

"하지만 그것들이 우리 인격을 어느 정도 확인시켜 주긴 해. 안 그런가? 도그아이즈, 내 말에 동의하나?"

"아, 네. 물론 동의합니다."

"본명이 뭔가? 세례명 말이야."

"제롬입니다."

"좋아, 제롬. 랄피 자네는?"

"네?"

랄피가 말했다.

"동의하나?"

앨 볼이 말했다.

"음, 네, 저도 동의합니다."

"잘 세고 있나, 에드거?"

"거의 다 됐습니다, 보스. 맞는 것 같습니다."

"이자도?"

"잠시만 기다려주십시오."

"상처, 흉터, 질환. 만약 그것들을 덤덤히 받아들인다면 인격을 강하게 단련시키는 데 오히려 도움이 될 거야. 랄피, 자네도 도그아이즈, 아니,

제롬이 그 좋은 예가 됐다고 생각하지 않나?"

앨 볼이 말했다.

"음, 물론입니다, 볼 씨. 아주 강하고, 당당한 친구입니다. 그렇고말고요. 싸움이 났을 때 곁에 두면 든든할 것 같습니다."

랄피가 웃으며 말했다.

에드거가 여행 가방을 닫고 자물쇠까지 채운 후 책상 옆으로 끌어왔다.

"액수가 맞습니다, 볼 씨."

앨 볼이 얼굴을 훔치고 맞은편에 앉아 있는 두 남자를 응시했다.

"자네들 혹시 오늘 휴버트 호스트를 보지 못했나?"

"못 봤습니다."

도그아이즈가 말했다.

"음, 저도요."

랄피가 말했다.

"그렇군. 알았네. 돌아가서 마틴 씨에게 이것으로 거래가 깨끗하게 마무리됐다고 전하게. 이 친구들을 밖으로 안내해, 에드거."

에드거가 문을 열었다.

"자, 나가지."

그가 말했다.

두 사람이 밖으로 나가자 에드거가 문을 닫았다.

"에드거, 대체 휴버트는 어디 있지? 웹 워트에게 연락해 봤나?"

"응답이 없습니다."

앨 볼이 자리에서 일어났다.

"웹에게 가봐야겠어. 뭔가 문제가 생긴 게 틀림없어."

몬티가 들어왔을 때 키스밋은 브래지어와 팬티만 걸친 채 침실 화장대 앞에 앉아 화장을 하고 있었다.

"안녕, 몬티. 클럽에 가려고 준비하고 있어. 오리엔탈 합창단이 곧 도착할 거야."

그녀가 말했다.

회색 양복 차림의 몬티가 아내 옆으로 다가와 서서 아이라인을 그리는 그녀를 지켜보았다.

"키스밋, 내가 당신을 엄청나게 사랑한다는 거 알지?"

"물론이지. 나도 당신을 엄청나게 사랑해."

눈 화장을 마친 키스밋이 일어나 침대에 놓아둔 스타킹과 스커트와 블라우스를 차례로 걸쳤다.

몬티는 그녀를 빤히 쳐다보았다.

"당신 없인 정말 못 살 것 같아."

그가 말했다.

"그런 걱정일랑 하지 않아도 돼. 난 아무 데도 안 가니까."

"내가 떠날 수도 있잖아, 키스. 그런 생각은 안 해봤어?"

"몬티, 당신의 조그만 뇌 속에선 무슨 생각들이 바글거리는진 몰라도 내 머릿속엔 오늘 저녁 공연 생각뿐이야. 대체 어딜 가려고? 방금 버밍엄에서 돌아왔잖아. 그것도 하루 일찍."

"당신이 너무 보고 싶었어. 빨리 돌아와 당신을 봐야 했다고. 당신이 집에 있는 걸 보고 내가 얼마나 기뻤는지 알아?"

"그럼 한밤중에 집에 있지, 어디 있겠어, 몬티? 난 평범한 가정주부야. 남편을 기다리다가 테킬라에 취해 잠들어버리는."

"날 당혹스럽게 만들진 않겠지? 응, 키스밋? 내 가족을 당혹스럽게 만들진 않을 거지?"

"예를 들면?"

몬티는 땀을 비 오듯 쏟고 있었다.

"트-트-트-토치 마틴. 호-호-혹시 토치 마틴을 마-마-마-만나고 다니는 건 아니겠지?"

옷을 마저 차려입은 키스밋이 일어나서 남편의 눈을 똑바로 들여다보았다.

"물론 '파라오의 성화'에 갈 때마다 그를 만나. 당신도 알다시피 오리엔탈 합창단이 그곳에서 공연할 수 있게 해준 사람이잖아. 그뿐이야."

"그뿐이야?"

"그래, 몬티, 그뿐이야. 난 이제 가봐야겠어."

키스밋이 그의 오른쪽 볼에 입을 맞추었다. 어머니가 아이에게 하듯이. 그런 다음, 손가방과 자동차 열쇠를 집어들었다.

"이따 공연 보러 올 거지?"

"물론이지."

몬티가 대답했다.

"8시야. 사랑해."

그녀가 몬티만을 방에 남겨놓은 채 밖으로 나갔다.

키스밋이 떠난 직후 몬티는 극심한 복통을 느꼈다. 몸을 구부린 그가 침대 옆에 꿇어앉았다.

변장한 악마

밴 두 대가 '파라오의 성화'를 향해 언덕을 오르고 있었다. 밴의 옆엔 이렇게 적혀 있었다. "그가 귀신 들려 미쳤거늘 어찌하여 그 말을 듣느냐?"—요한복음, 10:20. 차창엔 여자들이 쏟아져 나올 듯 걸쳐져 있었고, 뽀얗게 일어난 먼지는 그들의 얼굴을 삼킬 듯 무섭게 솟아올랐다. 각 밴의 운전은 어깨가 넓고, 뚱뚱한 여자가 맡고 있었다. 그들은 초록색 제복과 야구 모자를 걸치고 있었다. 모자의 챙 위엔 OSI라는 글자가 찍혀 있었다. 두 밴은 클럽 앞에서 멈춰 섰다. 문이 열리기가 무섭게 여자들이 우르르 몰려나왔다.

그들은 열다섯 살에서 서른다섯 살 사이의 여자들로, 손에 작은 여행가방을 하나씩 들고 있었다. 그들 대부분이 혼란스러운 표정을 짓고 있었다. 나머지 여자들은 뒝벌들처럼 몰려다니며 킥킥대고 있었다. 기뻐하면서도 왠지 모르게 공포에 떨고 있는 듯한 모습들이었다. 운전사들, 그리고 그들과 비슷하게 차려입은 육중한 여자 두 명이 환자들 정리에 들어갔다. 두 번째 밴에서 마지막으로 내린 사람은 체구가 작은 아시아인 여자였다. 그녀가 목에 걸고 있는 호각을 불었다.

"여러분! 여러분! 줄을 서세요! 줄을 서세요! 질서를 지켜야 해요!"

작은 여자가 소리쳤다. 그녀와 건장한 여자 네 명이 환자들을 진정시키려 애를 쓰고 있을 때 토치 마틴과 머드캣이 클럽에서 걸어 나왔다.

아시아인 여자가 토치에게 다가가 물었다.

"마틴 씨, 맞으시죠?"

"네, 접니다. 오늘 공연이 열릴 '파라오의 성화'의 경영자죠."

여자가 토치의 오른손을 꽉 붙잡았다.

"전 이멜다 고라고 해요. 오리엔탈 주립 병원의 예술 창작 감독이죠. 이곳 리틀 이집트에서 공연할 수 있게 돼서 얼마나 기쁜지 모릅니다, 마틴 씨. 아마 영영 잊지 못할 경험이 될 겁니다. 제가 장담합니다. 저와 합창단은 지난 몇 주간 굉장히 강도 높게 연습을 해왔어요."

그녀가 말했다.

이멜다 고가 재잘거리는 동안 그녀 뒤에서 몇몇 환자들이 난리를 쳤고, 관리자들은 그들을 제압하느라 진땀을 빼고 있었다.

키스밋 로즈는 매끄럽게 빠진 자신의 차에서 내려 토치와 이멜다에게 다가갔다.

"네, 고 양."

토치가 말했다. 다가오는 키스밋을 돌아보며 그는 이멜다로부터 자신의 손을 떼어냈다.

"저기 로즈 부인이 오시네요."

"안녕하세요, 이멜다! 여기서 만나니 더 반갑네요!"

키스밋이 말했다.

두 여자가 서로의 볼에 입을 살짝 맞추며 포옹했다. 오리엔탈 직원 한 명이 어슬렁거리는 두 환자 쪽으로 머드캣을 떠밀었다.

"로즈 부인, 단원들이 너무 들떠 있어요! 그들에게 오늘 공연은 굉장한 의미가 있을 거예요."

이멜다가 말했다.

"토치, 너도 후회하지 않을 거야. 이분들이 얼마나 좋아하시는지 보이지?"

키스밋이 말했다.

토치가 우스꽝스러운 여자들을 지켜보며 입을 열었다.

"난 마음이 좁은 사람이 아니야, 키스. 너도 알잖아. 이멜다 양, 오두막집을 준비해 놨습니다. 클럽 뒤편으로 올라가시면 됩니다."

"잭과 제시와 밴드도 왔어?"

키스밋이 물었다.

"몇 분 전까지 같이 얘기했었어. 안에서 세팅 중이야. 이봐, 머드캣! 머드캣! 대체 이 친구는 어디 간 거야? 자, 이멜다 양, 제가 직접 안내해 드리겠습니다. 단원 분들을 인솔해 주시겠습니까?"

"고마워, 토치. 내가 감동 먹은 거 알지?"

키스밋이 말했다.

이멜다 고가 한 환자를 쫓기 시작했다.

"물론 알아. 들어가서 잭과 제시를 보고 와. 난 단원들을 오두막집으로 안내할 테니까."

토치가 말했다.

키스밋이 토치의 볼에 입을 맞추었다.

"넌 아주 묘한 구석이 있어, 토치. 가끔 네가 진짜 천사가 아닐까 궁금할 때가 있어."

"들어가자, 키스. 내가 데려다줄게."

짐승의 본성

앨 볼과 에드거는 늦은 오후의 안개를 헤치고 올드 인디애놀라 가를 따라 피크닉 힐로 향하고 있었다. 앨 볼의 검은색 링컨 타운 카를 몰고 있는 에드거가 와이퍼를 켰다.

"사람들이 왜 이런 미시시피 한복판에서 참고 사는지 아나, 에드거?"

"여기가 그들의 집이니까요."

"사람들은 이런 형편없는 날씨를 좋아하거든. 그런 사람들이 의외로 많다고."

"미인도 많지 않습니까."

에드거가 말했다.

앨 볼이 불을 붙이지 않은 마카누노 시가를 쪽쪽 빨아댔다.

"그 말엔 나도 동의해. 게다가 이런 시골엔 시체를 감추기 좋은 곳이 많지."

그가 창밖 풍경을 내다보며 말했다.

피크닉 힐에 다다른 그들은 웹 워트의 집 앞에 세워진 휴버트의 크라운 빅토리아를 발견했다.

"뭔가 이상해. 에드거, 예감이 아주 안 좋아."

앨 볼이 말했다.

에드거가 링컨을 포드 옆에 세우고 시동을 껐다. 두 사람이 차에서 내렸다. 그들은 현관 앞으로 올라갔고, 에드거가 문에 노크했다. 응답이 없자 그가 조금 더 세게 문을 두드렸다. 앨 볼은 주변을 돌아보았다.

"발로 부숴, 에드거. 걷어차라고."

에드거는 발로 힘껏 걷어차 문을 부쉈고, 두 사람은 서둘러 안으로 뛰어 들어갔다. 그들을 보고 놀란 고양이들이 공기를 넣은 파란색 가구들 사이사이로 날뛰었다.

"에드거, 여기 와본 적 있나?"

"아뇨, 없습니다."

"평범한 사람이라면 이렇게 살지 않지."

그들은 집 안 구석구석을 살피기 시작했다. 그들이 가는 곳마다 고양이들이 따라붙었다. 주 침실 침대는 정리가 안 된 상태였고, 바닥과 의자엔 남자 옷이 아무렇게나 널려 있었다. 물침대 위에선 고양이 몇 마리가 태평하게 자고 있었다. 앨과 에드거가 활짝 열린 지하실 문 앞으로 다가갔다. 그들은 계단을 내려다보았다. 앨 볼이 얼굴을 훔쳤다. 에드거가 스위치를 찾아 불을 켰다.

"내려가볼까요, 보스?"

"자네 먼저."

에드거가 앞장섰다. 계단을 내려온 그들의 눈에 문이 열린 금고가 들어왔다. 에드거가 그 앞으로 다가가 바닥에 남겨진 혈흔을 내려다보았다. 창문을 통해 햇빛이 흘러들어왔고, 긴 전선 끝에 대롱대롱 매달려 있는 전구 두 개도 불을 밝히고 있었다.

"예상했던 대로네요. 이건 페인트가 아닙니다."

에드거가 말했다.

앨 볼이 손에 쥔 손수건을 흔들었다.

"저기 좀 봐. 저게 뭐지?"

두 남자가 지하실의 한쪽 구석으로 향했다. 열 마리가 넘는 고양이들이 토막 난 비단뱀을 게걸스럽게 먹어치우고 있었다. 뱀고기와 피에 취한 고양이들은 막 도살된 아프리카물소의 항문과 대장을 차지하기 위해 몰려든 하이에나들처럼 격분해 있었다. 게걸스레 먹는 고양이들의 그르렁거림이 발전기의 윙윙거림처럼 들렸다.

"보스, 그들은 아니겠죠? 휴버트와 웹 말입니다."

"아니야. 저길 봐."

앨 볼이 비단뱀의 잘린 머리를 가리키며 말했다. 머리엔 총탄이 만들어 놓은 구멍이 여럿 나 있었다.

"뭔진 몰라도 저게 바로 머리야. 사람이 아니라고."

"그럼 휴버트와 웹은 어떻게 된 걸까요?"

"대충 알겠어, 에드거. 자, 나가지. 냄새가 너무 지독하구먼."

두 남자는 탐욕스러운 고양이들의 그르렁거림을 뒤로 한 채 계단을 올라갔다.

현실에 안주하다

몬티가 아버지, 몽고메리 로즈 시니어의 바깥쪽 사무실로 들어갔다. 그의 아버지가 경영하는 로즈 산업은 팔레스타인 카운티 최대 규모를 자랑하는 지역 정제소를 포함하고 있었다.

"오, 어서 와요, 주니어. 아버지를 뵈러 온 거예요?"

비서가 말했다.

"안녕하세요, 루시. 네, 호출받고 온 겁니다."

"왔다고 알려드릴게요. 참, 아름다운 키스밋은 잘 지내죠?"

"점점 더 아름다워지고 있습니다. 고마워요. 오늘밤 '파라오의 성화'에서 오리엔탈 합창단과 공연을 할 겁니다. 내가 그곳 위원회에 소속돼 있거든요."

루시가 인터콤 앞으로 몸을 기울였다.

"로즈 씨, 아드님께서 오셨습니다. 네, 알겠습니다."

그녀가 몬티를 올려다보았다.

"들어가 봐요, 주니어. 나도 이따 공연을 보러 갈 거예요. 기대가 커요."

"고마워요, 루시."

몬티가 아버지의 사무실로 들어갔다. 몽고메리 시니어는 혼자 포켓볼을 치고 있었다. 예순 살의 그는 키가 크고, 빼빼 말랐다. 게리 쿠퍼를 닮았지만 그보단 덜 잘생겼다. 그는 무일푼으로 시작해 지금의 자리까지 오르게 됐다. 그는 지금도 정제소에서 열두 시간 이상을 쉬지 않고 작업할 수 있을 정도의 체력을 가지고 있었다. 그가 공을 쿠션에 닿게 쳐 보낸 후 다음 샷을 위해 빠르게 당구대 반대편으로 이동했다.

"앉아라, 주니어. 계속 치면서 얘기할 테니까."

몬티가 의자에 앉았다.

"무슨 일이세요? 무슨 문제라도 생겼나요?"

"문제가 생겼다면 네가 해결하면 되는 거고."

"버밍엄 문제로 그러세요? 거기선 아무 문제도 없었는데요. 청구인이 가격 수정에 합의했고……."

"빌어먹을! 옆 포켓에 더블 뱅크 샷으로 넣을 수 있었는데! 아니야, 주니어, 버밍엄 건 때문에 부른 건 아니야. 키스밋 때문에 부른 거지."

순간 몬티는 극심한 복통을 느꼈다. 그가 통증에 상체를 살짝 구부렸다.

"리틀 이집트는 작은 도시야. 상대적으로 보면 그렇단 말이지. 서기 50년, 사도 바울이 고린도 사람들에게 전도했을 때 그는 타락과 방종과 난봉으로 유명한 도시를 상대로 진땀을 빼야 했어. 하지만 이곳에선 그럴 수 없지. 누구라도 평범함을 벗어나고 싶다면 멤피스나 내슈빌이나 시카고로 가야 한다고. 그렇지 않으면 깜둥이 장례식의 점퍼 케이블보다 훨씬 빨리 도는 소문에 시달려야 해."

몬티의 복통에 대해 알 리 없는 몽고메리 시니어가 태평하게 말했다. 그가 5번 공을 먼 구석 포켓에 집어넣었다. 옆 포켓을 향할 다음 샷을 위해 큐볼에 충분한 스핀을 주는 것도 잊지 않았다. 잠시 당구대에서 떨어져나온 그가 그제야 몬티의 찌푸린 얼굴을 돌아보았다.

"괜찮니?"

"네, 네, 괜찮아요. 키스밋은 갑자기 왜요?"

땀을 비 오듯 흘리며 몬티가 말했다.

"그 애 때문에 안 좋은 소문이 돌고 있어. 내 이름까지 뭇사람들 입에 오르내리고 있고 말이다. 그 앤 몽고메리 로즈 주니어의 아내야. 그런데 그렇게 진흙탕에서 뒹굴면 되겠니?"

몬티가 다시 몸을 숙였다. 통증은 견디기 힘들 정도였다.

"아버지, 저……."

"이곳도 더 이상 예전 같지가 않아, 주니어. 옛날엔 눈엣가시를 소리 없이 보내버려도 아무 문제 없었지만 지금은 세상이 달라졌다고. 빌어먹을! 단 한 번이라도 윌리 모스코니처럼 마세(큐를 수직으로 세워 치기_옮긴이)를 해봤으면 소원이 없겠어."

몽고메리 시니어가 다시 당구대 앞에 바짝 붙어서서 다음 샷을 준비했다.

"아니야. 네 아내는 네가 잘 관리해야 해. 알아듣겠니? 내 말 이해하느냐고. 응?"

"네."

몬티가 힘겹게 대답했다. 그는 앞으로 고꾸라지기 직전이었다.

"그래. 이 카운티에서 로즈라는 이름이 얼마나 큰 의미를 갖고 있는지 명심하도록 해라. 빌어먹을 국회에서도 우리에게 귀를 기울여주잖아."

그가 아들을 돌아보았다.

"펩토(제산제_옮긴이) 줄까? 루시에게 얘기하면 펩토를 가져다 줄 거야."

"네, 아버지."

몬티는 가까스로 허리를 펴고 사무실을 나왔다.

"넌 로즈야! 로즈 집안 사람들은 스스로 일을 처리한다고!"

그의 아버지가 소리쳤다. 그리고 길고, 까다로운 뱅크 샷을 시도했다.

"성공이야!"

그가 말했다.

사인조

퓨마는 아버지의 침대 옆에 앉아 있었다. 커튼이 쳐진 방 안은 짙은 어둠에 묻혀 있었다. 그가 마지막 숨을 내쉬었을 때 그녀는 아버지의 손을 잡고 있었다. 그녀는 임종을 뜻하는 나지막한 가래 끓는 소리를 분명히 들을 수 있었다. 퓨마는 아버지의 손에 입을 맞추고 그 손을 끌어와 자신의 볼에 댔다.

몬티는 로즈 산업 사옥 화장실에 앉아 있었다. 그는 문을 걸어 잠그고 변기에 앉아 흐느끼는 중이었다.

피츠 보안관의 집의 모든 창문엔 커튼이 쳐져 있었다. 보안관의 아내, 에드나 피츠는 몸을 웅크린 채 거실 바닥에 앉아 있었다. 그녀 위로 남편의 다리가 살랑살랑 흔들렸다. 샹들리에에 목을 맨 보안관의 시신이 천천히 회전했다. 눈을 질끈 감은 그의 미망인은 태아형 자세로 웅크리고 앉아 격하게 흐느끼고 있었다. 갑자기 샹들리에가 천장에서 쑥 빠졌다. 보안관의 무게에 못 이겨 뜯겨져 나온 것이었다. 샹들리에에 매달린 엘리후 피츠와 커다란 석고 덩어리가 웅크린 에드나 위로 떨어졌다.

앨 볼과 에드거는 진흙 덮인 도로를 달려 링테일 호수로 향했다. 먼발치에서 한 남자가 그들을 향해 손을 흔들고 있었다. 에드거가 남자 옆에 링컨을 멈춰 세웠다. 두 사람이 차에서 내렸다. 작업복과 무한궤도 트랙터 모자를 걸친 농부가 호수 쪽을 가리켰다. 세 남자가 서 있는 호반 가까운 곳에 괴기스럽게 부풀어 있는 시체 두 구가 둥둥 떠 있었다. 물고기들이 시체들을 조금씩 갉아먹고 있는 중이었다. 호수 옆엔 고삐를 맨 밭갈이 말 한 마리가 서 있었다. 말의 목엔 묵직한 밧줄과 갈고리가 늘어뜨려져 있었다. 말의 갈기가 산들바람에 흔들렸고, 갈색 털은 빗물에 축축이 젖어드는 중이었다. 앨과 에드거는 다시 차로 돌아갔다.

곤란한 결정

빌리 브로가 나타났을 때 잭과 제시는 밴드와 함께 '파라오의 성화'의 무대에 올라 리허설을 하고 있었다. 그가 연주단으로 올라왔다.

"잭, 제시, 안녕하세요. 많이 바쁘다는 거 압니다만 떠나기 전에 한 번 보고 싶었습니다."

"저희를 보시려고 먼 길을 와주셔서 감사합니다, 브로 씨."

잭이 말했다.

빌리가 그에게 명함을 건넸다.

"여기 내슈빌 주소와 전화번호가 있습니다. 지금 그곳으로 돌아갈 겁니다. 언제든 준비됐다 생각되면 연락해요. 당신들을 스타로 만들어줄 테니까."

잭이 미소를 지어 험악해 보이는 표정을 지웠다.

"정말 감사합니다, 선생님."

"그냥 빌리라고 불러요."

"네, 빌리. 오늘 공연을 못 보고 가신다니 아쉽습니다. 굉장히 독특한 공연이 될 것 같은데 말이죠. 물론 어떻게 다를지는 저희도 아직 모릅니다만."

빌리가 웃음을 터뜨렸다.

"굉장한 공연이 될 거라고 믿어요. 하지만 날이 밝기 전에 내슈빌로 돌아가야 해요. 그럼 건강히 잘 지내요. 빌리 브로를 절대 잊어선 안 됩니다!"

"절대 잊지 않을 겁니다."

빌리가 잭, 그리고 제시와 차례로 악수를 나눈 후 밖으로 나갔다. 머드캣이 잭에게 다가왔다.

"잭, 전화 받아. 토치가 사무실에 들어와 받으라고 했어."

"고마워, 머드캣. 곧 돌아올게, 제시."

잭이 무대를 내려와 토치의 사무실로 향했다. 토치가 잭에게 책상에 놓인 수화기를 들라고 손짓했다. 잭이 집어든 수화기를 귀에 가져다 댔다.

"잭 맥도널드입니다."

그가 잠시 상대의 말을 듣고 있다가 의자에 앉았다.

"오, 퓨마, 미안해. 그래, 그래, 맞아. 어머니는 어떠셔? 제시와 내가 도울 일이 뭐가 있을까? 아니, 아닐 거야. 지금 한창 리허설 중이야. 알았어. 사랑해."

잭이 전화를 끊었다.

"안 좋은 소식인가 보군."

토치가 말했다.

"퓨마의 아버지가 돌아가셨대. 투병 생활을 꽤 오래 하셨거든. 오늘 주무시던 중에 세상을 떠나셨다는군."

"운이 좋으셨네. 안 그래? 오, 잭, 지난 공연 수익을 계산해 봤어. 너랑 제시에게 약속했던 보너스, 기억하지? 지금 줄까, 아니면 일단 사무실 금고에 보관해 놓을까?"

잭이 평소보다 훨씬 어두운 표정을 지어 보였다.

"우린 그 돈을 원치 않아, 토치. 네게 진 빚이 아니었다면 그 일에 가담하지도 않았을 거야. 이제 우린 그만두겠어. 빚을 갚은 셈이니까."

토치는 여유 있는 얼굴로 앉아 미소를 지었다.

"정말 그렇게 생각해?"

잭이 일어났다.

"난 그렇게 생각해."

"좋아, 잭, 결정은 네 몫이니까."

"이미 결정 난 일이야."

잭이 말했다. 그리고 그는 사무실을 휙 빠져나왔다.

양자택일

웹 워트의 지하실에선 여전히 고양이들의 파티가 벌어지고 있었다. 위층으로 올라온 그들은 신나게 뛰놀았고, 엉망이 된 털을 차분히 정리했으며, 바람 넣은 파란색 가구에 올라가 늘어졌다.

몽고메리 로즈 주니어는 침대에 앉아 조심스레 총을 장전하고 있었다. 그는 총탄 하나하나를 실크 손수건으로 정성스럽게 닦은 후 총에 장전해 넣었다. 스피커에선 마리아 칼라스가 부른 〈돈 카를로〉의 엘리자베스의 아리아가 요란하게 흘러나오고 있었고, 그의 얼굴은 눈물로 범벅이 돼 있었다.

루시는 몽고메리 로즈 시니어의 사무실 안 당구대 위에 큰 대자로 누워 있었다. 그녀의 스커트는 허리 위로 말려 올라가 있었다. 몽고메리 시니어가 바지를 내리고 비서 위에 올라탔다. 당구공들이 사방으로 튀었다. 라디오에선 지미 헨드릭스의 노래가 요란하게 흘러나오고 있었다.
"이게 사랑인가요, 베이비…… 아니면 혼란스러움인가요?"
사무실 창밖으로는 어둑해진 리틀 이집트의 하늘 아래서 연기를 뿜어내는 정제소의 멋진 풍경이 펼쳐져 있었다. 핏빛 저녁놀은 굴뚝에서 뿜어져 나오는 오염 물질, 하늘을 뒤덮은 구름, 그리고 바래져가는 빛과 어우러져 섬뜩할 만큼 아름다워 보였다.

저녁 공연이 시작될 무렵, '파라오의 성화'는 클럽에서 극장으로 탈바꿈한 상태였다. 무대 앞으로 커다란 커튼이 드리워졌고, 댄스플로어에는 관객들을 위한 의자들이 준비됐다. 도그아이즈, 랄피, 그리고 머드캣은 문 앞에서 입장료를 받고 있었다. 오늘 공연을 위해 리틀 이집트의 전체가 클럽으로 몰려들었다.

토치는 입구 근처에 서서 안으로 들어서는 사람들을 지켜보았다. 그는 특별히 새 양복을 걸치고 있었다. 빚을 완전히 청산했다는 사실에 그는 무척 들떠 있었다. 키스밋을 위해 의미 있는 일을 하고 있다는 생각도 그를 뿌듯하게 만들었다.

트러블 시스터즈는 화려한 가죽 재킷과 하이힐 차림으로 나타났다. 그들에 대한 사람들의 반응은 평소보다 훨씬 뜨거웠다. 클럽은 몰려든 사람들로 빠르게 채워지고 있었다. 입석 빼고는 만원이었다.

이멜다 고는 무대 뒤에서 호각을 요란하게 불어대며 단원들을 집합시키느라 정신이 없었다. 오리엔탈 합창단은 남북전쟁 전 시대 의상을 걸치고 있었다. 그들은 몸이 달아 사방으로 날뛰고 있었다. 잭과 제시와 밴드는 토치 마틴이 제공한 턱시도 차림이었다. 키스밋은 〈길다〉에 나온 리타 헤이워스를 연상케 하는 황금색 라메(금, 은 등의 금속 실을 짜 넣은 직물_옮긴이) 드레스를 걸치고 나타났다. 오늘밤 특히 더 아름다워 보였다. 물론 그녀 자신도 그 사실을 알고 있었다. 키스밋은 최선을 다해 이멜다 고를 도왔지만 긴장한 단원들을 다루는 일은 쉽지 않았다. 각자의 자리를 찾아가는 과정에서 연신 충돌이 발생했다.

몬티가 안으로 들어와 예약된 자신의 자리에 앉았다. 차분해 보이는 그는 아는 척 해오는 리틀 이집트 시민들에게 일일이 목례로 화답했다.

몬티 아버지의 비서, 루시는 잔뜩 들뜬 모습으로 나타났다. 그녀는 한 남자를 파트너로 데려왔다. 그 뒤로 리틀 이집트 유지인 몽고메리 로즈 시니어 부부가 들어왔다. 몽고메리 시니어가 아내와 자리에 앉으며 루시를 향해 미소를 지었다.

조명이 꺼지자 토치는 도그아이즈, 랄피, 그리고 머드캣과 함께 관객들 뒤로 다가와 섰다. 스포트라이트가 무대 중앙을 비추었고, 커튼이 서서히 갈라지기 시작했다. 키스밋이 무대를 걸어 나왔다. 그녀가 나타나자 관객들이 박수를 쳤다.

"너무 멋진걸!"

트리나 트러블이 소리쳤다.

"리틀 이집트와 팔레스타인 카운티 시민 여러분, 오늘부터 '오리엔탈 라이츠'라고 부르기 시작한 오리엔탈 합창단의 첫 공연을 위해 이렇게 와주셔서 진심으로 감사드립니다. 반주는 잭과 제시 맥도널드가 이끄는 불타는 밴드가 맡아주실 거고, 저 역시 공연에서 노래를 불러드리게 될 겁니다."

키스밋이 말했다. 그 말에 관객들이 휘파람을 불며 박수를 쳤다.

"감사합니다. 공연이 끝났을 때 저희만큼 가슴 벅찬 감동을 느끼실 수 있으면 좋겠습니다. 시작하기 전에 오리엔탈 합창단의 예술 감독, 이멜다 고 양에게 감사의 마음을 전하고 싶습니다. 그분이 아니셨으면 오늘 공연은 불가능했을 겁니다. 자, 나와서 인사해 주시겠습니까, 이멜다 양?"

이멜다 고가 무대 옆에서 튀어나와 관객들에게 인사를 하고 이내 다시 들어가버렸다. 관객들은 그녀에게 뜨거운 박수를 보내주었다.

"이멜다 양과 전 오늘 공연을 위해 '파라오의 성화'의 운영자인 토치 마틴 씨에게 큰 빚을 졌습니다. 정말 고마워요, 토치."

키스밋이 말했다.

우렛소리 같았던 관객들의 박수소리가 줄어들자 이멜다가 호각을 불었다. 오리엔탈라이츠가 무대로 걸어 나왔다.

모든 게 매끄럽게 진행되고 있음을 확인한 토치는 밖으로 나와 담배에 불을 붙였다. 그가 담배를 피우고 있을 때 앨 볼의 검은색 링컨이 클럽 앞에 멈춰 섰다. 토치가 다가가 열린 뒷좌석 차창 앞으로 고개를 가져갔다.

"안녕하십니까, 앨. 좀 늦으셨군요. 빨리 들어가시죠."

"시간 맞춰 올 수 없었네, 토치. 그리고 자네 덕분에 웹과 휴버트도 참석하지 못할 거야."

뒷좌석 한쪽 구석에 틀어박힌 앨 볼이 말했다.

토치가 담배를 떨어뜨렸다.

"저기요, 앨……."

"아무 말 마, 토치."

앨 볼이 권총을 뽑아들었다. 그가 토치의 얼굴에 총구를 겨누고 방아쇠를 당겼다. 토치의 몸이 뒤로 꺾였다가 이내 고꾸라졌다.

"자, 가지, 에드거."

앨 볼이 말했다.

클럽 안에서 몬티는 땀을 미친 듯이 쏟아내고 있었다. 복통은 견디기 힘들 정도였고, 그는 몸을 구부리지 않으려 엄청난 노력을 하고 있었다. 어떻게든 사람들 눈에 띄게 행동해선 안 되었다. 더 이상 참기 어려워지자 몬티가 자리에서 일어났다. 키스밋은 노래를 부르기 위해 무대 중앙으로 걸어 나오는 중이었다. 몬티가 권총을 뽑아들고 그녀를 쏘았다. 순간 클럽 안의 관객들이 일제히 비명을 지르며 일어났다. 몬티는 앞으로 달려들며 다시 한 발을 발사했다. 두 번째 총탄이 표적에 꽂히기 직전, 제시가 키스밋 앞으로 몸을 날렸다. 제시는 몸으로 그녀 대신 총탄을 받았다. 몬티는 권총으로 자신의 머리를 겨누고 방아쇠를 당겼다.

'파라오의 성화'는 대혼란에 빠져 있었다. 관객들은 앞 다투어 출구로 빠져나갔고, 무대 위의 오리엔탈 합창단원들은 공포에 사로잡힌 채 비명을 질러댔다. 잭이 키스밋과 제시에게 달려갔다. 제시는 더 이상 웃음을 흘리지 않았다.

"잭, 나……나……난 괜찮아. 키스를 드-드-도와줘."

제시가 정상적인 음성으로 말했다. 생애 처음 있는 일이었다.

잭이 키스밋에게로 시선을 돌렸다. 그녀의 왼쪽 눈에선 검붉은 강이 흘러내리고 있었다.

"너무 늦었어, 제시."

그가 말했다.

무대 앞 바닥에선 몽고메리 로즈 시니어가 무릎을 꿇고 앉아 축 늘어진 아들의 몸을 끌어안고 있었다. 그의 아내는 의식을 잃은 채 의자에 늘어져 있었다.

잃은 것과 찾은 것

잭의 소형 오픈트럭은 '파라오의 성화' 앞에 세워져 있었다. 차 안엔 그와 제시의 소지품들이 잔뜩 실려 있었다. 그 옆엔 지붕에 짐을 수북이 얹어놓은 퓨마의 닷지가 세워져 있었다. 잭, 퓨마, 그리고 삼각건에 왼팔을 걸친 제시는 머드캣과 함께 흐린 하늘 아래 서 있었다.

"내슈빌을 아주 작살내버려. 알았어? 나도 항상 듣고 있을게."

머드캣이 말했다.

잭이 미소를 지었다.

"그러지, 캣. 꼭 그렇게 할게."

잭은 자신의 트럭에, 퓨마는 자신의 차에 각각 올랐다. 제시는 머드캣을 향해 웃음을 흘렸고, 머드캣도 이를 드러내고 싱긋 웃어 보였다. 제시는 그와 악수를 나눈 후 오픈트럭의 조수석에 올랐다. 잭과 퓨마가 각자의 차에 시동을 걸고 맹렬히 차를 몰아 나가기 시작했다.

갑자기 퓨마가 차를 돌려 클럽으로 되돌아갔다. 그녀는 머드캣 앞에 차를 멈춰 세웠다. 그녀가 씨익 웃었다. 그는 말없이 닷지의 조수석 문을 열고 들어가 앉았다.

스타호텔 584호

초판 1쇄 발행 2010년 2월 25일

지 은 이 | 배리 기포드
옮 긴 이 | 최필원
펴 낸 이 | 정상준
펴 낸 곳 | ㈜그책

기 획 | 정상준 김혜진
편 집 | 김현정
마 케 팅 | 박종우
관 리 | 최혜원
디 자 인 | ㈜꽃피는봄이오면
종 이 | ㈜타라유통
인쇄·제본 | 영신사

출판등록 | 2008년 7월 2일 제322-2008-000143호
주 소 | 서울시 강남구 논현동 30-6
전자우편 | thatbook@thatbook.co.kr
전화번호 | 02) 3444-8535
팩 스 | 02) 3444-8534

ISBN 978-89-94040-04-2 03840